GRAVITARE

关 怀 现 实 ， 沟 通 学 术 与 大 众

沉默之恶

天使之城 的 危险与权力

PERIL AND POWER IN THE CITY OF ANGELS

PAUL PRINGLE

[美] 保罗·普林格尔 / 著

李磊 / 译

SPM 南方传媒　广东人民出版社

· 广州 ·

图书在版编目（CIP）数据

沉默之恶：天使之城的危险与权力 ／ (美) 保罗·普林格尔著；李磊译. -- 广州：广东人民出版社，2025. 1. -- (万有引力书系). -- ISBN 978-7-218-17279-8

Ⅰ. I712.55

中国国家版本馆CIP数据核字第2024V3D475号

著作权合同登记号：图字19-2023-351号

Copyright © 2022 by Paul Pringle
Published by arrangement with Aevitas Creative Management, through The Grayhawk Agency Ltd.

CHENMO ZHI E: TIANSHI ZHI CHENG DE WEIXIAN YU QUANLI

沉默之恶：天使之城的危险与权力

[美] 保罗·普林格尔 著 李 磊 译　　　　版权所有　翻印必究

出 版 人：肖风华

丛书策划：施　勇　钱　丰
责任编辑：张崇静
营销编辑：常同同　张静智
特约编辑：柳承旭
责任技编：吴彦斌

出版发行：广东人民出版社
地　　址：广州市越秀区大沙头四马路10号（邮政编码：510199）
电　　话：（020）85716809（总编室）
传　　真：（020）83289585
网　　址：http://www.gdpph.com
印　　刷：广州市豪威彩色印务有限公司
开　　本：889毫米×1194毫米　1/32
印　　张：11.5　　字　　数：230千
版　　次：2025年1月第1版
印　　次：2025年1月第1次印刷
定　　价：88.00元

如发现印装质量问题，影响阅读，请与出版社（020-85716849）联系调换。
售书热线：（020）87716172

献给乔安娜、瑞秋和玛丽亚

前　　言

　　有关南加州大学医学院院长的内幕消息透露出一些隐情，淫秽、丑恶、离谱，在记者看来简直"精彩"得不像真事，但你若不是记者的话，那可说是骇人听闻。

　　《洛杉矶时报》通过一位名叫里卡多·德阿拉坦哈的助理摄影师获得了这一内幕消息。他完全是在一次家居派对中偶然听说的这桩秘闻，第二天就用电子邮件告诉了一位同事。德阿拉坦哈写道："我昨晚遇到一个人，他目击了一桩丑闻，这事和南加州大学医学院院长有关，明显被掩盖了。就在这位院长入住的酒店房间里发现了大量的毒品和一个半裸、昏迷的姑娘。"他还说报料者掌握的细节应该远不止于此。

　　翌日，另一位同事把德阿拉坦哈的邮件转发给了我，写道："里卡多一直想找人来透露其中内情。大家都有点怕事儿。我跟他说你肯定知道该怎么办。"

　　去挖最诱人的内幕消息多半是徒劳无益的，费力从各种谣言、夸大之辞和彻头彻尾的无稽之谈中探寻真相，最终也会无功而返。有时这些消息是匿名者透露的。匿名消息有可能来自加密的电邮账户，也可能出自没有回信地址的手写信件。让人灰心的是，这些内幕消息中有很大一部分都无外乎针对种族歧视的警察、腐败的政客或性虐下属的老板，另一些则是为了报复分道扬镳的生意伙伴。出轨的配偶是最受青睐的目标，名人尤甚。接手由此引发的离婚案的律师和法官也一样难以幸免。若事涉孩子的监护权，那情况还会更糟。

然而无论这些内幕消息在细节上有多么丰富多彩，无论报料者承诺要道出的故事有多么重要，那些特别夸张的内幕消息通常也都是捕风捉影。

但这次不一样。

这个内幕消息与卡门·普里亚菲托医生有关，他毕业于哈佛大学，是眼科医生、发明家，是横跨医学界和学术界的显贵，也是身家不菲的风云人物。他是手术室里的"巫师"，也是实验室里的创新者。据普里亚菲托估算，他为南加州大学筹集了十亿美元。他给好莱坞和贝弗利山庄的慈善圈吹来一股睿智优雅之风，在身着顶级华服的影星间左右逢源，就像和凯克医学院里套着白大褂的住院实习医生打交道一样自如。这个有关普里亚菲托的内幕消息初看之下十分危言耸听，却是千真万确，而且还只触及了皮毛。在其"表皮"之下是由腐败和背叛所织成的"深静脉"，它贯穿了洛杉矶的权豪势要，侵蚀了这座城市的一些最核心的机构，包括我自己所在的报社。

随后爆出的丑闻导致了一些权势人物的倒台。但这实属险胜，当时情势可谓千钧一发，许多无辜和弱势的人在此过程中受到了伤害。我撰写本书之时，并非所有人都讨回了他们应得的公道。

目　录

1　吸毒过量

德文汗走出自家正门时，一团泛着峡谷松香的雾气迎面而来。[1] 那是 2016 年 3 月 4 日的清晨，也就是吸毒过量事件发生的那天，德文汗正在去上班的路上。初升的日头照亮了圣加布里埃尔山脉的山脊，似乎允诺当天不会下雨。这条山脉的存在令帕萨迪纳市的北侧如同生活在绘境中，德文汗和妻子以及他们十岁的女儿就住在此地。他当时 44 岁，是帕萨迪纳中心商务区边缘的一家精品酒店——康斯坦斯酒店的预订部主管。浸淫酒店业多年，德文汗已经跳槽多次、另谋高就。他在帕萨迪纳市的老丽思卡尔顿酒店及其后继的朗廷亨廷顿酒店工作过，也曾在蒙德里安酒店和日落塔酒店任职，后两家都是西好莱坞富豪名流们的流连之地。这个层次酒店的从业者的待客工作不但要求很高，而且还得低声下气。其对从业者的默认期望就是要满足客人的每一个需求、愿望，甚至一时的兴致和情绪，都必须微笑着忍受。即使是对举止出格的客人，遵从和谨慎依然是不变的守则。德文汗很明白这一点。他彬彬有礼，温声细语，乐于取悦他人，而且眉目英朗，长得很像洛杉矶湖人队的里克·福克斯。他自认为非常适合这个行当。

但他并非没有底线。为了保住工作，德文汗所能容忍的程度是有限的。

这个周五的早上，他像往常一样开车驶过希尔大街前往康斯坦斯酒店，这段三公里的路途有棕榈树和高大的针叶树相伴。这条大街的北端始于一片较为平民的社区——这里开设了一些汽车美容店和美甲店——然后笔直地延伸至南边高墙环围的庄园地产 那里的草坪宽如牧场。帕萨迪纳向来是洛杉矶"老钱"们的一块飞地，他们的资本源自早期的铁路、银行和土地开发业，而不是让贝弗利山庄绿意盎然的电影产业。沿希尔大街行驶到半程，能看到一幢有 110 年历史的隔板房，德文汗和他已故的母亲曾在这儿住过一段时间，彼时这栋房子还是一处妇女庇护所。德文汗当时在读中学，他的母亲则是强效可卡因成瘾者，而她的一个主要货源就是她的父亲。德文汗的外祖父颇有魅力，常开一辆凯迪拉克敞篷车，对德文汗喜爱有加，他的爱是德文汗再也找不回的柔情。

这家人本居于肯塔基州，后来母亲带着德文汗和他哥哥去过俄亥俄州和密歇根州，最终搬到了洛杉矶，希望在这里开始全新的生活。两兄弟的父亲都早已不在他们身边了，德文汗的父亲生前是商人、模特兼词曲作者。某天在底特律，他走出一家药店，一个男人朝他的腹部开了一枪，此前他大概曾扬言要揭露开枪者的住房欺诈伎俩。这颗子弹险些要了他的命，后来他又患上了精神分裂症，余生都被关在一家精神病院里。德文汗的母亲早在这次枪击发生前就离开了他父亲。她可爱、迷人又聪明，曾在路易斯维尔大学就读社工专业。毒品是她堕落的开始，来到洛杉矶也改变不了这一点。希尔大街上的那栋房子总能提醒德文汗自己的人生之路已经走了多远：从一次次的无家可归，好几周睡在陌生人家的沙发上，到在母亲再次入狱时寄住在她朋友的屋檐下，再到独自住院接受治疗以对抗镰状细胞贫血症。德文汗渡越万难，迎来了新生，他自己都会惊叹，自己竟也在帕萨迪纳拥有了属于自己的住房。四年前，他和生于德国的妻子塔尼娅（他们相识时她在汉莎航空任空乘）买下了韦斯利大街上的这栋房子，一栋整洁的白色平房，点缀着生气蓬勃的九重葛。跟他一样，塔尼娅和女儿也很钟爱帕萨迪纳。

德文汗是个已经扎了根的顾家男人，总是留意着自己拥有多少，又不得不舍弃多少。

早上 7 点刚过几分，他就把车停在了康斯坦斯酒店对面的临街处。康斯坦斯酒店建于 1926 年，七层高，有着黄油般光滑的拱门和石铸浮雕，是地中海复兴风格建筑的典范，[2] 它位于玫瑰花车大游行①的路线上，门前是科罗拉多大道的一个拐角。像往常一样，德文汗是康斯坦斯酒店早班员工中第一个到达的。他喜欢早些来处理前一晚的预订，其中很多都来自东部时区。

---

① 玫瑰花车大游行（Rose Parade）起源于 1890 年，自从玫瑰花车在 1890 年 1 月 1 日首次驶上帕萨迪纳街头，它就成了当地的传统新年欢庆活动，一直延续至今。（如无特别说明，本书页下注均为译者注）

德文汗大部分时间都待在大堂旁的办公室里，确保在线订单能得到处理，回答有关价格的问题——这些都是例行工作。下午4点左右，他正准备回家，便接到了值班经理从前台打来的电话。

德文汗现在是这栋楼里级别最高的员工，其他经理都在街对面的酒店公司办公区开会。[3] 他很恼火自己得处理这通电话，部分原因在于他此前未能获准晋升为前厅经理，而这个职位才通常要应对电话里提到的各种麻烦事儿。德文汗认为自己完全能够胜任这一职务。他不禁疑心，自己未获擢升是不是因为自己有时会质疑客人或上司的做法。他就是这样的人。在他此前工作的一家酒店，有次有一名经常光顾的俄罗斯商人向德文汗的一名同事大发雷霆，当时这名同事要求对方出示进入酒店会员水疗中心所需的身份。德文汗为同事辩解，他告诉这个俄罗斯人，不能这么跟人说话。俄罗斯人投诉，他受了一次警告处分。在另一家酒店，一名经理让德文汗降低一位客人的套房预订等级，以便让一位传奇女演员在没有预订的情况下入住。这个客人就是个无名小卒，给他安排个普通房间吧，经理如此说道。德文汗表达了他的不满，却遭到了冷眼。有阵子他甚至琢磨自己的黑人身份是否也是自己未获晋升的因素之一，如果一个白人高管认为他很放肆的话。

他走到前台询问起值班经理打来的电话。"出什么事了？"

一名接待员告诉他，304号房的客人想再住一晚，而且就要这个房间。这位客人的话音听起来很"紧张"。问题是304号房已经被别人预订了，随时都有可能登记入住，而且这个房间因为有阳台，所以比较稀罕。德文汗还没来得及拿出解决方案，桌上的电话又响了，是客房部主管打来的，她需要一名经理马上去一趟三楼。

行吧，德文汗寻思着，**这个客人可能想要投诉了。**

他迅速地在电脑上查看了一下 304 号房。这个房间的登记住客名为卡门·A.普里亚菲托。德文汗不认得这个名字。普里亚菲托（这个卡门不知道是男是女^①）并未被列入老主顾或贵宾名单。德文汗乘电梯来到三楼。他走出电梯时，客房部主管和酒店保安已经在走廊上等着他了。304 号房和他们有段距离，一名行李员正候在门外，他身旁还有一架堆满了行李和散乱衣物的手推车。德文汗有些摸不着头脑。**客人所有的行李都放上了手推车，怎么还要求续住？他肯定已经同意搬到另一间房了吗。**

客房部主管随后告诉德文汗，304 号房里有个女人不省人事。

"不省人事？"

客房部主管点点头，忧心忡忡地望着紧闭的房门。

"我会多注意一下她的。"德文汗说。

按照酒店的规定，德文汗不能直接走进客房。他敲了敲门。一个脸色憔悴、面部有些歪斜的老男人将房门半开，问德文汗有没有把他新房间的钥匙拿来。这个男人看起来已年过花甲，穿着皱皱巴巴的牛仔裤和松松垮垮的马球衫。他眼睛细长、眼神恍惚，稀疏的头发歪向四面八方。显然，他前一晚并不好过，今天白天也不怎么样。德文汗很清楚其中的玄机：毒品和酒精。

---

① 卡门（Carmen）多为女子名。

唯一的问题是304号房的客人摄入了多少，尤其是那个女人。他从门口看不到她。德文汗当机立断，要检查这位女性的状况，最快也最不易引起冲突的方式就是保持礼貌，帮这个男人把她和他们的行李搬到另一个房间。他跟男人说自己很快就会把钥匙拿来。男人看起来松了一口气，向他道声谢便关上了门。

就在那时，德文汗从客房部主管和保安那里听到了另一些情况。他们说在这对男女前一天外出时，保洁发现这间房里到处散落着毒品。保安收到警报，拍下了毒品的照片，目前还不清楚都是什么类型的毒品。管理层没有要求这对男女退房。对于酗酒和吸毒，康斯坦斯酒店和大多数其他酒店的方针都是宽以待人，除非工作人员目睹了违法行为或有人受伤的情况。这个行当里寻欢作乐的一面不欢迎太一板一眼的作风。而且并没有人真的看到了304号房的住客吸毒。拍照是一种防范措施，以防备客人做出管理层无法再佯装未见的事情，或者将来真有可能遇到的法律问题。

客房部主管和保安还透露了一些情况——这一切对德文汗来说不过是耳闻而已，因为它们与预订无关。在那个男人的要求下，行李员此前已将一辆轮椅带到304号房，用于转移那名女子。他们说她当时就靠在这轮椅上，昏迷不醒。

德文汗急忙跑到大堂去拿新房的钥匙——312号房是空的。德文汗回来时，那个男人不情不愿地让他进了304号房，他没法再把德文汗拒之门外了。德文汗步入房间，走到近前去打量了一下眼前的景象。那女人一头金发，非常年轻，看起来就像是一袋被塞进轮椅的饲料。她的脑袋沉沉地耷拉在肩上，蛛丝般的头发缠结于额头，身上只穿着白色的酒店长袍和粉色内裤，四肢僵直地垂落，仿佛受了重压；一条腿搭在椅子上悬着，因为轮椅少了一个脚踏板。德文汗拿不准她还有没有呼吸。

"女士？"他问，"女士？女士？"没有回应。

德文汗走进的这个小房间始建于20世纪20年代，翻新时采用了一种漩涡形的现代装潢风格，并且配备了阳台，可以欣赏林荫大道的景观。此时，这间房的地毯上散落着空啤酒瓶和一个塑料袋，里面装着笑气弹筒——用来吸入一氧化二氮[①]的小罐，这是一种获得快感的非法途径——一个用来增强这种快感的半充气气球，以及一个手掌大小的丁烷枪盒，这种类型的丁烷枪通常与冰毒管搭配使用。床上有焦痕。房间里有一股酸甜的汗味。

"女士？"毫无回音。

不需要医学学位就能断定她吸毒过量了。**到处都是毒品残渣。**

男人一声不吭。他的年纪足以当这个女人的父亲甚至祖父了。

德文汗注意到电视机上摆着一个小小的相机三脚架。**这家伙到底有多变态啊？**

"你还好吗，女士？"

那雪花石膏般的脸上没有一丝颤动，但是德文汗能看出她

---

① 又称"笑气"，是一种无色有甜味的气体，有轻微麻醉作用，能致人发笑。在中国，"笑气"已被列入《危险化学品目录（2015版）》，滥用"笑气"须承担相应法律责任。——编者注

还有呼吸，哪怕相当微弱。他决定把她和这个男人转移到 312 号房——同时让 304 号房维持原样，留待警察上门调查。德文汗让那个男人抬着她那条没处搁的腿，免得她的脚在地板上拖蹭。他把轮椅推出房间，进入走廊，那男人则一路笨拙地扶着女人的小腿。如果我们在停车场像这样推着一个女人离开，别人肯定会以为我们是在搬运一起谋杀案的受害者。

"你能听到我说话吗，女士？"当他们穿过走廊时，德文汗又问道。即使是这样独脚乘车也没能惊动她。

在转交新钥匙之前，德文汗要求这个男人提供身份证件。此人出示了他的驾照：卡门·普里亚菲托。由此可见，登记房间的就是他，不是那个女人。待他们走进 312 号房，德文汗告诉普里亚菲托，他会拨打 911。普里亚菲托看上去有些惊慌失措，仿佛这才是麻烦的开始。

"没这个必要，"普里亚菲托说，"她就是喝得太多了。"他顿了一下。"听着，我是个医生。"

医生？放屁。如果是医生，那肯定就打电话叫自己的医护人员过来了。这个干瘪的老头不过是个嫖客，一个有钱在康斯坦斯酒店逍遥一下午的蠢货。现在他因为要被抓而怕得要死——他还企图阻止别人救助这个姑娘，卑鄙小人。德文汗的女儿也可能落得如此下场。这个姑娘当然也是某个人的女儿啊。

"我会照顾她的。"普里亚菲托说。

德文汗知道自己必须谨慎地选择措辞。他说："如果我不为她寻求医疗救助，那我就是在玩忽职守。"

说完，德文汗走出房间，回到办公室拨打了911。一名女调度员接了电话。[4]

"这里是消防和急救电话。"

"你好，我是从帕萨迪纳的康斯坦斯酒店打来的。"

德文汗给了她地址，并说一名女性需要救助。

"她在自己的房间里昏迷了，没有反应。"

"她还有呼吸吗？"

"有。"

调度员让他把电话转到312号房，他照做了。

德文汗不知道普里亚菲托会不会接听这个电话，或者万一那个女孩醒来了。

"喂？"普里亚菲托说。

"你好，这里是消防局。是你打的911吗？"

"呃，"普里亚菲托说，"不是我，其实。"他紧张了。"唔，我喝，呃，我的女朋友在这儿喝了很多酒，而且，呃，她有呼吸……"

"她现在有呼吸吗？"

"是的，她绝对有呼吸。"此时，普里亚菲托的尖锐声调里夹上了几分怒火。"绝对有呼吸。"

"她有没有呕吐？"

"没有，她正坐在床上，她昏过去了。我是说，我是个医生，实际上，所以……"

"好的，行了。"

"她正坐在床上，呼吸正常，我是说……"

"你让她坐起来了？"

"嗯，她现在坐起来了，对。"他声调中的怒火更旺了。

"她现在醒了吗？"

"没有，她有点，非常晕，你懂的。所以……"

"好的，只要确保她不会摔倒就行。我们很快就会赶过去检查她的情况，好吗？"

"好的，行，行，行。谢谢。"他的语气听起来像是迫不及待地想要挂断电话。

"你知道她喝了多少酒吗？"

"你懂的，很多。我是说，我走进房间，里面就有很多，呃，你懂的，易拉罐……"

"好的，但她有没有摄入其他东西呢？还是只喝过酒？"

"我觉得就只有酒。"

"好的，我们马上到，先生。"

消防救护人员很快就到了。德文汗给街对面的办公区打电话找经理时就听到了逐渐接近的警笛声，这件事需要找一位级别更高的人去跟当局交涉。人事总监接了电话，她说马上过来。警笛声越来越大，然后安静下来。一辆消防车和一辆救护车停在了酒店大堂那一侧的路边。两名消防救护人员拖着轮床走进了大堂，街道上低沉的噪声也随着他们穿过了大门。紧跟在他们后面的是一位年纪较大的消防员，他身材高大，头发花白。德文汗把他们带往电梯时，这个年长的消防员开始问话了。

"你知道这当中涉及什么毒品吗？"

"我们去房间吧。"德文汗没有正面回答。

到达三楼后，两名救护人员拖着轮床直奔312号房，德文汗则带着那位年长的消防员去了304号房。这位消防员看了一眼地上的用具和焦斑点点的床。保安打开了住客的保险箱，里面果然有一个装着白色粉末的小塑料袋。德文汗在母亲身边见多了这种粉末，所以他能认出这是冰毒。

"在警察赶到之前，不要让任何人进来，"这名消防员说，"让这个房间保持原样。"他说完便去协助那两位救护人员了。

警察一直没到，所以另一名酒店员工又打了一次911，以确保他们能来。此时酒店的总经理已经从公司的办公区过来了。德文汗陪他站在那儿看着304号房的烂摊子，同时向他简要说明了情况。走廊里，救护人员已将这名女子抬上了轮床，正要送她进货梯。为了叫醒她，他们大声喊着："莎拉？莎拉？你能听到我们说话吗，莎拉？"

莎拉。

一股寒意袭来。德文汗的女儿就叫莎拉。这实在让人触景生情，他刚刚目睹了一位父亲的噩梦——女儿被绑在轮床上，不省人事，仿佛永远不会醒来。无法抗拒，也发不出声音，她的生命掌控在陌生人的手中。德文汗再次想起了那个男人几次企图阻止他打电话给救护人员的举动。他还想起了放在电视机上的三脚架。他认定这个男人——这个普里亚菲托——把手机架在那上面拍下了这间房里导致女孩吸毒过量所发生的一切。

"警察赶到的时候，你得让他们去拿那个家伙的手机，"德文汗对总经理说，"我敢肯定里头有些恶心的东西。"

至此，德文汗已无事可做。五分钟后他便开车回家。他以为警察会铐上这个男人并把他带走，他已经迫不及待地想看到这一幕了。

那个周末的大部分时间里，德文汗都在给优步开网约车。酒店的薪资并不够他的开支，德文汗夫妇不仅要支付按揭贷款，还要为莎拉积攒大学的学费。为了增加收入，塔尼娅也在圣莫尼卡的一家很吃香的墨西哥餐厅做轮班服务生。他们尽力调整了工作日程——德文汗的说法是"就像夜里往来的船只"——以确保他们当中总有一人在家照看女儿。

当德文汗把这起吸毒过量事件和他通知当局的决定告诉塔尼娅时，她马上就开始担心了。他知道她肯定会担心。他的妻子就是爱多想。

"你报警了？"塔尼娅问他。她怕那个老头儿可能会伤害她的丈夫。那可是住在康斯坦斯酒店的有钱人。"谁知道这些人是什么来路？"

德文汗向她保证不会有事的。

当地的新闻网站上并未刊登有关这次吸毒过量事件的消息，也没有什么人被捕的报道。德文汗并不奇怪。例行的缉毒行动并不一定都会登文见报。他只是想知道那个姑娘有没有活下来。但他怎么才能确定呢？用药过量致死事件也没有新闻价值，除非死者是个名人。

接下来的周一，清晨的日头刚刚升上山巅，德文汗在惯常的时间到岗上班。他在酒店正门旁的一间服务厨房里碰见了一个正在喝咖啡的同事，这个狭小的空间闻起来有股烤百吉饼的味道。自德文汗上周五离开后，这个同事一直在值班。德文汗问他，警方有没有逮捕那个牵涉这起吸毒过量事件的男人。这问题更像是个话头，而不是真正的问题，因为警方逮捕此人看来是理所当然的。

"没有，"同事说着摇摇头，"没人被捕。"

德文汗吃了一惊："你说什么，没人被捕？"

"警察来的时候，就好像已经知道这个人是何方神圣了。他们没有抓他。他们什么都没做。他们还说什么'滥用药物不是犯罪，只是种病'。"

这说不通。"他们没找他要手机吗？"

"他们没要他的手机。"他耸了耸肩，好像在说这个事儿没法解释，"哦对，那家伙还真是个医生。"

德文汗还是不大相信："开玩笑吧。"

"真的，而且不是普通医生——他是南加州大学医学院的院长。"

"什么？"

"他是院长，真的。南加州大学的。"

德文汗盯着他。不消一会儿，他的怀疑就变为愤怒，继而转为厌恶。德文汗明白自己会为此做点什么。自己必须行动。这是原则问题。

2　莎拉和托尼

两个月前，也就是1月的一个晚上，[1] 卡门·普里亚菲托医生正开着他的保时捷疾驰在马里布市的太平洋海岸高速公路上。在上下班时间，这段公路通常只能龟速通过，但此时的交通相当顺畅。在这条路的下方，月光照亮了黑暗中的拍岸浪花，海面反射出丝绸般的光泽，由于距离相隔甚远，那波涛拍岸的声响像是被按了静音。普里亚菲托转向特兰卡斯峡谷，往北驶上了圣莫尼卡山脉那条纹纵横的峭壁。这是全球房价最贵的居民区之一，尽管当地居民们不得不应付旱季的野火和雨季的泥石流。普里亚菲托要去的地方是创新护理中心，那是在马里布市开门营业的众多成瘾治疗中心之一。它们的选址基于营销策略，基本都是些豪华的疗养院、五星级度假村版的中途之家 ①，用舒心的海景、美食大厨和女按摩师来帮人戒除毒瘾和酒瘾。它们

---

① 中途之家（halfway house），有时也称"社区矫正中心"，是一种提高人的环境适应能力的过渡性住宿式社区矫正机构。

搞这些花架子可不是做慈善。像创新护理中心这样的地方每月收费至少三万美元，而且往往更高。它们吸引到了查理·辛、林赛·罗韩和小罗伯特·唐尼这样的客户，对那些名气不大却荷包鼓鼓的瘾君子来说，这些客户也是一个卖点。

普里亚菲托非常有钱。[2]他在南加州大学的年收入超过100万美元，他和妻子在帕萨迪纳的一套住房，估价约为600万美元。他认识莎拉·沃伦的时间不长，莎拉并非他的妻子，不过这并不妨碍他在她身上挥金如土，[3]豪掷数十万美元。他支付了她的所有生活开销，从帕萨迪纳和亨廷顿比奇[①]的一套套公寓的租金，到她的车贷、社区大学的学费甚至有线电视的账单，连家具、服装、化妆品和牙科治疗的费用等都无所不包。他每周给她的零花钱高达1000美元。当然他也支付他们去纽约、迈阿密、波士顿甚至瑞士的旅费。在纽约，他们住的是莱昂纳多·迪卡普里奥最喜欢的（有人这么说）广场酒店那间套房。普里亚菲托还带她去第五大道的波道夫·古德曼精品店购物狂欢，花费1000美元，只为一对耳环和一条项链。

这些费用对普里亚菲托来说只是不值一提的数字。莎拉已经成了他生活中独一无二的焦点，令他痴迷。[4]莎拉叫他托尼，这出自他的中名安东尼。有时她甚至会叫他甜心——甜心！他跟她说他爱她。

---

① 亨廷顿比奇（Huntington Beach）是加利福尼亚州橙县的一个城市，位于该县西部，临太平洋。

比爱情更要命的是他的控制欲。莎拉知道这是他们关系的基础。一旦她挣脱了他的掌控，一旦她真的戒除了毒瘾，一切就将终结——他对她来说就什么都不是了。普里亚菲托不容许这种情况发生。他会开一小时的车，把保时捷开上那峡谷的狭窄弯道去马里布市，原因就在于此。就在那天，莎拉住进了创新护理中心。[5] 她的父母说服了她去戒除毒瘾。这是她第二次入住此地了。几个月前，她在这儿住了两周才离开。只是戒毒实在太难。这一次情况看起来也不太好，因为普里亚菲托给她打了个内部电话——她的手机在登记时已被没收——说她把非法藏匿的赞安诺[①]忘在了他的车里。莎拉并没有赞安诺的处方，戒瘾中心也不可能给她开这个处方，但普里亚菲托一直在给她供药。等她服用了足够多的赞安诺——几倍于正常剂量的苯二氮卓类药物[②]——她对冰毒和海洛因的渴望就会减弱，因为这种剂量可能会使人深度成瘾。她在电话里让普里亚菲托把药带过去，这位凯克医学院院长也照办了。他这就是在给戒瘾中心里的年轻瘾君子运送毒品。他违反了法律，打破了自己职业上的所有伦理准则，打破了一切以守护人类健康为目标的职业伦理准则。普里亚菲托给她提供毒品，因为他可以借毒品一直控制她。她无法抗拒——她年轻、绝望、无助。

　　普里亚菲托开进特兰卡斯峡谷，把车停在创新护理中心院

---

　　① 赞安诺（Xanax），又名阿普唑仑（Alprazolam），是用于治疗焦虑症、抑郁症、失眠的药物。长期使用会成瘾。
　　② 苯二氮卓类药物（benzo）是一类镇静催眠药的总称。

区的停车场，它们的七栋楼散落在山坡上。私运赞安诺并不容易。莎拉上一次入住此地时，普里亚菲托就多次来探望她，所以这所戒瘾中心的工作人员都认识他，[6] 而且对他印象深刻：一个粗鲁、爱管闲事的医生，亮出自己的资格证书，冲他们大吼大叫，说莎拉需要这个、需要那个。他们还记得，莎拉和他之间的关系按说该是一种职业医患关系，不过事实并非如此。他们也认得他的保时捷。

早在遇到莎拉之前，普里亚菲托就已经厌倦了身为院长、医生、丈夫和父亲的古板生活。无论是在本行业里的显赫地位，还是努力建立起的卓越声誉或是家财万贯，对他而言都无关紧要了。普里亚菲托本是一个来自水牛城郊区的意大利裔小伙，父亲是电气工程师，母亲是家庭主妇。他非常聪明，雄心万丈，先后入读哈佛学院和哈佛大学医学院，以优异的成绩获得医学学位，[7] 并且在多年后成为一名眼科医生。完成学业后不久，他便作为临床医生和外科医生，凭借自己的才华在行业内声名鹊起。普里亚菲托与人合作发明了光学相干断层扫描术，这是一项突破性技术，利用光波拍摄视网膜的图像，可以协助诊断和治疗眼部疾病。艺术品修复者也可以用这种技术对画作的层次进行成像。印象派画家有多会运用色彩，普里亚菲托对眼球就有多了解。他不是那种给你开隐形眼镜处方的一般医生。

医学界对此早有关注。普里亚菲托在哈佛大学马萨诸塞州眼耳医院创建了一所激光研究实验室。接着，塔夫茨大学医学院的教学医院也力邀普里亚菲托加入，他在那里创办了新英格兰眼科中心。他的下一站是迈阿密大学，为这所学校的医学院的眼科研究所掌舵，并使其在《美国新闻与世界报道》杂志的一项极重要的排名中重返榜首，这个排名就相当于美国大学及其专业学院的年度选美比赛。这些排名被当成一种工具，用来加快筹款速度，帮助学院招募教授和研究人员等精英，而这些人对那些七位数的研究拨款都趋之若鹜。《美国新闻与世界报道》上的高位排名会让校友们为自己就读过的院校感到自豪，因而往往会更加慷慨地捐款，这又为那些受雇于盈利性研究领域的大人物提供了资金。在普里亚菲托任职于迈阿密大学期间，该校的科研经费就增加了两倍。

相比于如何花钱，普里亚菲托更了解金钱本身。仿佛是嫌自己的学历尚不够出色，他还去宾夕法尼亚大学沃顿商学院拿了一个硕士学位。

2007 年 8 月，南加州大学教务长邀请普里亚菲托担任该校医学院的负责人。该校的时任教务长是 C. L. 马克斯·尼基亚斯，这是个笑容可掬的男人，长着一张方脸，生于塞浦路斯，说话略带着一点类似西班牙语的口音。尼基亚斯很看重普里亚菲托在迈阿密大学的建树，尤其是他在募集科研款项方面的成绩。这种能耐正是南加州大学凯克医学院之所需，因为同城的加州大学洛杉矶分校医学院更加成功，也更有声望，两者之间的竞争更是漫长而无休无止。它们争夺着最好的学生、最丰厚的资金以及最重要的**名气**。这关乎着**地位**，而地位又取决于谁在《美国新闻与世界报道》的排行榜上排名更靠前。新闻机构和另一些组织剖析过这些排名，发现它们缺乏衡量一所大学优秀程度的真正指标（甚至还很容易被收买），然而这一发现对校长和筹款主任们来说并没有多大意义。[8]这些排名已经成为一种品牌，一种认可，一种该就读哪些院校以及哪些院校最值得捐款的标志。

普里亚菲托接受了尼基亚斯的邀请。迈阿密大学待他不薄，但他无法抗拒在美国西部最大的私立大学执掌医学院的机会。南加州大学在聘用普里亚菲托的当天就发布了一份新闻公告。[9]"我很荣幸能成为凯克医学院和南加州大学领导团队的一员，"普里亚菲托在这份公告中说道，"凯克医学院即将成为美国医学界的领导者。"

尼基亚斯也在这份公告中称："我们相信这一任命预示着凯克医学院即将迎来变革的时刻。"

普里亚菲托与妻子——精神病学家珍妮特·派恩带着他们的三个孩子搬到了洛杉矶。这对夫妻本是哈佛大学的同窗，现在又一同入职南加州大学：派恩也受聘成为南加州大学的精神病学副教授。他们买下了帕萨迪纳的一栋标志性住宅，[10]这栋拥有百年历史的都铎复兴式豪宅，① 占地面积约 1022 平方米，还带有 6070 平方米以上绵延起伏的草坪，成龄树沿着南洛斯罗伯斯大道优雅地排成一道曲线。这栋建筑的设计方是享有盛誉的哈德森和蒙塞尔建筑公司，南加州大学对面的博览园里一座带

---

① 都铎复兴式建筑模仿的是中世纪的茅草屋或乡间别墅，最显著的特征是坡屋顶、高大有竖框的窗、高烟囱、柱撑门廊，以及茅草屋顶等。

圆顶和立柱的洛杉矶县自然历史博物馆，就出自该公司手笔。

院长一职压力很大。普里亚菲托接受这份工作时，《美国新闻与世界报道》给凯克医学院的排名比加州大学洛杉矶分校医学院低了 25 位，这是个令人望而生畏的差距，甚至很可能无法逾越。但普里亚菲托非常坚定。凯克医学院保守古板、行事僵化——其历史可以追溯至 1885 年——但他撼动了它。他在这里的行事作风并不总是那么温和。一些系主任和教职员工，尤其是任职时间较长的老教职员工都抱怨过他的刻薄，以及他对共治精神的不屑。但教务长或校长办公室的人似乎都不在乎。对他们来说，重要的是普里亚菲托吸引了 70 多名教授来到凯克医学院，包括一些自带大笔资金的科研人员。他甚至设法挖来了加州大学圣迭戈分校的一名教授及其实验室，这个实验室在寻求阿尔茨海默病的疗法方面处于国际领先地位。该实验室正在世界各地进行药物试验，随着其工作的进展，预计将会获得数亿美元的资助金。这是一笔能够改变游戏规则的钱，而且这还只来自一个实验室。

普里亚菲托担任该院院长刚满八年，据他个人统计，自己已经为这所学院募集了十亿美元的新资金。在他的推动下，凯克医学院和南加州大学成为各项国家级大会和培训研讨会的主讲方。他当时不是在宴会上与医生和研究人员们交流行业内幕，就是在代表南加州大学参加盛大的筹款活动，在一些宣传照中，他既能与沃伦·比蒂、杰·雷诺等好莱坞名人有说有笑，也能与拉里·埃里森这样的商业巨头抵足而谈。[11] 这是这份工作最有趣的部分，没错，但对于那些没那么光鲜的要求，普里亚菲托也没有落下。他在一流的医学期刊上与人合发了数十篇文章。他在加州再生医学研究所的理事会中也占有一席之地，该研究所给一些不治之症的干细胞疗法研究提供了数十亿美元的资金。

然而普里亚菲托并不满足于这一切。这种不满足的心态还延伸到了他的一项消遣上——集邮。[12] 他从小就开始集邮，长久以来，这个爱好都能让他放松身心，帮他集中精力。普旦亚菲托在无论哪方面都成就斐然，在集邮方面同样也是一位屡获殊荣的集邮家，其藏品据说价值数十万美元。一场即将举行的拍卖会还推出了"卡门·A.普里亚菲托医生美国独立邮件收藏集"，其中包括一些独立于政府邮政部门的私有企业在 19 世纪发行的邮票。集邮同好们对这一系列赞不绝口，称其为同类藏品中的最佳珍品之一。

小小**邮票**而已。普里亚菲托需要的远不止这些。转眼间就迈入 65 岁左右的年纪，他已是名副其实的老人了。他的婚姻进入第四个十年，子女也都已长大成人。工作和随之而来的所有附加利益对他来说已经变得越来越无足轻重。他需要一些更迷人的东西。某种让人兴奋的、有风险甚至危险的东西——某种**让自己感觉活着**的东西。

莎拉正是这件"东西"。

普里亚菲托停好保时捷，然后拿着一个装有约 50 片赞安诺的自封袋钻出车来，在冷冽的夜色中走向莎拉戒毒的那栋楼。

3　内幕消息

德文汗无法就此罢休。[1]

更确切地说，他**不会**就此罢休。只要他愿意，他也可以就此打住——忘了它，闭上嘴，然后走开。而且这样能让他的妻子安下心。塔尼娅的担心不无道理。面对多项罪行的压倒性证据——**那间酒店客房简直就是毒品和吸毒用具的后院拍卖现场**——普里亚菲托显然有足够的资源使自己免于被捕，这意味着人们敬畏他。在德文汗和他的短暂接触中，卡门·普里亚菲托显得淫靡浪荡，他是一个亡命之徒，一个愚蠢的老头，一个被卑贱的恶习掏空的讨厌鬼。但他也是一位举足轻重的医学院院长，名字和面孔在谷歌上随处可见，没有任何污点。他是一位重要人物，在一所重要的大学担任着重要的职位。普里亚菲托毕业于哈佛大学，非常富有，而且是**白人**。德文汗与这些属性毫不沾边。他是毕业于河滨社区大学的文科副学士。如果德文汗把他所知的此次吸毒过量事件的情况公之于众，那么普里亚菲托打压他的办法肯定不止一种。

然而这件事还是啃噬着德文汗的心。德文汗在脑海中一遍又一遍地回想着，普里亚菲托本该落得什么下场，最终却没了下文。他忍不住回想起那个姑娘，那个莎拉，以及普里亚菲托是如何有意阻止他为她寻求救助的。一个**医生**，一个所谓的治病救人者。德文汗独自坐在办公室里的时候，这些思绪不断折磨着他；而在那紧闭的房门之外，康斯坦斯酒店的大堂显得安静非常。自警察放过普里亚菲托以来已经整整一周了。德文汗也设想过，或许警方在进一步调查后就会逮捕普里亚菲托了。但他转念一想又觉得不对，如果警察掌握的 304 号房里发现的证据不足以逮捕他，那只能是因为他们根本就不想搜集足够的证据。他们是故意视而不见。

德文汗能做些什么呢？当然，他可以打电话给帕萨迪纳警察局，要求与一名警官甚至局长谈话，让对方说明为何普里亚菲托可以逃脱责任。但这有什么用呢？与警察对峙只会激怒他们。难道得罪帕萨迪纳的警方是什么明智之举吗？这家警察局可没有善待该市黑人居民的美名在外。[2] 此前就曾发生过疑似警察枪杀黑人的事件。[3] 去年夏天，他们逮捕了帕萨迪纳"黑人的命也是命"活动的一名组织者，并根据加州过去的私刑法（尽管该术语在同年早些时候已从法规中删除）指控她犯有重罪。[4] 警方声称她企图阻止他们逮捕另一名女子，根据他们的说法，这是一种私刑。[5] **说真的，还是别想着去找警察了。**

所以接下来……怎么办？找谁？找媒体，那并不可靠，因为记者们肯定想跟他面谈，还有可能公布他的名字。如果德文汗参与任何揭露此次吸毒过量事件的活动被公开，他都有可能因违反保护客人隐私的基本规章而遭解雇。他在酒店业发展的前途也将会在瞬间化为泡影。

他盯着自己的电脑屏幕。当时是上午，刚过十点半。**不能让普里亚菲托逍遥法外，也不能让警方甩脱责任。**如果德文汗没法找警察，也许他可以联系市政府。如果他不能去找媒体，也许他可以声称媒体**正在**调查这起吸毒过量事件，以此来吓唬市政府。也许这会促使一些人行动起来。

有很多也许。

德文汗弓身敲击键盘，打开了帕萨迪纳市政网站。他点击部门链接，然后停在市检察官米歇尔·比尔·巴格内利斯的页面上。该页面有一个入口站点，欢迎居民通过电子邮件表格提交评论。

完美。

但随后德文汗又迟疑了。他并不相信网络的匿名性，他绝不会使用自己的个人电脑做这样的事。用他的工作电脑联系市政府要安全些，但他也不确定这有多安全；如果向市检察官提交的匿名评论可以追溯到他办公桌上的电脑和他的登录凭据，那也不足为奇。德文汗很清楚，如果他引发的调查让自己惹上了麻烦，那么第一个获知他参与其中的人将是他的老板，第二个就是普里亚菲托。

德文汗可能面临的伤害，也就是他感受到的威胁还在蛰伏。这正是普里亚菲托这样的人用来封人之口的东西。

好吧，去他的。

德文汗开始敲击键盘。[6]他在电子邮件表格上只自称是一位**关心此事的市民**。他写道：

> 关于 2016 年 3 月 4 日发生的涉及凯克医学院院长卡门·A. 普里亚菲托的事件的报道即将公布。我与帕萨迪纳关联甚深，很不愿看到帕萨迪纳警察局的形象因可能的包庇之举而受损。请在为时过晚前调查此事。

他深吸一口气，然后把它发送了出去。

没有迹象表明市检察官办公室针对德文汗的电子邮件作了任何回应。那个周五没有，接下来的几周也没有。他传达的信息仿佛在康斯坦斯酒店和市政府之间的某个地方蒸发了。

德文汗明白这封电子邮件已经不大可能起到什么作用了。他清醒地认识到市检察官及她的下属与警方属于同一阵营。市检察官或多或少也是这家警察局的律师。她为什么要去追查普里亚菲托这样的重量级人物，然后让检察官与警察局之间的关系复杂化呢？德文汗两面都下了注。他可没等上几周才这么干。在他发出这封电子邮件后的周一，他就决定将他所知道的有关普里亚菲托的情况告知南加州大学校长——**一个名叫 C. L. 马克斯·尼基亚斯的男人**。德文汗无法确定这个尼基亚斯或他身边的人是否与这一包庇之举有关。唯一能确定这一点的办法就是把普里亚菲托的事情直接甩给他。德文汗在南加州大学的网站上找到了尼基亚斯办公室的电话号码。德文汗知道，即使是用保密号码拨打，他也会再次面临暴露自身的风险。若是警察想要找到他，难道他们还不能通过运营商来破解他的保密号码吗？他不确定南加州大学在不借助警察的情况下能否做到这一点，但他不得不假设他们可以做到。无论如何，给尼基亚斯打电话也不会比联系市检察官更加危险。

德文汗下定决心打这个电话的时候还在上班。他必须干成这件事。他得说服自己，自己已经尝试了所有合理的办法。不过在康斯坦斯酒店打这个电话并非上策——因为如果尼基亚斯和他通上了话，那么他有可能要打好一会儿电话。德文汗打算把酒店里发生的这件事的大量细节都告诉对方。他通话的时间越长，同事打断他甚至无意中听到他讲话内容的可能性就越大。在午休时间，德文汗把尼基亚斯办公室的电话号码输入了自己的手机，但并未拨打，然后离开了酒店。那天没有起风，天气十分晴朗。他转过街角，沿门托大道向南走去，行经康斯坦斯酒店车库远端的一间装饰着霓虹灯带的小酒馆，[7] 走过街对面的那栋和康斯坦斯酒店一样古老的诺曼底公寓楼。格林大街另一边的公寓要新一些，而且很方正。当德文汗穿过格林大街时，他拨打了这个号码。

一位女士接了电话。她的声音听起来很年轻。也许是名研究生助理？德文汗确定自己打通的是校长办公室的电话后，当即要求与尼基亚斯通话。对方用稚嫩的女声询问了德文汗的名字和他致电的原因。他回答说他不会透露自己的名字，然后他便开始反复提及他所掌握的有关其医学院院长的信息。德文汗那冷静而从容的语气与他十天前跟911调度员对话时如出一辙。这个女人礼貌地打断了他，问他能否将他提供的信息以书面形式发送到这间办公室。

"不行，我不想这么做。"德文汗说。

这女人说她会帮他转接出去。一阵沉默之后，另一个女人接了电话，她问德文汗有何贵干。和第一个女人一样，她也没透露自己的名字。德文汗再次要求与尼基亚斯通话。对方说校长无法接听，并暗示德文汗充其量也只能跟她谈。

这通电话花费的时间比德文汗想象的还长。他已经穿过科尔多瓦街和德尔玛住宅区，走过一些公寓楼，几乎要走到圣帕斯夸尔街，那儿有一片橡树的树冠把门托大道笼盖在阴影之中。

德文汗把一切都开诚布公地告诉了第二个女人：3月4日，帕萨迪纳市的康斯坦斯酒店里发生了一起吸毒过量事件，而凯克医学院院长卡门·普里亚菲托正是当事人。受害者是一名年轻女性。房间里有毒品。警方也到了现场。

德文汗察觉到这个女人正在做笔记。他一口气说明了情况。

这个女人表示，德文汗必须以书面形式提出投诉，校方才能受理。**投诉？对方就是这么理解他所提供的信息的？**

"我已经尽了我的本分。"德文汗跟她说道。

他随后告诉这个女人，记者正在调查此事。这是吓唬他们的。女人则什么也没说。

德文汗向她表示感谢后便挂了电话。

"你确定你不会有事吗？"塔尼娅问道，"这些有权有势的人会放过你吗？"

她等待着德文汗的回应，尽管她知道丈夫会怎么说：**他不会有事的，全家人都不会有事的。**她想起他打 911 的时候就是这么说的，后来打给市检察官的时候也是一样。但这一次，他给南加州大学的校长打了电话。如果这让那位院长惹上了麻烦，她的丈夫可要付出代价了。塔尼娅的思绪飞快地转动着。**无论那个院长、那个丑男人认识什么人，他们都会报复德文汗的。**她还记得丈夫得罪那个俄罗斯商人后发生了什么，那个满口脏话的家伙，也是个有钱人。她怎么忘得了呢？就因为这个俄罗斯人，她丈夫最后丢掉了工作。而这个院长和南加州大学的校长可比那个俄罗斯人的能耐大得多。

"我们不会有事的。"德文汗又这么说道。

他刚刚下班回到家，塔尼娅正要去上餐厅的晚餐轮班。他们住的平房远远谈不上奢华，但这已经是他们过去以为自己永远都买不起的那种社区里的房子了。他们的女儿在学校也表现得很不错——非常聪明！他们的生活很美好。

"多留个心眼！"她对丈夫说。

日子一天天过去，并没有什么普里亚菲托接受调查或有关康斯坦斯酒店吸毒过量事件的消息。警察没有尽责的事情无人提及。各家报社或其网站上没有相关报道。电视上也是一样。德文汗已经把他知道的情况告知了两个有责任履行正义的机构——政府和大学，但他们一概无视，把它掩盖了。

他们的包庇行径似乎已是确凿无疑。

德文汗并不甘心。他十分煎熬。即便确定了不会有人开启调查，他还是想再试一次。他再一次隐藏自己的号码，做了最后一次尝试——这次是打给《洛杉矶时报》。对媒体，他不需要再虚张声势。他在《洛杉矶时报》的网站上找到了一个举报热线，当时这个网站正在宣传该报即将在南加州大学校园举办的图书节活动，这是全美同类活动中规模最大的一场年度活动。德文汗并没留意到这一点，他拨打了那个号码。一名接线员接听了电话。德文汗告诉她，他要找记者爆个大料——一个本地的料。接线员接入了一个电话留言提示。

电话留言肯定不行。别人能从他的声音辨认出他。德文汗挂断了电话。

吸毒过量事件已经过去一个月了。德文汗不得不承认自己一头撞上了南墙。也许塔尼娅的悲观预估一直都是对的：你没法跟这些人斗，这么干不可能不承担后果。在德文汗看来，后果或许只是自己会有挥之不去的愤怒和挫败感，那是因为知道坏人逍遥法外而产生的低落情绪。他已经做好了准备，一旦调查启动，他就会挺身而出。如果需要他的证词，他会出庭作证。但他拒做独狼，不愿以吹哨人的身份将事件公开。自从他拨打

911 的那天起，所发生的一切——以及**没有**发生的一切——都证实了他的直觉，那就是如果他走上这条路，他和他的家人会受到伤害。

德文汗不再关注有关普里亚菲托的任何报道了。是时候放手前行了。

这起吸毒过量事件发生五天后，在距帕萨迪纳约 76 公里处，前第一夫人南希·里根的出殡车队正在西米谷市的马德拉路上蜿蜒前行。罗纳德·里根总统图书馆在当天要举行一场瞻仰里根夫人的公众活动，她将与丈夫合葬在那里。这座图书馆倚立于马德拉路旁边一片被太阳晒成褐色的山坡上，正对着圣苏珊娜山脉的全景，很多西部片就在这里的巨石和崖壁之间取景。《洛杉矶时报》的资深摄影师里卡多·德阿拉坦哈对这支车队作了报道。[8] 他把车开到一条小街上，停在这座图书馆的下坡处，然后用笔记本电脑发送他拍的照片。他在车前盖上了一块防水布以遮挡阳光，好更清楚地看到电脑屏幕上的图像。这在附近的人看来很可疑，于是有人报告了西米谷市的警方。一名警员骑摩托车迅速赶到，一辆巡逻车也随其而至。三名警察的到来让德阿拉坦哈大吃一惊。他表明自己是《洛杉矶时报》的摄影师，并向警察出示了他的媒体从业证件，但这并未取信于他们。德阿拉坦哈表示，他们之所以针对他，是因为他并非白人。他是巴西裔。

在西米谷市，种族是一个敏感话题。西米谷是一个以白人为主的郊市，在臭名昭著的罗德尼·金殴打案 ^① 中受到指控的四名洛杉矶警局警员就是被这里的陪审团宣判无罪的。这一无罪判决引发了 1992 年的洛杉矶暴动。据德阿拉坦哈的律师称，西米谷市警方围住了他的这名 65 岁的当事人，将其按倒在地，还给他戴上了手铐。他们以涉嫌拒捕和阻挠执法人员执法的罪名逮捕了他。

德阿拉坦哈当时怒不可遏，后来，检察官决定以他拒捕为依据而对他提出轻罪指控时，他更是火冒三丈。⁹ 他以为该案会被撤销，因为他并没有威胁到任何人。在被起诉的第二天，德阿拉坦哈从阿古拉山的住所驱车穿过圣费尔南多谷，来到了帕萨迪纳，他的侄子在这里办了一场小型派对。不消一会儿，德阿拉坦哈就在聚会上对他惹上的官司发起了牢骚，说自己居然因为拍照的工作而遭到了逮捕。

德文汗正是这场派对的来宾之一。德阿拉坦哈的侄子和德文汗的住所只隔了两栋房子，他是这家人的密友。这两家人会一起度假，他们的女儿们也经常一起玩耍。德文汗并不认识德阿拉坦哈，不过，德阿拉坦哈讲述自己被捕的经过时，德文汗就坐在厨房餐桌对面。德阿拉坦哈所表达的要点就是他不过是在干自己的工作。

"你在哪儿高就？"德文汗问他。

"《洛杉矶时报》。"德阿拉坦哈说。

---

① 1991 年 3 月 3 日，洛杉矶的四名白人警察殴打了黑人青年罗德尼·金，其过程被人偶然拍了下来，这四人遂因刑事罪受到起诉，后被判无罪。

后来回想此事时，德文汗说自己的"眼睛瞪得就像月亮那么大"。[10] 他正在一个朋友的家里，这是个他可以信任的人，而这个朋友的叔叔恰好就是最终可以帮他揭露普里亚菲托及其包庇者的人。

"老兄，"他对德阿拉坦哈说，"我有个故事，你想听吗？"

德阿拉坦哈仔细听完了这个故事，两天后，我获知了德文汗的这个内幕消息。由于我对南加州大学相关的调查有些经验，编辑们决定让我去一探究竟。七年前，我的报道披露了南加州大学橄榄球队主教练、该校备受尊敬的一个人物——皮特·卡罗尔违反美国全国大学体育协会[①]的规定，秘密聘请了一名美国国家橄榄球联盟[②]的前任教练来协助管理特洛伊人队[③]的开球和弃踢[④]小组，也就是所谓的特勤组。[11] 这一违规行为后来成为美国全国大学体育协会严厉制裁南加州大学的依据之一——这是该协会历史上对院校施加的最严厉的制裁之一——该制裁主要是基于几项与此事无关的针对特洛伊人队跑卫[⑤]、海兹曼奖[⑥]获

---

① 美国全国大学体育协会（NCAA）是由一千多所美国和加拿大大学院校所参与结盟的一个协会。其主要活动是每年举办的各种体育联赛，其中最受瞩目的是上半年的篮球联赛和下半年的橄榄球联赛。

② 美国国家橄榄球联盟（NFL）居北美四大职业体育运动联盟之首，是世界上规模最大的职业橄榄球大联盟。

③ 南加州大学橄榄球队的队名即特洛伊人队（Trojan）。

④ 在橄榄球比赛中，攻方为了避免守方在极有利的位置（靠近原攻方的达阵区）取得进攻权，通常会在第四次进攻时将球高踢到守方的大后方，此即所谓弃踢（punting）。

⑤ 跑卫是橄榄球运动中持球跑动进攻的球员。

⑥ 海兹曼奖（Heisman Trophy）是一项授予美国大学橄榄球运动员的奖项，是大学橄榄球运动员所能获得的最高荣誉。

得者雷吉·布什和篮球明星 O. J. 梅奥的指控。这起吸毒过量事件的内幕消息传来时，我和同事内森·芬诺正在对南加州大学的天之骄子——帕特·哈登展开深入调查，此人当时是这所大学的体育部主管。

在 1973 和 1974 赛季，哈登是特洛伊人队的首发四分卫[①]，后来在洛杉矶公羊队也打过同一位置——在他的家乡，他是大学赛场和职业联赛中都罕有的顶尖运动员。退役之后，他时常出现在大学和职业橄榄球赛事全国转播节目中，尤其是圣母大学的比赛转播中。衣着光鲜、勤奋上进的哈登不但是成就斐然的运动健将，也是一名罗德学者[②]、律师和多金的投资顾问。芬诺和我曾报道过哈登继续担任着各公司董事会中的厚利职位，同时兼任大学体育部主管——这种兼职完全合法，但可能会让他无法专注于南加州大学的职务。这相比于我们发现的其他问题还远称不上糟糕。他还掌控着一家为低收入学生提供奖学金的慈善机构，然后通过这一机构给自己和亲属发了 240 多万美元的报酬，而非营利性监督机构表示这些工作本应是义务性的。

南加州大学的领导层中还能发生什么比这更严重的问题？我准备查个水落石出。

我给德阿拉坦哈发了封电子邮件，打听了他那个线人的姓

---

① 在橄榄球比赛中，四分卫列于中锋后方，是球队进攻的大脑，整个攻击体系的中心，所有进攻战术均通过四分卫传达到场上。

② 创立于 1903 年罗德奖学金（Rhodes Scholarship）是世界上历史最悠久、最负盛名的国际奖学金项目之一，有"全球青年诺贝尔奖"的美誉，得奖者即被称为"罗德学者"（Rhodes Scholars）。

名（他只知道此人名叫德文汗）和电话。我一打过去，德文汗马上就说他说的话不能被公开。他解释说，如果他泄露酒店客人信息一事被人发现，他就将饭碗不保。我答应让他保持匿名，《洛杉矶时报》允许消息来源不具名的状况之一就是该报道有可能导致报料人失业。德文汗向我讲述了这起吸毒过量事件，以及警方未对普里亚菲托实施逮捕的情况。这个故事令人震惊——如果它最终经得起仔细检验的话。德文汗描述的细节很精确，包括事发当天的时间。但有一条信息德文汗并未掌握，那就是这个姑娘的姓。他说他只是无意中听到了她的名字，而且不知道这个叫莎拉的姑娘有没有从那次吸毒过量中恢复过来——她是不是还活着。

"这家伙还在指导将来的医生，真让我恶心。"德文汗说。

大约 20 分钟后，我向他道了谢，跟他说我会再联系他。随后我快速查看了《洛杉矶时报》的电子图书馆，发现就在 11 天前，报上发表了一篇四段长的报道，称普里亚菲托已"卸任"院长一职。德文汗显然没留意到此报道。这篇报道并未说明他辞职的理由，这很奇怪。但普里亚菲托在该学期中期的一个周四突然辞去院长一职，这表明德文汗说的的确是实情。

我当时就感觉这起吸毒过量事件肯定是一桩丑闻，但它也简单明了——或者说很容易报道。我认为这基本上就是一个涉及警察的故事，用不了太多时间就能搞定并登报。无非是又一个有权有势的人干了不堪入耳的脏事，这种故事几句话就能说完。

我就是这么想的。直到我去了帕萨迪纳市警察局。

4　头撞南墙

　　洛杉矶县验尸官办公楼有着山墙石、红砖和高窗，看起来更像是一座巴黎的小歌剧院，而不是设有停尸台和冷藏箱的仓库。这栋颇具布扎艺术风格[①]的大楼建于 1909 年，坐落在博伊尔高地[②]的南加州大学健康科学校区的边缘，这片近乎城镇大小的校区正是凯克医学院的所在地。健康科学校区距洛杉矶南部的南加州大学主校区约有 11 公里。这栋验尸官办公楼和卡门·普里亚菲托在帕萨迪纳的豪宅的设计都出自同一建筑师之手。那个被人用轮床运出酒店客房的姑娘也是首先在这里接受了"体检"。"莎拉"有没有因吸毒过量而死？按德文汗的说法，死亡这个可能性不能排除；这个女人一直在呼吸，没错，但她

---

　　① 布扎艺术（Beaux-Arts）是一种由巴黎美术学院教授的、学院派的新古典主义建筑晚期流派。它是一种混合型的建筑艺术形式，主要流行于 19 世纪末和 20 世纪初，其特点是融入了古罗马和古希腊的建筑风格。强调建筑的宏伟、对称、秩序性，多用于大型纪念性建筑。

　　② 博伊尔高地（Boyle Heights）是洛杉矶市的一个街区，位于洛杉矶河以东。

浑身都是瘫软的。如果她没能活下来，那么尸体肯定会送到验尸官手中，而尸检自不可免。如此一来，普里亚菲托、帕萨迪纳警方和南加州大学所面临的问题将更加棘手。

我花了几天时间才确定是否有符合莎拉形貌的人在吸毒过量事件后的几周内因毒品而死。在询问验尸官办公室时，我延长了莎拉死亡的时间线，因为这个女人有可能在死前还曾苟延残喘过一段时间。这家机构拖了很久才作出回应，这并不出人意料。他们要为1000多万人提供服务，其服务人口是美国验尸机构中最多的，而且当年就收到了约1.8万份死亡报告，进行了3300次尸检。长期以来，这里面临着资金和雇员不足的窘境。死人没法开展太多政治游说，所以花钱聘请更多病理学家自然不会是县监事会①的优先事项。

我在等待这家验尸机构回复时还开始检索《洛杉矶时报》的公共记录数据库——LexisNexis、Accurint 和 TLO——以寻找有关普里亚菲托的信息。其中并没有针对他的刑事讼案，唯一被披露的相关法律事件是他的妻子最近提出的离婚申请，她是一位精神病学家，名叫珍妮特·派恩。这很能引发人的好奇心。离婚记录可以提供有关配偶一方或双方的丰富资料，包括性格特点、经济状况、性行为、暴力倾向、吸毒、酗酒以及其他恶习——这些行为方式很可能会造成康斯坦斯酒店中出现那

---

① 县监事会（County board of supervisors）是监督县政府的机构，会通过投票来参与地方的立法和预算等工作，职能相当于市议会。

种场面。有些离婚档案会因为双方的不断争斗而积累得像书一样厚实。但派恩的申请文件很薄，缺乏细节，并未提供任何有关酒店、出轨或吸毒过量的内容。都是"片汤话"。

随后，我收到了验尸官办公室的回复：根据一份严肃的统计数据，在康斯坦斯酒店事件发生后的几周里，有不少洛杉矶年轻人死于车祸、自杀和谋杀，当然，也有死于吸毒过量的。但没有一名死者与德文汗所描述的"莎拉"有丝毫相似之处。

因此，接下来要直面帕萨迪纳警方了。与南加州大学对质之前先找警方，这是个策略性决定。对那些与正面的报道无关的问题，南加州大学校长马克斯·尼基亚斯及其麾下的行政人员一直都未曾正面、积极地回应过《洛杉矶时报》的询问，因为这些询问可能涉及不那么积极的新闻，而不是那些助推该校提升其全国声誉的热情洋溢的文章。我不得不权衡一番，先联系南加州大学会不会降低我让警察开口的可能性？在这种复杂的局面下，我必须考虑到南加州大学和帕萨迪纳市政当局的关联，至少是表面上的关联。在某些方面，这座拥有 14.1 万人口的城市似乎就像是这所大学的一个卫星校区。和这所学校一样，帕萨迪纳也是洛杉矶精英阶层的一处早期堡垒，如今已从一片果园地逐渐发展成气候温暖的度假小城，同时它也是这个蓬勃发展的南加州都会圈里最早的富人社区之一。[1] 帕萨迪纳市的一条大道——橙林道——曾因列于其道旁的豪宅而被称为"百万富翁街"。帕萨迪纳的山谷狩猎俱乐部也是洛杉矶地区最早的私人社交俱乐部之一，在 1890 年开创了后来的玫瑰花车大游行。[2]

一个多世纪后，帕萨迪纳已然成为南加州大学教职工和行政人员的家园，也是那些任职于洛杉矶市中心的律所、银行和经纪公司的富裕校友与捐资者们的一块定居之地。帕萨迪纳市议会中有不少南加州大学的毕业生。3 1999 年至 2015 年，该市市长还曾在这所大学教授法学。帕萨迪纳市的各所昂贵的私立高中都为南加州大学输送着养料。这所大学的名字出现在帕萨迪纳的亚太博物馆中，几十年来，该校还一直管理着帕萨迪纳市享誉全球的工艺美术建筑的杰作——甘博故居①。凯克医学院在帕萨迪纳设有一家治疗中心。南加州大学校长的宅邸则位于邻近的圣马力诺市，那里可以说是帕萨迪纳的一个更为富裕的附属地。这座殖民时期的豪宅有 8 间卧室和 11 间浴室，矗立于帝王宫苑般的约 2.8 公顷的景观园林之中，其中一部分土地还是美国陆军上将乔治·史密斯·巴顿捐赠的。4 巴顿的外祖父是洛杉矶第二任市长，父亲也是洛杉矶的地方检察官。尼基亚斯常在这座庄园里招待和笼络本地的权力掮客，也会在此取悦来自华盛顿特区的外国资本。

总而言之，我们似乎有理由断定：如果帕萨迪纳市政府特别注意和关心其职权范围外的一家私立机构，那一定就是南加州大学了。所以我不得不假设，致电南加州大学或去打听普里亚菲托的情况会促使该校联系市政府里的某个友好的、有影响

① 甘博故居（Gamble House）建于 1908 年，由著名的格林与格林建筑事务所（Greene and Greene）设计，代表了典型的美国工艺美术建筑风格，如今已成为美国的一处历史地标。

力的熟人，哪怕只是为了比我的报道抢先一步。而这很有可能导致周围的人都不敢发声。

这时的我依然认为摸清这起吸毒过量事件的基本情况花不了太长时间。南加州大学可能不会给我的报道提供什么帮助，但他们也不能**否认**这起吸毒过量事件发生过。他们**可以**自称并不知道普里亚菲托就在这起事件的现场，不过考虑到德文汗给尼基亚斯的办公室打过电话，这也会显得十分牵强。我认为，一旦我向尼基亚斯及其管理层道出我所知的情况，他们无论怎么否认都无关紧要了。他们将不得不说明普里亚菲托在这起吸毒过量事件中扮演的角色，以及这是不是导致他辞去院长一职的原因。

不然他们能怎么办？

一个周二的下午，我驱车前往帕萨迪纳，把车停在了市政厅对面的一个计时停车场里。这座市政厅是当地的另一枚建筑瑰宝，建于 20 世纪 20 年代的城市美化运动① 期间。在它那地中海式拱门上方六层楼的高处架设着一个以鱼鳞状瓷砖覆盖的穹顶，其宏伟足以媲美一座州议会大厦。委托兴建这座市政厅的政客们承诺，它将"配得上一片布满鲜花和阳光的土地"。90 年后，它的优美和富丽仍昭示着这座城市的管理者本应有的优雅风度。但帕萨迪纳官方难免有其不足。这里发生过顾有争

---

① 城市美化运动（City Beautiful Movement）是 19 世纪和 20 世纪之交的很多欧美城市为恢复市中心的良好环境和吸引力而开展的城市"景观改造运动"。

议的警察枪杀黑人事件。2014年底，市政厅本身也成了一处犯罪现场，当时市政厅公共工程局的一名分析师被控从市政金库挪用了360多万美元。这一挪用公款行为持续了多年。[5]

我从停车场走过一个街区，来到了帕萨迪纳警察局总部，它那粉刷过的高大弧形门廊恰是对市政厅外观的一种致敬。[6]档案室大厅隔绝了日光。里面有一条长长的接待窗口，上面装设着一些闪烁的对讲机，窗后坐着一位女士，我向她说明了来意。她朝着楼内狭窄的过道里呼叫了某人，几分钟后，特蕾西·伊巴拉警督从一扇安全门后走了出来。伊巴拉是该局的资深警员，也是其媒体发言人，她看起来并不乐意见我。[7]也许是因为我没打招呼就直接上了门——我并没有事先打个电话或发封电子邮件。也许是因为《洛杉矶时报》跟帕萨迪纳市政当局和警察工会打过一场漫长的官司，只为了拿到一名手无寸铁的19岁黑人男子被枪杀的记录。[8]《洛杉矶时报》最终赢得了这场战斗。[9]我告诉伊巴拉我需要什么资料，首先就是有关这次吸毒过量事件的事故或犯罪报告。我提出的理由是，这份报告应该是现成的，很容易找到。不过这位警督寸步未让，她只是说会查下此事。我只能空手而归。

从警察局总部步行到帕萨迪纳消防局的行政办公区只需三分钟，消防局在一栋带有棋盘格窗户的低层商用楼里租用了一块空间。消防局是必去之地，因为他们参与过那次抢救，但鉴于有关病患隐私的相关法规存在，我就算去了也不太可能打探到多少消息。我告诉那个在办公区接待访客的女人，我想和消防局局长或者能代表他的人谈谈。他们都不在，但这位女士给了我消防局媒体联络人丽莎·戴德里安的电邮地址。我回到车里，用手机给她发了一封电子邮件，[10] 还标注了"紧急"："你好。我需要上个月的一次救护行动的相关信息，好为一篇报道收尾。我只是在寻找一些可向公众发布的基本资料。"

说我正在给这篇报道收尾，这在一定程度上可能是有些一厢情愿，但我确实决心尽快将其发表，以防其他新闻媒体四处嗅探。我在这条消息的末尾留下了自己的电话，她在一个小时内就打给了我。戴德里安给我提供了这次急救的一些细节，包括此事与吸毒过量有关、事发地点、当天诸事的发生时间，以及这名女子被送往的医院——亨廷顿医院。料并不多，没有任何当事人的名字。但当天诸事的发生时间很重要，因为它们与德文·汗告诉我的时间几乎完全吻合，精确到了分钟。我对这起3月4日发生的事件及其后续了解得越多，德文·汗的话就越可信。

当天傍晚，接近18点30分之时，我收到了警察局的一名督导——梅丽莎·特鲁希略发来的电子邮件。[11] 她写道：

> 普林格尔先生，我从伊巴拉警督那里获知了你对6PA0021560号事件的申请。随信已附上你所需要的事故［报告］的修订① 副本。

---

① 此处的修订（redacted）是指将某些需要保密的字句涂掉。

哇哦！我真没指望伊巴拉会这么快就公开这份报告——即便她最终会公开。帕萨迪纳警察局会主动提高透明度吗？他们也烦透了被人起诉吗？在阅读附件之前，我甚至都问过自己当晚还来不来得及依据这份警方的报告在《洛杉矶时报》网站上发布一篇报道。时间很紧——在发布之前，我还必须联系普里亚菲托和南加州大学——我也不得不担心潜在的竞争。如果伊巴拉向帕萨迪纳的两家报社都发送了这份报告，那怎么办？或者发给了广播电台？一名医学院院长卷入了吸毒过量事件，所有人都会喜欢这种故事。

随后我打开了这份附件……**不用急了**。这并不是警方报告，而是一份呼叫服务日志，记录了警方以援助单位的身份对急救电话做出的响应。这份文件包含了两页的呼叫时间和一些莫名其妙的首字母缩写和缩略语，叙述只有一小段。[12] 报案方的名字经过了修订——被涂掉了。但日志中有几处提到了"吸毒过量""吸过量"或"吸过"，还有一处把"冰毒"拼错了。

其中并没有足以让我写出一篇报道的更多细节。只字未提有可能涉及的罪行。

这份日志中有四行都写着"Disposition: RPT"（处理：报告）、"Dispo: RPT"（处理：报告）或"Closed dispo: REPORT"（不公开处理：报告）。所以肯定有人提交过某份关于此次吸毒过量事件的报告。这份呼叫服务日志能看作报告吗？这会显得很奇怪——在一份报告里用标注指代这份报告本身？我觉得这有可能，毕竟官僚机构内部的沟通方式都很古怪，往往让人摸不着头脑。

去当面采访一次或许能弄清这一点。我致电伊巴拉，要求采访警察局局长菲利普·桑切斯。我想问他为何没有就此事撰写并出具一份**犯罪**报告。伊巴拉表示，康斯坦斯酒店发生的这起事故可能就是紧急医疗事件，不在警方职权范围之内，所以没有理由出具犯罪报告。这个说法似乎不太对劲。普里亚菲托呢？他并没有吸毒过量，但他入住的酒店房间里发现了违禁药物。这不足以认定他涉嫌犯罪吗？这难道不需要出具一份报告吗？这些都是我准备向桑切斯提出的问题。除非他不愿接受采访，果真如此的话，我认为这就意味着他很清楚协助我的报道对他自己、警察局或市政府没什么好处。如果一切都是光明正大的，那么这位局长应该很乐意和我谈谈。

但有此推测并不代表我能这么将其公布。我能证明普里亚菲托就在这起吸毒过量事件现场的唯一根据就是德文汗的那份不具名陈述。这还不足以让我发布公开报道。

是时候把球踢给南加州大学了。

在理想情况下，我会先收集更多信息，迫使以尼基亚斯为首的管理层澄清普里亚菲托的情况，比如某位证人证实了德文汗向我述说的内容。我会追问我在南加州大学的线人，探询他们有可能听闻的任何消息。我会在网上搜索与此事有关的帕萨迪纳警察和救护人员的姓名及其社交媒体账号，用这些信息在《洛杉矶时报》的数据库里翻查他们的住址，然后上门拜访。但这需要时间，我自问并无时间。我不得不假设，我对警察的询问将沿着包括市政府部门在内的指挥链向上飞传，直抵南加州大学。这可能会让人们——包括竞争媒体——议论纷纷。除了帕萨迪纳的各家报社和电视台，我还担心南加州大学的学生报纸和新闻网站。这些孩子聪明伶俐、足智多谋，在报道自己的学校时也会咄咄逼人。他们肯定想知道这位医学院的院长为何会毫无征兆地在一个周四的下午辞职。我必须加快行动速度。

我首先致电给南加州大学行政部，询问普里亚菲托突然辞去院长一职的情况。我并没有透露我知道那起吸毒过量事件，但我强调，我对他辞职的原因存有疑问。尼基亚斯及其亲信未给我任何回复。

随言，我突然收到了普里亚菲托的一封电子邮件，而我还没有联系过他。[13] 邮件题为"卸任院长事宜"，内容如下：

> 我从南加州大学的同僚处得知你一直在打听我辞去医学院院长一职的情况。我想直接联系你，让你知道我的决定完全出自我自己。我做出这一决定的时机与生物技术行业的一个独特的、时间有限的机会有关，我期望不久就能与其他人分享这一消息。南加州大学慷慨地给了我一段假期，让我去探寻这一良机。总之，我已当了将近十年的院长。这很棒，但当这些机会出现时，我也做好了准备，要伸手去抓住它们。

当然，邮件中也没有提及那个姑娘或康斯坦斯酒店的那起吸毒过量事件。

我突然想到，若是普里亚菲托不相信尼基亚斯会和他统一口径——或者南加州大学会袒护他——那么他决不会发出这封电子邮件。

我从没指望过南加州大学会给予我协助。这个判断是基于我早先对南加州大学所作的报道，包括对皮特·卡罗尔和帕特·哈登的调查，以及针对南加州大学的橄榄球赛场——洛杉矶纪念体育场展开的一次更广泛的调查。马克斯·尼基亚斯及其身边人的做派更像是躲在地堡里的企业高管，而不是学术机构的当家人。他们更喜欢以沉默和保密的方式跟我过招。他们很少接受采访，对于我的书面质询，他们的回答也大体以抠字眼的方式仔细剖析，意在瓦解我的报道。毫无疑问，他们并不认为跟我这个卑微的记者打交道有何必要，因为他们代表着洛杉矶"真正的权力"。

对那座体育场的调查给我上了一课，让我了解了南加州大学在这座城市占有多大的分量。这座公有的碗形体育场与南加大校园只隔着一条博览大道，它是洛杉矶皇冠上的一颗明珠，一处国家历史地标。1932 年和 1984 年的夏季奥运会曾在这里举办。在多年的时间里，它曾是公羊队、洛杉矶突击者队和加州大学洛杉矶分校橄榄球队的主场，洛杉矶道奇队和洛杉矶闪电队也曾短暂地将其作为主场。约翰·菲茨杰尔德·肯尼迪在这座体育场发表过 1960 年民主党总统候选人提名的当选演说，教宗若望 保禄二世在这里主持过弥撒，吸引了十万名信徒。2011年，我与同事安德鲁·布兰克斯坦和林荣功二世发表了一系列报道，揭露了这家体育场的管理层从一些演唱会筹办人和一家体育场承包商那里收受数百万美元贿赂和回扣的事情。其管理层还将体育场的业务交给了他们各自名下的公司，向工会领导输送了一箱箱现金，还在按摩、高尔夫球赛、豪车以及其他福利上花费了数万美元公款。此后，林荣功二世和我还揭露，这家体育场曾有人允许一名色情片制片人在球场上进行夜间拍摄。我们的报道共引发了六起诉讼案，[14] 导致一大批人选择认罪答辩或无异议抗辩。① 这桩丑闻表明了肆无忌惮的惊人腐败仍然盛行于这座"天使之城"，揭露洛杉矶阴暗面的纪实作品并没有过时。它还给尚未牵涉任何不法行为的南加州大学提供了一次展示其政治影响力的机会。

　　一直以来，南加州大学都只是这个体育场的一家租用方，特洛伊人队与运营该体育场的政府委员会② 签订了租赁协议，可以在那里进行比赛。但南加州大学一直很渴望能掌控这一产业，此时恰逢我们的发现让该委员会的委员们颜面扫地，于是这所大学便对他们展开了游说。委员当中混杂着一些能代表洛杉矶市、县、州的民选官员和委任官员。南加州大学和尼基亚斯对

---

① 认罪答辩是指被告为换取轻刑而认罪。无异议抗辩则是指被告不认罪但放弃申辩。
② 即洛杉矶纪念体育场委员会。

他们当中的大多数人都能施加影响。正当我们的报道如火如荼之际，在该委员会主席、好莱坞制片人大卫·伊斯雷尔的推动下，南加州大学获得了他们梦寐以求的东西——为期99年的体育场主租约[①]，仅次于完全拥有。伊斯雷尔的主席之位最初是由州长阿诺德·施瓦辛格任命的。当该委员会准备将体育场移交给南加州大学之时，尼基亚斯接受了这位前任州长的总计2000万美元的捐赠和筹款担保，以建立那家名称暧昧的南加大施瓦辛格国家与全球政策研究所。南加州大学还给这位影星出身的政治家授予了教授头衔。教职员们私下里对此颇为嫌恶。2003年，就在施瓦辛格准备竞选州长之时，《洛杉矶时报》就报道了他的性骚扰史。[15]那还是"#MeToo"[②]运动兴起五年前。尼基亚斯对施瓦辛格有一种"向钱看"式的包容，这让女性教职员们大为震惊，但她们对此也无可奈何。尼基亚斯担任校长已有两年，我在这所大学的线人告诉我，尼基亚斯的管理宗旨已经明确表明了他不会容许自己受到公开指责。

委员会以8票赞成、1票反对的表决结果将主租约（一段时间的延搁使得租期缩短到了98年）授予南加州大学，相应地，南加州大学须在近期对体育场投入至少7000万美元予以修缮，经过这次计划中的翻新之后，该体育场的估值将达到6.5亿美元。这份租约把从门票、特许销售权、停车费和体育场广告媒

---

① 主租约是一种租赁形式，它赋予承租人在租赁期间对租赁物的控制权和转租权，而所有权人仍保留法定所有权。

② 由美国好莱坞制作人哈维·韦恩斯坦性侵事件引发的一场反性骚扰运动。

介中获得的所有收入都交予了南加州大学，换取100万美元起的年租金。这所高校还分得了该体育场数百万美元冠名费中的95%。南加州大学同意，该校通报的所有来自体育场收益都会分予政府一小部分。熟知这类交易的专家都预测该大学将十分谨慎，决不会让账面出现盈利。

为了让租约条款更加诱人，委员会把体育馆也添入其中，南加州大学后来将其夷为平地，为洛杉矶职业橄榄球俱乐部建了一座奢华的橄榄球场，这又为该校提供了一笔财源。

在委员会的表决中，唯一的反对票出自前洛杉矶警察局局长、市议员伯纳德·帕克斯。帕克斯本人就曾是特洛伊人队的球员，但他认为这份租约是在敲纳税人的竹杠，尤其是南加大附近的洛杉矶南部城区的居民，他们大多都不是白人，而且收入较低。他说这笔交易表明南加州大学知道如何"支使其校友去左右他人"，这些校友就是指南加州大学的董事以及那些拥有银行贵宾账户和诸多人脉的毕业生。

"这基本上就是一个富人俱乐部，"帕克斯说，"一切只关乎名和钱。"

林荣功二世和我报道了涉及这一竞技场的不正当交易，但公众受到欺骗的情况并没有引发太大抗议。这种温和的反应在洛杉矶并不少见。一个由政治权贵组成的小型人脉网通常会千方百计地对南加州大学这样的机构施以援手，使其不至于引来一大群直言不讳的质疑者。从这个意义上说，洛杉矶确实没有辜负其"躺平"的形象。

这个城市的民众不会太严肃地去关注什么事情——如果他们真的关注过的话。

这让马克斯·尼基亚斯这种人的日子轻松多了。

在干调查记者之前，我当了30年的综合报道撰稿人和洛杉矶分社总编。我报道过本地、州和全国的新闻，偶尔也发布国外的消息，我写过各种突发新闻和长期的专题文章，主题既包括地震、骚乱、名人谋杀案的审判、乐池①表演，也有总统竞选和北爱尔兰的战争。我热爱这段职业生涯的每一分钟。但及至21世纪第一个十年中期，随着报纸行业在网络的挤压下不断萎缩，调查性报道已经成了一个极为重要的优先选择。报社的调查性报道依然比其他所有媒体都要好得多，体量也大得多，而且这种情况肯定还会持续。因此，我认为是时候转行做调查记者了，而调查性报道也逐渐成为我的专长。

这些调查很有挑战性，但也颇能激发人的潜能。很多调查性报道我们只能运用智慧和说服力去揭露罪行乃至破案。但很多时候这是不够的，我们无法获得充足的确凿信息来公布我们的发现，坏人也就由此逃脱了。但我们若是做到这一点，内心获得的回报也是无与伦比的，因为我们为那些原本遭遇不公的人伸张了正义。在我发布突发新闻、撰写专题报道的这些年里，我看到了很多没有得到匡正的不公之事——不少手无寸铁的人

———————————

① 舞台前面乐队伴奏的区域，有矮墙跟观众席隔开。

都受到了本应服务和保护他们的人与机构的压迫。通过日常的新闻报道或较长的专题报道，让公众了解他们的苦难，这很令人欣慰。但以一个调查项目来扳倒恶棍所获得的满足感更是**无穷无尽**的。在我职业生涯的最后阶段，这就是我作为一名记者的全部意义了。

我从一名内部知情人那里了解了很多南加州大学领导文化方面的情况，他在我报道体育场事件期间成了我的线人。他坚持彻底匿名，所以我给他起了个绰号——"汤米·特洛伊"，取自一尊树立于校园中心的戴盔勇士铜像。他和我交流时非常小心，这突显了南加州大学的员工对于公开抨击学校管理层，尤其是抨击尼基亚斯所感到的恐惧。为避免在我们的交流中留下任何痕迹，汤米会千方百计地使用前数字时代的手段——甚至不止于此。他不愿面谈，认定那些与南加州大学有关联的人发现我们的风险太高。他从来没有给我发过电子邮件或短信——**从来没有**——连秘聊（Signal）这样的加密应用都没用过，他对此毫无信任。他对一次性手机也心存疑虑，我曾提议给他配一部，被他婉拒了。汤米不允许我给他打电话，所有电话都是他打给我的，而且总是由一个被屏蔽的号码打过来。他要给我送文件的时候会把它们搁在一间联邦快递的收发处，我就到那儿去取。文件都装在一个信封里，上面有我的名字，但没有他的。

我在我们的谈话中没有用过那个绰号，他不想让我说出他的任何名称，尤其是他的本名，以防有人无意中听到，然后推断出他正在与《洛杉矶时报》接触。

汤米说话时常带着一种嘲讽的口吻。"有六七个吧，"他给我讲述帕特·哈登在各家公司董事会的兼职数量时说道，"那可是一大堆董事会啊。难怪他顾不上萨基的酗酒问题。可怜的帕特根本没这个闲工夫。"当时特洛伊人橄榄球队的教练史蒂夫·萨基西安正因酗酒狂欢而接受审查。

在我跟进普里亚菲托那一内幕消息的头几周里，汤米并没给我透露什么讯息，但一想到他，我就很好奇尼基亚斯会不会在我们的新闻编辑部里也有内线。芬诺和我正尽力发表与哈登的慈善机构有关的文章——汤米正是这篇文章的消息来源之一——然而让这篇文章通过高层编辑的审核比平时费了更大的劲儿。当时已在《洛杉矶时报》工作了 22 年的资深新闻人——达文·马哈拉什于 2011 年底成为主编，他最终挑选了马克·杜沃辛来接手二号职务——执行主编。在马哈拉什和杜沃辛的领导下，不是只有我一个人觉得对南加州大学比较强硬的报道不仅会受到格外仔细的审查，而且很少能获得优先报道的机会，这种模式正变得越来越固化。我早该想到那篇有关慈善机构的报道会遭遇阻碍。由于我忙于其他调查，此后我便把汤米提供的有关哈登忙于服务各企业董事会的内幕消息转给了我们的体育部。体育部就此事询问了哈登，并将其纳入了一篇更长的问答报道，但仅此而已。我向我的主管、本地版编辑主任马特·莱特提出了书面投诉，并通过电子邮件抄送给了杜沃辛。[16] 作为投诉的一部分，我提请允许我为另一家新闻媒体自由撰写一篇有关哈登公司纠葛的报道，因为《洛杉矶时报》似乎并不想给予这个话题应有的关注。

接着，我就去了杜沃辛的办公室，直截了当地问他："《洛杉矶时报》跟南加州大学是一个鼻孔出气了吗？"

杜沃辛一语不发，只是面无表情地看着我。

莱特力劝我为《洛杉矶时报》撰写哈登的报道，不要给别人当特约撰稿人。于是，我便开始与芬诺合作推进此事，后来我了解到，他也很难发布有关南加州大学的报道。[17]芬诺参与撰写过一篇揭露萨基西安酗酒问题的报道，但马哈拉什和杜沃辛似乎都无意发布。后来萨基西安未能在某次训练时到场，哈登以他"身体有恙"为由让他无限期休假，此后该文才得以刊载。[18]该报道发布几个小时后，萨基西安就被解雇了。

芬诺之前写过一份肯定会冒犯尼基亚斯的报道，那篇文章更加命运多舛。其中探究了特洛伊人橄榄球队前运动员阿蒙德·阿姆斯特德的一份陈述，此人在 21 岁时心脏病发，起因是南加州大学的一名队医多次给他注射一种强效止痛药。该报道称，南加州大学的运动员经常会被注射这种名为酮咯酸的药物。这名球员起诉了南加州大学和那名医生，该校最终与其和解，而芬诺的报道就是基于这场诉讼中长达 2000 页的宣誓陈述和其他法庭记录。这份报道在芬诺的直属编辑和体育部编辑手中过了一遍。初稿随后交给杜沃辛，待其审批后就能发布。芬诺本以为这是例行公事，但事实并非如此。这份报道就在杜沃辛那里石沉大海了。他也没告诉芬诺原因。他没说这份初稿是否存在讹误，或者是不是需要更多的调查。杜沃辛似乎是运用新闻编辑部的某种"搁置否决权"①扼杀了这篇报道。芬诺简直不敢相信。但他当时还很年轻，尚属《洛杉矶时报》的新手，自觉没有资格对抗杜沃辛。他曾寄希望于体育部的编辑们能改变杜沃辛的想法，但他们也无能为力。

《洛杉矶时报》编辑部已经变成了当权的编辑不容下级反抗的新闻编辑部。这实在是很像南加州大学。

直到这份报道被扼杀两年后，芬诺才告诉我个中原委。如果他早点告诉我，我会感到愤怒，但也不会觉得意外。马哈拉什毫不掩饰他对南加州大学和尼基亚斯的崇敬。在马哈拉什坐稳主编交椅后很久，他邀我到他的办公室聊天——这在此前对他而言是家常便饭——我们谈到了市中心的经济和文化复兴，当时正值其蓬勃高涨之时。他把这场复兴大体都归功于尼基亚斯治下的南加州大学，我听到后十分惊讶，这所大学在市中心并没有什么主导性地位。他认为这所学校在很多方面都已经超越了加州大学洛杉矶分校——比如它在科学、医学、技术以及如今的经济发展方面的优势——还用手指一一盘点了一遍。马哈拉什的口音让我想起了他的特立尼达背景，即便他是尼基亚斯的公关经理，他的溢美之词也不可能比这更加热情洋溢了。

---

① 搁置否决权（pocket veto）是美国总统对国会两院通过的法案所行使的一种职权。根据美国宪法规定，国会两院通过的法案须经总统签署方能生效。如果在国会休会期间，总统对法案既不签署也不退还，则该法案不得成为法律，这种情况就被称为搁置否决或口袋否决。

这让我十分不安，以至于我一回到自己桌前就对他的话做了记录，还开始研究他对于南加州大学的一些看法，结果发现其中谬误百出。

所以我就明白了，再写任何冒犯南加州大学的文章都有风险。我们对哈登治下的慈善机构的调查报道不得不经受编辑们的铁手蹉磨，以致拖延了好几周。[19] 我们最犀利的发现之一在最终编辑时还被砍掉了——这个发现就是，该基金会的纳税申报单显示，一个死人在七年里都担任着这家非营利机构的董事。但即使有了那次经历，我也想象不到芬诺那篇有关止痛药的报道也会被雪藏。

在追查普里亚菲托的内幕消息时，我很庆幸自己已经知道了这一点。

5 寻找莎拉

无人愿意发声。

普里亚菲托也缄口不言。他依然不回我的电话。我回复了他那封说自己自愿放弃了院长一职的邮件，我说我有问题要问他，还向他要了电话号码，但他没有回应。我找到他的电话并打了过去，他也没有回复我的留言。显然，普里亚菲托觉得没必要再谈论那个他自称激励着他辞去凯克医学院院长一职的"独特的、时间有限的机会"了。

然后我又给他发了这封电邮。

普里亚菲托医生：

我对 3 月 4 日在帕萨迪纳康斯坦斯酒店发生的事件已有详尽了解。我非常想给你一个机会来回应我搜集到的信息。不过不管你作何决定，我都会继续追查此事。

我在末尾催促他尽快与我联系，但并未收到回应。

我对尼基亚斯的采访请求也遭遇了一贯的沉默。

我想我还可以劝说南加州大学负责媒体关系的副校长托马斯·塞尔斯让尼基亚斯开口。我给塞尔斯留了一条语音信息，还给他发了封电邮，说我需要尽快和他谈谈。我有意不说明主题，因为这么做有时能挑动对方的好奇心或引发忧虑，促使其作出回应。但这招对塞尔斯没起作用。于是我紧接着又给他发了一封电邮，类似于我发给普里亚菲托的那种，说我对这位院长辞职"之前的情况已有所知"。

这一次塞尔斯甚至都不承认收到了这封邮件，然而他赚的就是与新闻媒体沟通**这份工资**。

我过去的很多报道都曾遭遇阻碍，包括一些以冷酷方式阻挠记者著称的机构，比如五角大楼和罗马天主教会。但这次欲盖弥彰的顽固程度已不亚于我面对过的任何一个难题了——鉴于我的询问有多么例行公事，也许这个程度还更甚于以往。一所重点大学和一个富裕城市的政府几乎封锁了关乎这起事件的所有信息渠道，而这起事件与医护人员、警察以及一所医学院的院长都有牵涉。考虑到帕萨迪纳官方与《洛杉矶时报》的法律纷争，我可以理解他们为何会本能地拒我于千里之外。这不代表他们的做法就是正当的，但至少可以解释其动机。南加州大学的行为就是另一回事了。这件事无关于橄榄球项目中的舞弊之举，也无关于借慈善机构牟利的行为。它涉及的是一个年轻女人在一个负责培养这所大学未来医师的男人面前吸毒过量了——这起事件发生在一家酒店的客房里，当时是周五下午，那是学校上课的时间，康斯坦斯酒店的大堂里都是警察和消防员，外面的街道熙熙攘攘，救护车的急救灯闪烁着红光。尼基亚斯及其管理层真觉得他们仅凭沉默就能掩盖这么恶劣的公共事件吗？

这再次让我对尼基亚斯和《洛杉矶时报》领导层的关系产生了疑惑和担忧。我当时正坐在三楼新闻编辑部城市部的电脑前，根据《加州公共记录法案》的规定起草即将发送给帕萨迪纳警方和市检察官的诉求电邮。位于市中心的新闻编辑部可以说是对其所在建筑的一种美学上的冒犯——这栋立于春街之上的大楼出自胡佛水坝的设计者、建筑师戈登·考夫曼之手，带有结实的肋状骨架，是装饰派艺术的典型。[1] 新闻编辑部室内就像长长的矩形蜂箱，一排排的金属桌和文件柜隔出了一个个的分离舱，拥塞于废纸堆之间。其间的大部分空间都是拼凑糊弄而成的，这副近乎敷衍的模样出自一系列功能优先于形式的升级和翻新。低矮的天花板是临时装设的，由地面上横七竖八的圆胖柱子支撑着。走廊里，钢梁在上方形成斜角，以提高这栋建筑物在地震中幸存的概率。沿墙还排列着一些供编辑使用的玻璃办公室。早在"玻璃混蛋"① 这个指代谷歌眼镜佩戴者的词流行开来之前，记者们就已经以此来称呼这些办公室的使用者了（大多是善意的打趣）。

---

① 很多人认为谷歌眼镜的佩戴者会在某些场合录下眼前的情景，侵犯他人隐私，因此发明了"眼镜（玻璃）混蛋"（glassholes）这个词来称呼他们。

我根据《加州公共记录法案》撰写的第一份诉求书是要提交给帕萨迪纳市检察官巴格内利斯——德文汗曾给她的办公室发过一封匿名邮件，表示自己知道那起吸毒过量事件以及普里亚菲托也牵涉其中——我要求她给我提供一份副本。[2] 德文汗和我都相信我的查询不会把麻烦引回到他身上。巴格内利斯给出的留言副本将是一份正式的政府记录，我可以在报道中将其引作该市未对普里亚菲托采取措施的证据。我对帕萨迪纳警方的诉求则是发给伊巴拉，向她索要一些副本，即"从 2016 年 3 月 3 日至你满足本诉求之日，涉及桑切斯局长和／或其管理人员与帕萨迪纳杜斯特 D2 康斯坦斯酒店的一起事故和／或南加州大学任何员工或代表有关的所有通信。所述事件发生于 3 月 4 日，疑与吸毒过量及／或持有毒品有关"。[3]

我要搜寻所有电子邮件、短信或备忘录，以查明桑切斯或其下属有没有就普里亚菲托出现在吸毒过量现场一事联系过南加州大学。

我还要求伊巴拉将修订版的呼叫服务日志复原。

下午 5 点（早期截稿时间）前几分钟，新闻编辑部的噪声和能量正在从记者的工作隔间流往编辑的办公桌。暖通空调系统好似患上了精神分裂症，交替产生着过冷和过热的气流，房间里人声喧嚷。考夫曼设计的这座纪念碑般的建筑是第四栋时报大楼，[4] 许多大厦都位于市中心，几十年以来，这一市中心不仅是洛杉矶的市政中心，也是这座城市的金融区所在——春街曾被称为"西部华尔街"。[5]《洛杉矶时报》创办于 1881 年，仅比南加州大学晚一年。这份报纸和这所大学共同成长，无论好坏，都塑造了洛杉矶的特色和文化。《洛杉矶时报》和南加州大学的某些关系也近似于家族关系。在该校体育部主管的吁请下，[6]《洛杉矶时报》的一位年轻的体育专栏作家欧文·伯德（伯德有一次回家时发现他最好的朋友正在和自己的妻子聊天，于是便枪杀了此人，由此锒铛入狱。）[7] 于 1912 年为该校想出了一个绰号——"特洛伊人"。理查德·尼克松代表了南加州大学和《洛杉矶时报》的另一层关联：尼克松入主白宫的道路在很大程度上是由诺曼·钱德勒执掌的《洛杉矶时报》铺就的，钱德勒的大家族自该报创办后不久就一直控制着这家报纸。[8] 尼克松身边还有很多助手都是南加州大学的校友，他们后来都被称为他麾下的"南加大小集团"。其中包括德怀特·L. 查宾、唐纳德·塞格拉蒂和赫伯特·波特，他们都在"水门事件"中获罪。（尼克松本人毕业于惠提尔学院①和杜克大学法学院。）长期以来，《洛杉矶时报》都是共和党政客的铁杆支持者——这种支持已达极致，以至于编辑甚至会禁止他们的记者去报道一些民主党候选人。在尼克松的职业生涯中，该报几乎一直在为他提供奥援，在报道和评论版上都对他多有美言。直到 1960 年钱德勒的儿子奥蒂斯坐上出版人大位，着手将《洛杉矶时报》从一份志向平平的党派报纸转变为世界级新闻巨擘之后，这些新闻专栏的情况才告终结。

---

① 惠提尔学院（Whittier College）位于洛杉矶地区。

奥蒂斯·钱德勒干了20年的出版人,但他的遗产如今已饱受摧残。我在2001年加入《洛杉矶时报》,此前一年,总部位于芝加哥的论坛公司收购了该报与时报-镜报公司的另几份报纸,后者旗下的稳定出版物包括《新闻日报》《巴尔的摩太阳报》和《哈特福德新闻报》。这起价值80亿美元的并购案被记者们称为钱德勒家族"黑暗面"的胜利——这些(家族)股东认为奥蒂斯对新闻业的投入是在虚耗利润。[9] 在论坛公司治下,裁员成了一项核心的商业策略。这使得论坛公司为《洛杉矶时报》聘请的头两位主编——约翰·卡罗尔和迪恩·巴奎都不幸折戟沉沙,他们是业内的顶尖人物,深受员工喜爱。卡罗尔不愿遵守论坛公司无休止的要求,拒绝精简记者和编辑团队,最终于2005年辞职。[10] 接替卡罗尔的巴奎随后也因同样的原因而遭解雇。到2016年,《洛杉矶时报》新闻编辑部的记者已从约1200人缩减至区区400多人。在这场"大屠杀"中幸存下来的记者和编辑都身心俱疲。我在追查南加州大学的同时还在跟进另外三项调查。曾几何时,我也有权将每一小时和每一天都投入一项长期报道之中。

在与网络媒体的竞争中,《洛杉矶时报》失去了越来越多的读者和广告商,论坛公司厌倦了回报不断下滑的状态,于是在2007年将该报和旗下其他的姊妹资产都出售给了身家亿万的芝加哥房地产投机商山姆·泽尔。[11] 在不到一年的时间里,泽尔就将论坛公司引上了破产之途——这是美国媒体公司有史以来规模最大的一次破产——其溃烂过程持续了四年。泽尔在论坛公司里安置了一批他先前进军广播业时的亲信，包括首席执行官兰迪·迈克尔斯和首席创新官李·艾布拉姆斯。泽尔和他的团队就是一群"非利士人"——粗鄙庸俗。2010年，《纽约时报》的一篇报道揭露了迈克尔斯那粗鲁的、充满性意味的职场做派，这迫使他辞去了职务。[12] 此前不久，艾布拉姆斯也在压力下被迫离任，原因是他给工作人员发送了一个便条，上面附带着一个名为"荡妇"的逼真的讽刺视频的链接。与此同时，《洛杉矶时报》在员工、发行量和收入方面的损失也随之加速了。

2016年，论坛公司的资产已缩水到无以复加的地步，以致另一名芝加哥富商——迈克尔·费罗仅以4400万美元的投资就成为论坛公司的最大股东，并自封为公司董事长。费罗是科技界企业家，大约四年前，他就主导一个投资集团收购了《芝加哥太阳时报》。他人主论坛公司的早期举措之一就是取消《洛杉矶时报》和该公司其他报纸的独立出版人职位，将这一职位与编辑职位合二为一。马哈拉什就此成为《洛杉矶时报》的主编兼出版人，受命执掌新闻业务和为该报买单的商务业务。[13] 出于一系列伦理原因，这种安排在主流报界是不正常的。《洛杉矶时报》的记者和那些为该报的销售、订阅与广告以及从事其他商务活动的人之间有一堵长久以来都牢不可破的"墙"，后者本应远离新闻编辑部，以避免利益冲突（甚至避免出现利益冲突的苗头），而马哈拉什却陡然在这堵"墙"的两边各踏上了一只脚。员工们都做了最坏的准备。马哈拉什早就是一个不得人心的编辑，在新闻编辑部的很多人看来，他会根据情况，以牺牲该报的新闻使命为代价来实现自己的个人抱负。他对出版人这一职位的全心接受就可视为这方面的一个例证。在这一新职位上，马哈拉什成为《洛杉矶时报》与南加州大学之间商业交易的最高负责人，这些交易包括这所大学定期购买的广告和在该校校园举办的"时报图书节"。

我很好奇他会不会有意无意地受到南加州大学和《洛杉矶时报》之间的另一重关系的影响：多年来，南加州大学一直是那些离开《洛杉矶时报》的编辑和其他员工的一片空降区。马哈拉什的前任之一主编迈克尔·帕克斯曾因该报与市中心的篮球与冰球赛场——斯台普斯中心的收入分成问题而引发道德丑闻，他随后离开《洛杉矶时报》，接着就落脚于南加州大学。杜沃辛有次和我谈到新闻编辑部的裁员风险，他说南加州大学对我俩而言都是不错的下一站。在我跟进普里亚菲托的报道时，两名前《洛杉矶时报》的员工就在该校的管理部门工作。（后来我从南加州大学的一位内部人士那里得知，在马哈拉什升任出版人之前，该校管理层中的一些人曾将马哈拉什视为校内一个高级职位的潜在候选人。我问马哈拉什有没有为南加州大学的工作机会与对方商谈过，他通过律师否认了此事。尼基亚斯则借一位发言人之口否认对此类谈话有"任何了解"。）

在我寻找普里亚菲托这个故事的曙光时，上述的一切都萦绕在我的脑海中。我对那几份以《加州公共记录法案》为依据提起的诉求并不抱太大期望。按照该法案的要求，市政机构须在 10 天内回复我，但他们有权再额外推迟 14 天以搜寻所要公布的记录。所以我知道可能需要三周多的时间才能收到一份记录，但这也并不能保证。根据该法案，南加州大学则无须担心记录方面的要求。作为一所私立大学，该校没有公开信息的义务，尽管它通过研究拨款和其他政府财源获取了纳税人的数亿美金。与大多数大学一样，南加州大学也是美国国税局法规中的 501（c）（3）[①] 公共慈善机构，这使得它不必缴纳数百万美元的税款。由于 501（c）（3）组织享有免税特权，慈善监督机构也期望其运作能保持充分的透明度。

我从未见南加州大学展现出这样的透明度。若不用更多的信息来给尼基亚斯施压，我自问很难完成这一报道。我希望最终能靠自己提出的记录公开诉求获取一些信息，但这也只是一个希望而已。

我必须找到莎拉。我必须找到她，而且必须说服她开口。

德文汗对她的描述是一个不错的突破口，尽管其中也不无阻碍。为了保护这个线人，我无法直接走进康斯坦斯酒店，然后向他们的员工打听那起吸毒过量事件和一个名叫莎拉的年轻女人。这么做并不一定会暴露德文汗这个消息来源，他的老板应该知道，我可以从其他任何一个人的口中得知那个女人的名字，包括警察和救护人员，或者那家医院里的某个人，但他们都有知而不言的本事，我不能冒险将怀疑的目标引向德

---

① 501（c）（3）是美国税法典里的一项内容。美国税法典一共 9800 多条条款，第 501 条规定了非营利组织可以享受减免税待遇。501（c）列出了可以享受税收减免的组织，其中共有 29 种组织类型，501（c）（3）是其中第三种。

文汗。因此，借助于《洛杉矶时报》的研究图书馆，我开始在LexisNexis、Accurint 和 TLO 等数据库中搜索莎拉。幸运的是，普里亚菲托的姓氏——这个姓并不常见。我把他的姓名和莎拉一起输入数据库里搜索，包括相关的地址、雇主、疑似亲属和商业伙伴，以及刑事和民事法庭记录。结果一无所获。这不算太过意外：年轻人通常不会在这些数据库里留下多少痕迹。如果莎拉是妓女，那么她出现在这些数据库里的可能性还会更小，除非能找到一份逮捕记录——何况莎拉可能也并非她的真名。

接下来我就开始在网上搜寻普里亚菲托和她之间的一切关联，哪怕这关联相隔万里。我起初搜索时还加入了**南加大**这个关键词，因为我觉得莎拉可能是该校的学生或校友。我找到了大概六个莎拉，包括一名博士和一名内科医生。没有一人与德文汗的描述相近，即便我把他估计的莎拉的年龄加上十岁或减去五岁也无济于事。在网上查看与普里亚菲托相关的莎拉们的图片时，我也搜查了同样广泛的年龄范围，而且我也想到，她可能并不总是一头金发。

还是一无所获。

社交媒体完全是另一大坨有可能掩藏着针头的干草堆。我没有放过任何一条与吸毒过量有关的信息，不管是一条推文（tweet）还是脸书（Facebook）上的一篇帖子。毫无线索。我在脸书和照片墙（Instagram）上发现了几个莎拉，很有可能是我要找的那位，但仔细查看后都被我排除了。

我还尝试了她名字的各种变体：萨拉、塞拉、色拉。**西拉**

怎么样? 德文汗的叙述非常准确,但耳朵是有可能听错的。也许他无意中听错了救护人员的发音。

我搜索的范围越大,命中率就越低——我越往下挖,命中率就降低得越快。

我向汤米和一位在执法部门有熟人的南加大消息人士核实了一下,他们也没听到什么消息。

我忍不住想以我对莎拉的了解去质问普里亚菲托——试试虚张声势:如果他相信我已经知道了她的身份,那么他的心理防线就有可能瓦解,然后说出这起吸毒过量事件的真相(或某个版本的真相)。但这个希望非常渺茫。普里亚菲托肯定做好了应付我的准备——即便我知道的事情比那个女人的名字多得多,他肯定也预备了应对之策。这还不够。以如此之少的信息去质问普里亚菲托,只会提醒他进一步掩盖自己的行径。我放弃了这个想法。

我必须找到莎拉。

我有两个女儿,按照德文汗的描述,她们应该比那个叫莎拉的女孩大不了多少。从童年一直到成年,我都生活在家里那片因酗酒和吸毒造成的废墟之中。我父母离婚后,父亲成了一个酒鬼,而且还失业在家好几年。在那段时间里,他的五个孩子里有三个都和他住在一起,包括我,我们是靠政府的福利津贴、亲戚的救济和所有我们能找到的课外兼职勉强活下来的。成瘾的恶习在我们普林格尔家族代代相传。给我当过伴郎的大哥就死于酒精中毒,他此前经历过一段很长的堕落期,包括因抢劫银行而在州监狱服刑。验尸官告诉我，滥用处方药可能也是导致他死亡的一个因素——他们在他入住的中途之家的床头柜上发现了一大堆药瓶，那个中途之家竟是他的人生尽头。我弟弟在清醒的时候是个很洒脱的家伙，但他也因为酗酒而英年早逝了。酒精在夺走他的生命之前，还让他失去了一度十分兴旺的生意，郊区的一栋房子，以及他家人的经济保障。在他人生的起起落落中，我们一直保持着亲密的关系，直到他无限下坠再无起色之时，我和他才没法保持正常关系了。

幸好我和妻女们的生活没有陷入这种困境。但我知道，好运有可能顷刻间翻转，就像莎拉和她的家人遭遇的处境一样。

这个莎拉到底是谁？

她在哪里？

6 沃伦一家

12 月的某天，莎拉·沃伦是在一片老旧的墓地里度过的。[1]
此时距她那次吸毒过量已过了九个月，距她被逐出创新护理中心
也将近一年。埋葬在这片墓地里的都是南北战争时期的老兵，[2]
他们墓碑的边缘斑痕累累，百年的日晒雨淋在他们的墓碑上刻
下了黑色的痕迹。过去几个月的事情将莎拉引向了这座木兰花
陵园。在这个阴沉的清晨，在这片死寂之地，她突然看到了什
么东西，让她想要放声尖叫。

那是一辆驶入停车场的橙色宝马——普里亚菲托不开保时
捷或老式梅赛德斯时就会开这辆车。

别啊！

莎拉深吸了一口气。

卡门·普里亚菲托走出了宝马车。

他穿着一件风衣，头戴一顶软呢帽。

开什么玩笑？

莎拉当时正在值班扫地，清理墓地人行道上的落叶和泥土。

她与普里亚菲托交往后已经被捕三次了，干这份无聊的工作就是在执行法院的社区服务令。木兰花陵园的名称取自其所在的街道和一些荫蔽着人行道的树木。它位于加登格罗夫市^①，离纽波特比奇市的海洋康复戒瘾中心有 25 分钟车程，³ 后者是莎拉的南加州戒毒之旅的最近一站。

普里亚菲托下车时，她一直紧盯着他。她回到戒瘾中心对他来说也毫无意义。莎拉心想：**卡门不过是把戒毒当成了另一种控制我的手段**。他会支付戒毒费用，或者大部分费用，然后给她运送毒品，即使她正在接受治疗。他会为她的疾病和康复买单。只要莎拉需要钱，只要她想过过毒瘾，普里亚菲托就会出现。**他认定我是属于他的**。她待在戒瘾中心里只会让他更容易拴住她，因为他随时都知道她在哪里。他也知道她没法和她身边的某个年轻男人出去找乐子——比如凯尔或唐那种比他**年轻得多**的男人。对于这些人，普里亚菲托一个也不喜欢。他们都是对他的威胁，即使他们和她一样都依赖他的毒品。只要牵制住这些人，让他们远离她，就足以让普里亚菲托心甘情愿地为她的戒毒买单——**他认为这就是她的"假期"**。如果她在没有告知他的情况下离开戒瘾中心，试图挣脱他的束缚——试图**逃跑**——他也会觉得这是白费力气，又在使性子罢了，这无非是在浪费她的精力和他的时间。因为她总会有自己的需要，而他总会满足她的需要。任何一次逃脱——即便可以称之为逃脱——都长久不了。

---

① 加州西南部城市。

莎拉手拿着扫帚站在那儿的时候，她想起普里亚菲扥曾向她吹嘘过，无论她去往哪里，无论她试图怎样逃避他，他都有办法和手段找到她。

"我就是个侦探。"他告诉她。

现在他果然来了，打扮得像老电影里和他一样老的侦探。还戴了顶**软呢帽**？他看起来实在可笑。她估摸着他是想开个玩笑。但他知道**他自己**就是个笑话吗？普里亚菲托是在开一个笑话他自己的玩笑吗？还是发神经了？他的脑子是因为日夜吸食冰毒和海洛因熬坏了吗？

普里亚菲托朝她的方向看去。他看到她了吗？

莎拉想起了自己的父亲。她有次离开普里亚菲托后回了家，她父亲央求她回到戒瘾中心。"求你了，莎拉。求你了，莎拉。"然后他就哭了起来。

那是她父亲。

她从没见过他哭成这样。一股悲伤在她心中泛起，自己的泪水也随之而下。莎拉无法再面对泣不成声的父亲了。所以她住进了海洋康复戒瘾中心。这里的工作人员相当严厉，绝不敷衍了事——他们会不留情面地照章办事。**但这正是她想要的，对吗？……对吗？**

普里亚菲托走上前来。也许他并不在乎自己是不是个笑话，或者是不是疯了。也许他只想满足**自己的**需求。他的需求归根结底就是她。莎拉知道他更需要她，而不是毒品。也许他需要的并不是她——莎拉·沃伦这个人，而是她的身体，她的青春，他对自己青春的重温。这就是他们之间的交易。

在那辆宝马牌的"南瓜车"①里等待她的东西就是她与普里亚菲托交易的目的——从毒品到金钱，一切她想要的东西。她所要做的就是上车。

她尽量不去想父亲。**天呐，多么阴郁的一天啊。**那些坟头上有一半的草都和下面的人一样死去了。莎拉看着街道——人来人往，过着他们的生活，做着他们喜欢的事。就像她的朋友们一样。而她却在这里，干着杂活。

她想要的一切，就在那个停车场里。

一切。

让那些阴森的古老墓碑见鬼去吧。去他的扫帚吧。

莎拉从未想过要伤害任何人。

她不想伤害父母。她爱他们，她知道他们也爱她。即使他们太过执着于将她握在掌心——甚至当她违逆他们的时候，她也觉得他们是爱她的。而且即使她伤害了他们，他们也会爱她。她用她的历任男友和毒品伤害了他们，但这并不是什么胸有成竹、有意为之的做法。她并非存心要做出糟糕的决定——这些决定在当时看来都很好。她无法解释她为何会以一种无法自辩的方式做出这些决定，至少在她做出这些决定的时候解释不了。

---

① 在童话《灰姑娘》中，仙子将南瓜变成了豪车，灰姑娘就是乘这辆南瓜车去参加了王子的招亲舞会。

当她还在摸索自己是谁的时候，她又怎能解释自己的决定呢？这需要她了解**完整的**自己。

在进入人生中最糟糕的阶段时，她还很小。莎拉是个成长过快的孩子，原因在于她所做的选择：男友、毒品和普里亚菲托。然而她此后的成长速度又不足以让她意识到自己给他人造成的伤害。**为什么？为什么她会让自己失控？为什么她会任由自己给她所爱的人带来痛苦？她是不是患上了某种临床上的躁狂症？一种冲动障碍？焦虑？抑郁症？以上皆有？还是她在给自己找借口？**在她日渐明白自己让父母痛彻心扉，还伤害了小弟查尔斯（这令她惊恐万状）之后，这些问题才逐渐清晰起来。

这一切始于得克萨斯州的一个春天，沃伦一家在那儿过着梦想中的郊区生活，他们住在一条林荫道旁，那栋容纳着他们的房子有着宽敞的房间和明亮的窗户。沃伦一家非常有爱，相当亲密，和很多家庭一样，也不乏戏剧性事件发生。青少年时期的莎拉拥有一种不安分的才智，这既是优点，也是缺点。取得好成绩对她而言轻而易举，但她在教室里总会觉得无聊。**为什么老师总要喋喋不休地讲这么简单的东西？这跟我的生活有什么关系？**她爱唱歌，有一副完美的歌喉，而且带着一种为舞台而生的活泼气质。但在参加了学校演出的音乐剧《俄克拉荷马！》①之后，她也逐渐对唱歌和表演感到无聊了。无聊是有可能招惹祸事的，尤其是男孩儿和酒精都唾手可得的时候。

---

① 这是一部百老汇音乐剧。

莎拉闯了很多祸。

"听我说，我是个很难管教的孩子，"她多年后说道，"我需要更大的刺激。我当时很野。"

莎拉越大，母亲就越烦她，她对母亲也是一样，有时这种厌烦确实有充足的理由，有时则是无缘无故的。莎拉和玛丽·安的关系在个性强势的母女中并不少见：她们会开战。她们会挑彼此的毛病，在清醒的时刻，她们很可能会看到自己身上的这些毛病。休战期也并不平稳。

参加派对成了莎拉的宣泄之道，其中的法宝便是大麻、酒精和男孩儿——实际上是男人，有的年轻，有的已经不那么年轻了。剥削和背叛在她的浪漫关系成长过程中早早到来。莎拉在伍德兰兹高中上学时有过一个初恋对象，但他脑子里想的并不仅仅是性。有一天，他对她采取了行动，就像她想要的那样，用爱窒息了她，将她抱在自己怀中——这其实是个诡计，意在分散她的注意力，好让他的朋友溜进沃伦家，偷走他们的处方药。这场恶作剧完成的并不漂亮，那些窃贼很快就被发现了。后来事情甚至变得更糟：莎拉的父母认识她男友的父母，玛丽·安让她从男朋友那里要回了那些处方药。

莎拉蒙受了羞辱，遭受了精神上的打击。正如她很久以后总结的那样，这次经历让她陷入了自我贬低的漩涡，而她最亲近的人也付出了代价。

"这件事永远地影响了我们家的生活。"她说。

她在 18 岁时第一次住进了一家戒瘾中心。原因是酗酒。

她的聪明才智在宿醉和兴奋的迷雾中依旧闪耀着光芒。她保持着优异的成绩，考上了圣安东尼奥市的得克萨斯大学，那里离她家有 300 多公里。这是个新的开始，清清白白。莎拉觉得大学**肯定**比高中更好玩，而且也确实如此。但有些乐子还是很难放弃。19 岁时，她开始和一个比她大七岁的毒贩交往。在感恩节后的两天，她和他坐进了一辆车里，她没有抗拒他的性冲动。问题是当时是白天，他们的车停在停车场里，而这个停车场并非空无一人。有人报了警，莎拉和她那可卡因贩子男友随即被捕。他们受到的指控是当众猥亵。现在莎拉有了犯罪记录，一次案底，有人或许可以据此将她解读成某种性变态者，但她其实只是犯了一个愚蠢幼稚的错误。

莎拉没有迁怒于这个家伙。她被他那不在乎一切的叛逆性格所吸引，她一直觉得自己身上也有这种气质，所以才会选择和他在一起。她母亲肯定无法理解她对他的痴迷。她父亲自然也是一样。所以莎拉绝不能把他的谋生手段告诉他们。她知道他们会做何反应，但她不想听他们的说教。

后来她父亲在南加州找到了一份高薪工作，并宣布全家都要搬往西部。保罗·沃伦和玛丽·安·沃伦相信洛杉矶将会是全家人重整旗鼓、飞黄腾达的完美之地。这里的蔚蓝苍穹连休斯敦的天空都要甘拜下风，而且还充满了乐观的气氛。洛杉矶就是未来的起点。

不——对我来说不是，莎拉说。她在得州有自己的生活。她有她的坏小子男友，她哪儿都不去。她的决定不可更改。

玛丽·安并不觉得她这个决定是不可改变的。母女俩再次摆开了架势——喊叫、愤怒、最后通牒、威胁。莎拉火力全开。但玛丽·安最终胜出。

"我想留下来，结果只是让我母亲大发雷霆，"莎拉回忆道，"她基本上是把我**拖走**的。"

事实证明，洛杉矶所能提供的光明前景被高估了。莎拉早想离家出走，她已经等了很长时间，但直到搬往洛杉矶才付诸实行，而且方式相当决绝。仅仅走出家门，躲避父母的窥视，摆脱老妈的控制伎俩——这一切都还不够。她选择彻底抛开父母对她的所有指望和期待。莎拉成了彻底的**不法之徒**。这是一种冲动，一种回应。莎拉并没多想，但她在洛杉矶市中心的一家爱彼迎民宿里打开行李时就认定了一点：若想为自己的解放筹资，那么最迅速也最容易的方式就是卖淫。

有什么不行的？ 她对自己说，**我喜欢做爱，我想维持我的生活方式。**

她在网上发布了一条广告，不到 20 分钟就招来了两个嫖客。垂涎她身体的人每小时都在增长。**洛杉矶的饥渴男人肯定是过剩了。**莎拉的大多数"客户"与其说恐怖，不如说可悲。但也确实有一些恐怖的人，她的新工作很快就变得可怕起来了。莎拉慢慢意识到皮条客是可以带来附加值的。一个叫维姬的皮条客通过广告找到了莎拉，提出愿意为她服务。莎拉一口应承下来。现在她可以让人筛掉最差劲的嫖客了，也就是那些想要动粗、施加近乎暴力的行为或者为了折扣而揩油的黏人家伙。但没过多久，她就发现维姬在压榨她，因为自己的接客人数如此之巨。在她入住的酒店客房门外仿佛有一条男人排成的长龙，把这栋楼围得水泄不通。莎拉对这份工作已心生厌倦，她不再觉得卖淫和做爱有什么关系，现在卖淫已经等同于损伤性的疼痛。她在回忆这段时光时说道："维姬想要走量，她得逞了。但我疼得受不了，有次我哭了起来，弄得那个客户都没'性致'了。"

普里亚菲托可不是那个客户。泪水还不足以让他失去性致。莎拉很难想象有什么能让他对她失去性致。他们初次见面是在兰丘库卡蒙加的一家酒店里，兰丘库卡蒙加是鲍尔迪山脚平原上的一座郊市，与洛杉矶之间只隔着一条圣贝纳迪诺县的县界。[①]"我一开门，就看出他疯了，他为我疯狂了。"莎拉说，她还记得他皮肤看起来松松垮垮的，有很多老年斑，但他穿着罗伯特·格雷厄姆牌衬衫、西装外套和奶油色乐福鞋，就像行走的钞票。"我说的只是他的眼神——疯狂的眼神。他的第一句话就是'噢，天呐，你真是太棒了！'就像小学生遇到了名人一样。我简直不敢相信。"

他对她的痴迷既迅猛又彻底，而且来得正是时候。普里亚菲托的钱可以让她撇开维姬，摆脱这场卖淫实验，还不用爬回家去找父母。莎拉现在决心要维持的生活方式里包含着一些药

---

① 兰丘库卡蒙加位于该县西南角，毗邻洛杉矶。

效更猛的毒品，她需要找人买单。沃伦一家就住在与亨廷顿比奇市海滩相隔几个街区的一栋价值一百万美元的联排别墅里，莎拉就在那条街上从一个男人手里搞到了她的第一份加州冰毒，这个人是她在希尔顿酒店的泳池边认识的。她记得自己当时就被他迷住了："他二十五六岁吧。可爱，很有魅力……一个彻头彻尾的失败者。他当时刚从戒毒所出来。"

这可能仅仅是一种宣泄，但莎拉似乎确实很容易迷恋某个类型的男人。

不过这位"池畔先生"并不是一个可靠的供养人，部分原因在于他已经有了一个吸毒的女友，在莎拉闯入之后，这个女友便开始跟踪莎拉这个情敌。有次，两人在一家加油站外发生了冲突，那个女人对加油机旁的莎拉指指点点，让收银员都不禁侧目，还尖叫着对周围的人大喊："这个婊子偷我的男人！"莎拉受够了。

她钓上了普里亚菲托。他总是热切地为她大把花钱，但她还没有准备好被他当成他的专属财产。所以她又找了一个名叫恩里克的调情对象。恩里克是一名文身师，比莎拉大 18 岁，但看起来很年轻，有肉桂皮般的颧骨和一双温柔的黑眼睛。恩里克也吸食冰毒。莎拉和他是在市中心相遇的，他被她迷住了。像普里亚菲托一样，他也渴求着她的每一寸肌肤，不过他只想免费享用，甚至让她无偿地为他的工作服务；他想把她从脖子文到脚趾。"你就是我的空白画布。"恩里克说。莎拉并不好此道，她喜欢的是冰毒。她跟着恩里克来到了他在羚羊谷的家中，那里位于洛杉矶县北缘的沙漠高原。莎拉以前从没去过那里。羚羊谷是一片多风的高原，到处都是快速建成的住宅区；很多街道都是以连续的字母和数字命名的，这似乎是为了防止当地人迷路，一不小心走进响尾蛇的地盘。这里的风似乎从未停过，神经都被风扯得支离破碎。在更远的沙漠里有一座爱德华兹空军基地，政府会在那儿设计并测试火箭发动机。航天飞机也曾降落在那里。莎拉没见到什么火箭或航天飞机，恩里克也不为政府工作。他的寓所也不是那些住宅，而是一间车库。他还养了四只猫。

当你发现自己和一个住在车库里、还有四只猫的男人在一起时，你已经没有理由不过过毒瘾了。

何况莎拉很喜欢猫。她确实和恩里克过了毒瘾——他也喜欢海洛因——但她知道自己迟早会离他而去，离开这片洛杉矶外的郊野，让普里亚菲托承担她的所有花销，而她则会变成普里亚菲托全天候的甜心宝贝 ①。恩里克见过普里亚菲托，他视其为对手——一个恰好有钱的恶心老头。恩里克决心让他远离她，却无法阻止她离去。她最终不辞而别，以防他有她未曾见过的野蛮的一面——吸毒者并不总是可预测的。她从这间车库里拿走了自己还记得的财物，只身回到了普里亚菲托身边。普里亚菲托毫不犹豫地提出把她安置到帕萨迪纳的一套公寓里，她也毫不犹豫地接受了，尽管普里亚菲托和他的妻子就住在帕萨迪

---

① 甜心宝贝（sugar baby）是指被包养的年轻女人。

纳，离这套公寓只有很短的车程。普里亚菲托经常谈到他的妻子：**她的名字叫珍妮特——她是一名精神病学家！**他说妻子理解他为可需要和莎拉建立一种"关系"，而且她"知道你的一切……连你的长相都知道"。好吧，这说得过去——倘若真的如此——但如果莎拉在全食超市和星巴克撞见她，或者在科罗拉多大道上散步时遇到她，那就得另当别论了。普里亚菲托不在乎莎拉会不会感到难堪，即便他的妻子接受某种扭曲的开放式婚姻。也许情妇和妻子靠得很近会让他相当兴奋。在莎拉看来，这似乎就是那种能让有钱人"性致勃勃"的事。

　　莎拉的公寓位于一栋三层建筑中，这栋楼占据了东德尔玛大街上的半个街区；除了前面有几排悬于墙外的狭窄阳台之外，它很像一座飞机库。恩里克一直在给她打电话。他主动提出要把她落下的衣服带给她，还问她住在哪里。她告诉了他，接着他便心生一计，上网搜索她的父母，最终他通过玛丽·安在脸书上的个人资料找到了他们的联系方式。然后他给她父亲打了电话。恩里克声称普里亚菲托绑架了她，并且打算把她卖给别人。他还添油加醋说她会被卖到墨西哥。他说他知道普里亚菲托及其同伙把她关在哪里，就在帕萨迪纳的一间公寓里。

　　妈妈当然吓坏了。爸爸后来也吓得不轻。接下来的事情你知道，他去联合车站接了恩里克，然后——你敢信？——他们直接跑来"救"我了。爸爸甚至买了皮手套、强力胶带和绳子，准备采捆那些所谓的绑匪！

　　当这个做物流主管的父亲和那个吸毒的文身师来到这间公

寓并把莎拉带回家时，她已经累得没有知觉了。她不记得车是怎么开回亨廷顿比奇的那座联排别墅的。她睡了——如果这算睡觉的话——36 个小时。**一天半**。她醒来时，有好一会儿还分不清东南西北，**而恩里克就躺在她身边！**

她抽身离开了这个她以为不会再见的男人，出去找她的父亲。

"爸爸！你在吗，爸爸？"

他去上班了，她随后给他打了电话。他一接电话，莎拉就把恩里克抱怨了一通：

"你居然**听信了**这个人的话？还把他带到咱们**家**来了？"

保罗尽力解释道：恩里克说你被人绑架了，还遭到了性奴役。而且谁知道这个卡门能干出什么？保罗是她的父亲。他必须确保女儿的安全，所以他别无选择，只能相信恩里克。

玛丽·安当时在家。莎拉为恩里克的事也对着她埋怨了一通。**他就在她的房间里。她的床上！** "你和爸爸在想什么？"玛丽·安毫不理会，她认为恩里克能进自己家里是因为他已经走进了莎拉的生活，而这是因为莎拉把他带入了自己的生活。

随后保罗下班回家，他把恩里克赶了出去。

不久之后，莎拉又失踪了。保罗和玛丽·安估计她又回到了帕萨迪纳的公寓，但他们并不确定。几天乃至几周过去了，她一直没有回复他们的电话和短信。她不在的时候，他们联系不上她，她就在他们眼前时，他们也触动不了她。她一直在他们的生活中时隐时现，无论是实际的身体还是其他任何层面都是如此。他们看着这个聪明快乐的姑娘长大，然而有些东西已然破损，他们无法修复了。保罗和玛丽·安的尝试全无效果，无论是把莎拉送入得州的戒瘾中心，还是搬到南加州，或者聘请家庭心理医生都无济于事。仿佛他们越是尽力挽救她，就会把她推得越远。他们是一对见多识广的成功夫妻，共拿了三个大学学位，收入丰厚，华美的家宅离海滩只有几个街区，车库里有几辆新车，银行里有存款，足够给莎拉和她弟弟购买他们需要的任何东西。但他们在为人父母方面一败涂地。他们对她的爱无以复加，但这种爱只是把绝望变成了一种悲痛。他们失去了莎拉，因为毒品而失去了她，他们很害怕毒品会让他们遭受不堪设想的损失，以及真正的、无法想象的悲痛。

保罗和玛丽·安对**卡门·普里亚菲托**这个南加州大学的富有院长了解得越多，他们就越害怕他会毁掉莎拉。**这是普里亚菲托，他在给我付账**。莎拉把普里亚菲托带到他们家时就是这样跟父母介绍他的：**他在给我付账**——一个老得足以当**他们**父亲的男人。至于他花钱后得到了什么回报，自不用她多说。他们的女儿想让他们保持分寸，让他们知道她已经有多么独立——独立于**他们**——以及如果他们不认同她的做法或者不同意她和谁交往的话，她又有多不在乎。她就是想震慑他们，这个目的达到了。

在莎拉和她这个情人露面之前，保罗和玛丽·安早就对她交往的那些——说得好听点——差等生见怪不怪了。但普里亚菲托这个"优等生"却让他们觉得更加危险。恩里克可能确实捏造了性奴役的骇人情状，但总体而言，他对普里亚菲托的看法与实情也相去无几。保罗和玛丽·安都认为普里亚菲托是一个为所欲为的捕食者。金钱和权力可以保证他永远不需要为自己荒淫和榨取他人的行径负责，这就是他给人的印象。哪怕他的毒品害死了莎拉。

保罗和玛丽·安十分担心莎拉的安危，这耗尽了他们的心力。两人心急如焚，不知所措，甚至还去咨询了做过警察的私家侦探，那人是夫妻俩的一个朋友的熟人。莎拉又玩了一次失踪，他们怀疑普里亚菲托就是幕后主使。私家侦探证实了他们的怀疑，并且追踪到了那个院长在帕萨迪纳给莎拉租下的另一套公寓。他向保罗和玛丽·安汇报其发现时还附带了一些建议：要承认普里亚菲托是莎拉生活中的一部分，承认他是他们生活中的一部分。因为他们若是不这么做，普里亚菲托有可能带着莎拉远走他乡。他可能会抛弃自己的工作、妻子、家宅乃至他拥有的一切和莎拉私奔，跑到遥远的、不知名的某地，那他们就再也见不到女儿了。

这个与敌人保持亲近关系的建议震惊了保罗和玛丽·安，接着又让他们心生寒意。这听起来像是在劝降——交出他们的女儿。这个私家侦探以前做过警察。他为什么不建议他们就普里亚菲托一事报警呢？或者向南加州大学的校长举报他？或者向校董事会举报他？他没有建议走这些渠道也许是**因为**他当警察时就学到了些什么——因为他知道这个体系是如何运作的，以对普里亚菲托这样的人有利的方式运作。他的建议对保罗和玛丽·安之所以说得通，只是因为他们无法估量拒绝这一提议的风险。如果他们拒绝了，莎拉会受到更大的伤害吗？私家侦探说普里亚菲托有能力让她远离他们的生活。普里亚菲托会不会做出更恶劣的事情？会造成永久伤害的那种？

沃伦夫妇接受了这个私家侦探的建议。

莎拉手里拿着一把扫帚，普里亚菲托手里则有她的电话号码。他总能有她的电话号码。她躲不过他，即使身在一块墓地。就算她被埋在这些破烂的墓碑下，他也依然会来找她。

他会一直寻找，直至找到她。然后他会再次带她逃离——只要她逃离时人并不清醒。这就是他那天晚上前往创新护理中心给她运送毒品的理由。而且他送了不止一次，而是**两次**，直到她被赶了出去。头天夜里，他敲开她的房门，交给她一些赞安诺和一部手机——戒瘾中心不允许使用手机——叫她保持联络。他离开了，但没过多久，大约一小时后，他们就通了电话。普里亚菲托回到了停车场。他在保时捷里等着她，手里拿着一瓶香槟和他刚在加油站买的性爱玩具。她离开了房间，小跑着穿过潮湿的地面去找他。她一上车，普里亚菲托就把车驶下了特兰斯峡谷，然后停在路边。莎拉把香槟一饮而尽。至于那些玩具，她并无兴趣。

他们在外逗留太久。戒瘾中心的工作人员在夜间发药时发现莎拉不在房间。普里亚菲托开车把她送回停车场时，五名工作人员正拿着手电筒四处找她，光束在薄雾中着急地来回。当光束扫向那辆车时，莎拉跳了出来，普里亚菲托随即飞驰而云。她毫不怀疑自己被发现了，而且这些工作人员知道她和普里亚菲托在一起。她是对的。一名工作人员向她问到了那辆保时捷。莎拉告诉他，普里亚菲托只是来检查一下她的情况。没什么好担心的。

她料到会有后果，但后果并没有马上降临。

于是，在一天后的凌晨3点左右，甚至更晚一点，她用那部违禁手机给普里亚菲托打了电话。她想要冰毒。换其化任何医生可能都会拒绝她，换其他任何毒贩子可能都会觉得这么干太惊险了，但普里亚菲托毫不迟疑。他再次长途跋涉地前往马里布。两人商量好了，他会把冰毒、"冰壶"①和打火机装在一个墨镜盒里，放到车道附近的地上。普里亚菲托准确地送货到位了。莎拉告诉工作人员她要到楼下转悠一分钟，然后她找到了那个盒子。她走回房间时，夜班护士看到了她。这并没能阻止她在私人浴室里加热烧锅。

当天上午晚些时候，莎拉和其他入住者一起聚集到主楼的公共区域，工作人员留意到她出现了快速动眼、急躁和冰毒造成的其他急性症状。他们也知道普里亚菲托来过两次。他们当面质问莎拉，要求她接受药检。她否认自己吸了毒，但还是拿着尿杯进了洗手间。结果一名工作人员看到她用自来水来稀释

---

① "冰壶"（pookie pipe），一种用于吸食冰毒的玻璃管，末端有一个用于加热的玻璃泡，前端开口，用于吸食烟雾。

杯中的尿液，情况变得没法收拾了。这家戒瘾中心当即将她扫地出门，她的辅导员在她的治疗项目真正开始之前就将其终止了。莎拉对他们没有一句怨言。

其中一名辅导员给莎拉的母亲打了电话，告知其女儿已被除名。这名辅导员恶狠狠地说那位"好医生"又来探望莎拉了。她跟玛丽·安说，普里亚菲托是"对社会的一个威胁"。玛丽·安当然无须他人来告知这一点。近一年来，她和丈夫一直在奋力将普里亚菲托踢出女儿的生活。玛丽·安明白，恳求这名辅导员再给莎拉一次机会是没有意义的。在戒瘾中心吸毒？干出这种事还想有第二次机会？但这名辅导员的语气听起来更像是决意要摆脱普里亚菲托，而不是轰走莎拉。

玛丽·安向来能毫不费力地让陌生人相信莎拉是她的孩子。这对母女有着同样迷人的个性，同样炽热的活力，同样的金发碧眼。保罗则更加安静，他的低调与妻子形成了一种平衡。当他们不得不面对普里亚菲托这个让全家人坐卧难安的威胁时，他也尽力地在发挥镇定作用。保罗和玛丽·安曾寄望于戒瘾中心最终能让他们的女儿认识到普里亚菲托的邪恶本质。这也是他们选择创新护理中心这种昂贵机构的原因。沃伦夫妇在经济上很富足，但也没富到每月支付五位数的康复账单也无关痛痒的程度。他们不在乎开销，他们只想把女儿从普里亚菲托手中解救出来。

现在，普里亚菲托的手甚至伸到了戒瘾中心。保罗和玛丽·安在一家星巴克接到了莎拉，创新护理中心的一名工作人员把她送到了那里。他们随后便开车带女儿回家。

沃伦夫妇明白莎拉必须离开创新护理中心。毕竟她打破了规则，而规则不容打破。但规则并不是对每个人都适用。那天发生的事情以前早已发生过。**没有发生**的事情实际上只有一件：普里亚菲托没有被捕。就沃伦夫妇所知，在这起事件中，甚至都没人报警或向加州医学委员会举报他，这已经成了一种定式。普里亚菲托给戒瘾中心的一名年轻的吸毒者运送了毒品，第二天早上他还可以自由地回到工作岗位，管理这个国家的医学院之一。他可以继续自由地评估病患病情，进行精细的眼科手术。他可以随便为莎拉以及他收集来的瘾君子、妓女和另一些堕落的人购买更多的冰毒、海洛因、赞安诺、迷奸水①、摇头丸和笑气。他可以逍遥自在地和他们一起吸毒，而且吸得越来越频繁。

普里亚菲托走到公墓入口时就看到了她。他站在木兰树下，穿着风衣，戴着软呢帽，微笑着向她挥手。莎拉逃离家人的机会就在眼前。他知道她永远都需要逃离。

---

① 迷奸水（GHB），学名 γ-羟基丁酸，是一种有机化合物，对中枢神经系统有强烈的抑制作用，属于合成毒品，常被不法分子用作麻醉药或迷奸药。

7　庆功会

　　六月的一个下午，初夏的阳光将那些白大褂映照得闪闪发光。在凯克医学院举办的一场聚会上，人们大多穿着深色的正装，所以那些身披白大褂的男男女女就显得格外扎眼。这是一场仅限受邀嘉宾参加的庆功会，场地就在干细胞研究大楼外的草坪上，这栋大楼是以洛杉矶亿万富豪——伊莱·布罗德和伊迪丝·布罗德夫妇的名字命名的，他们捐赠了 3000 万美元，用于这座玻璃建筑的建设及其内部装潢。六七十名与会者都安坐在折叠椅上，小口抿着红酒，一把把时髦的庭院伞为他们遮挡着艳阳。他们的面前是一个安在轻便舞台上的讲台，舞台两侧还装设了扩音器。

　　这场庆功会是一次恭肃的活动，颇具学院风范。

　　不过这并不是为了向布罗德夫妇致敬。

　　也不是为了感谢那些穿着亮眼大褂的医生和研究人员。

　　在这个周二的下午，接受表彰的人正是卡门·普里亚菲托，而主讲人则是马克斯·尼基亚斯。

这场活动是在那起吸毒过量事件发生三个月后举办的，两个月前，我就开始给南加州大学发电邮、打电话，询问普里亚菲托的情况以及他辞任院长前的一些事情。尼基亚斯和他身边的人对这些质询一直都不予理睬，而这场庆典让我明白了一点，这位大学校长并不觉得《洛杉矶时报》、普里亚菲托和一个叫莎拉的姑娘有什么好怕的。他怎会有如此底气？是什么让尼基亚斯可以如此信心十足地公开——**挑衅性地**——向普里亚菲托致敬，哪怕加州洛杉矶市的一流新闻机构和整个西部都对他虎视眈眈？

我对普里亚菲托也有此疑问。在得知自己是《洛杉矶时报》的调查对象后，他为什么还想要引发这样的关注呢？尼基亚斯和普里亚菲托是不是知道一些我不知道的事？一些我**应该**知道的事？一些我应该担心的事？为什么在普里亚菲托辞职后这么久，尼基亚斯才对他的贡献表示敬意？尼基亚斯是不是在等到他确定那件事的热度已经消退后才组织了这场活动？他会不会跟帕萨迪纳警方或者他们的政界主子通过气了？我没有这方面的证据，但也不能排除这种可能性。

也许这场迟到的欢送会是普里亚菲托在最近才要求举办的——以作为他保持沉默的回报。普里亚菲托牵涉吸毒过量事件的内幕一旦被人披露，对他来说自然是非常不利，对南加州大学来说则是更加糟糕，对尼基亚斯也是一样。不过我依然没有证据来支撑这一推论。

我亲眼看见了这场庆典。之前我已经听说了这次活动，新闻编辑部里的一个线人把请柬转发给了我。这份请柬镶着金色的边框，顶部印着南加州大学的校徽 [1]——一块带有三个醒目火炬的盾牌，请柬上写着：

医学博士、公共卫生学硕士、

南加州大学凯克医学院临时院长、

南加州大学盖尔和爱德华·罗斯基眼科研究所所长

罗希特·瓦尔马

邀您参会

以表彰和嘉奖

医学博士、工商管理硕士卡门·安东尼·普里亚菲托

在担任南加州大学凯克医学院院长期间的领导能力

和卓越成绩

　　我在大约45米开外的公共人行道上观看了这场庆祝活动。记者不得非法闯入——但非法闯入的定义并没有那么明确。凯克医学院是一所私立学院，有私人保安，但它对公众是开放的。我并不认为我走上那块草坪、靠近讲台就算是非法闯入。但我若是冒充受邀者参加这场庆功会，在那块草坪上走来走去，却不透露我来自《洛杉矶时报》，那就犯了新闻行业的一个禁忌了。所以我只能顺着人行道往前走，尽量保持谨慎，同时用个人手机拍摄照片和视频。

　　我以前没有报道过凯克医学院，在那儿也没有线人，但南加州大学的一名内部人士在这家医学院里有些熟人，他跟我说

这家医学院里有不少员工都很厌恶甚至鄙视普里亚菲托，尽管他们并没有提及毒品或妓女之类的事。非议普里亚菲托的人都说他傲慢、极端利己，而且易怒，几乎不考虑别人的看法和感受，除非他们对他有很大的助益。他们说普里亚菲托和聘请他的那个男人很像——满脑子只想着给学校募集更多的钱，尤其善于通过培植捐赠者的盲从性以及从其他机构挖来自带大笔资助金的教职员工来达此目的。也许我看得不太清楚，但还是能感觉到那些在草坪上转悠的人当中涌动着一股鄙视普里亚菲托的暗流——也可能他们只是缺乏热情。很多与会者都露出一种被"强征入伍"的神态，他们都有更重要的事情要做，却不得不参加这场聚会，只为履行一项讨厌的义务。对那些身穿白大褂的男女来说似乎尤其如此。

普里亚菲托在自己的这个大日子里穿上了一套铁灰色的正装。他面容松垮，显得老态龙钟，和那些衣着相似的男人握手寒暄，有时是一对一交谈，有时则会加入三四人的谈话。这个风云人物并没有被祝福者们围绕。

在斟过酒、握过手之后，普里亚菲托开始演讲，他旧调重弹地谈到了自己对波士顿红袜队的热爱，中间还穿插了一段轶事，说他曾经跟那些犯了错的裁判员开玩笑，承诺免费给他们做眼科激光手术。观众们报之以礼貌的笑声。随后普里亚菲托便坐回到尼基亚斯身边。当尼基亚斯走上讲台时，观众们似乎变得更加严肃了，他们很关注这位前任上司的上司会怎样评说普里亚菲托。

"今天，我们的医学院不仅是本地区最优秀的医学院和医疗机构之一，在全国范围内也是首屈一指——在很多方面，这都要归功于卡门的领导。"尼基亚斯说。

我隔了一段距离，所以很难听清每一个字，而一阵微风又导致场内的扩音器产生了回声（我的录音质量也很差）。普里亚菲托在开场白中强调"红袜队的故事绝对真实"。他用一种惯于当众演说的人所特有的镇定而激昂的语调讲述了九年前的事情，说尼基亚斯当时向他推荐这份工作时，他是多么毫不犹豫地接受了该院院长一职。"我确实，确实很想获得这份工作。"他说。普里亚菲托称南加州大学的医生"真是洛杉矶最好的医生"。他还特别感谢了自己的妻子。

我以前从未见过普里亚菲托本人。有几次我都想上门拜访他，但他那幢豪宅外有一道安全性极高的大门，中间隔着一条长长的车道，我根本碰不着他家的前门。我冲着那道大门外的对讲机喊过话，但没人回应。第二次去的时候，我把名片留在了那条街边的邮箱里，还附带了一张便条，催促普里亚菲托打电话给我。然而他从没给我打过——就像他从来不回我的电话或电子邮件一样。若想监视那幢豪宅，抓住他进出家门的机会，这也不现实。那条街两边都不允许停车，所以到时候我只能站在街边，然后还得想办法在普里亚菲托驶离大门前截住他。而且考虑到他那桩离婚案，我都不确定他是不是还住在那里。

在 LexisNexis 数据库中，我发现了普里亚菲托的一个新住址：帕萨迪纳市科尔多瓦街 325 号。这是一栋大型现代公寓楼，五层高，紧贴着人行道的边缘拔地而起。我驱车前往那栋楼，然后把车停在了泊车计费器旁。这个地段房价不菲，就在帕萨迪纳市政礼堂的街角附近，那座礼堂也是布扎艺术建筑的一个典范，此前还曾是艾美奖的颁奖礼会场。如果 LexisNexis 数据库中的记录无误——这个数据库中确实出现过错误的地址——普里亚菲托要么是在这栋楼里租了一套公寓，要么就是和这个地址另有关联，比如与在此经营的企业有联系，或者也可能没资了这里的房产。考虑到那份离婚档案，我赌定他是租住在这套公寓这边。在离婚官司缠身之时搬出那栋豪宅，这很说得通。

普里亚菲托的名字并不在这栋楼的电子名簿中。我询问了租赁处的一位女士，有没有一个叫卡门·普里亚菲托的人住在这儿，她说她不能透露任何住户的信息，让我再去翻翻那份名簿。我花了些时间在人行道上向一些来往的居民打听了一下，问他们认不认得普里亚菲托。我给他们看了我手机上的一张他的照片，因为有些人可能认得他却不知道他的名字。

好运并未降临。

如果普里亚菲托继续无视我，我就准备在快要提交报道时再去找他几趟。我打算勇敢地冲破凯克医学院的保安的阻拦，闯到普里亚菲托的办公室去逼他开口。他会在贝弗利山庄的一间办公室里接诊，我也可以去试试。如果这些办法都失败了，我就让快递员把一封信亲手交给他，同时联系他的所有代理律师（包括离婚律师）。我还会不停地打他的手机，给他发短信。我已经准备好在这场庆功会后跟他对峙，不过首先要有合适的时机。任何面对面的接触都必须保持专业和严肃的态度。不能把场面闹得太难看，给普里亚菲托合理合法地向我的编辑们表达不满的机会；也不能引发太多议论，以免其他新闻媒体得知我在调查此事。

在他们的演讲结束时，我知道已经不可能跟他对峙了。我的拍摄已经吸引了包括普里亚菲托在内的所有与会者的目光。而且他从未远离那片聚会场地，使得我根本没有机会接近他。庆功会结束后，身穿白大褂的凯克医学院工作人员陆续返回了各自的门诊部和实验室，普里亚菲托也神不知鬼不觉地隐入了校园的阴影之中。

我很想知道这场草坪聚会的与会者里有多少人知道德文汗在 304 号房看到的场景。有多少人会对普里亚菲托在离学期结束还有两个月的时候辞去院长一职这事感到好奇？有多少人知道这场庆功会就是一场闹剧？有多少人会觉得把这些情况透露给我是安全的？

我尽力不去猜测尼基亚斯向普里亚菲托敬酒的鲁莽之举是否表玥了他与《洛杉矶时报》领导层的关系。他是确信自己对这份报纸有十足的把握吗？有没有可能他根本不需要让普里亚菲托或帕萨迪纳市政府的任何人闭嘴，因为他知道《洛杉矶时报》不会发表我正在追查的事？这对我而言很难想象，即便考虑到《洛杉矶时报》最近对南加州大学的抨击不痛不痒、像是有所顾忌。马哈拉什和杜沃辛发布了有关哈登的报道。诚然，这些报道进展缓慢，但确实发布了。

我随后想到了一个很重要的区别：在这些报道中最棘手的部分发布之前，哈登的名声已经因南加州大学橄榄球项目的混乱局面而遭受重创，这让他失去了拥趸们和尼基亚斯的支持。哈登不再拥有昔日的权力和影响力了。这个金童的金色已然暗淡。

　　帕萨迪纳市警察局局长菲利普·桑切斯给自己挖了一个坑。这并非他的本意。当他和他的部门再次拒绝公布我要求他们提供的有关吸毒过量事件的信息时，事情就这么发生了。此前我已经向市长特里·托内克投诉了这个三缄其口的局长。我给托内克打过一次电话，请他帮忙公开这些记录，并指出这一报道不但关乎一桩吸毒过量事件，还逐渐与帕萨迪纳市当局的包庇行为扯上了关系。他并不赞成我对市政当局立场的描述，但还是表示会去核实我提出的要求。

　　我曾基于《加州公共记录法案》要求帕萨迪纳警察局提供桑切斯与其下属就此次吸毒过量事件进行的所有书面沟通的记录，以及自此事发生以来，他们与南加州大学的代表进行的所有书面沟通的记录，而桑切斯执掌的警察局最近给我的回应仍是拒绝。提这个要求几乎没为我换来多少材料，我并不意外——无论他们实际上掌握了多少材料。想要划破政府官员为掩盖他们的大部分业务而拉下的厚重帷幕，《加州公共记录法案》是必不可少的工具。但该法案的一个内在缺陷弱化了它的效力。在没有通过法律手段起诉的情况下，对该法案的遵循与否在很大程度上是基于一种诚信制度；当政府表示某些记录不存在或者全部及部分记录可免于披露时，记者和公众实际上必须相信政府。

我还要求桑切斯对两个月前公布给我的呼叫服务日志进行解编。日志上有两处被涂上了红墨水，并且引用了《加州公共记录法案》，称："被认为不可发布的信息或机密信息已经被屏蔽或删除。"桑切斯对我的要求所作的回复中还附带了另一份呼叫服务日志的副本，这一份没涂红墨水。在这份日志上，拨打 911 的人（德文汗，我认识）的身份还是经过了修订。桑切斯就是在这里掉进了坑里：[2] 他在函件中对这处修订解释道，警员们去那家酒店是"为了调查一起有可能涉及吸毒过量的事件"，而且"由于此次呼叫服务与警方调查有关，举报方的姓名免于披露"。

先等会儿。**调查？调查？**突然之间，我得知**此前确有**一次调查。这让我想起了之前那份呼叫服务日志里标记的"report"和"R？T"。这些记号是不是指警方的报告？

在没有出具警方报告——**犯罪**报告的情况下，警方怎么能展开调查呢？

我随后给伊巴拉发了一封电子邮件，指出桑切斯的回复中"两次提到了一项'调查'，包括这一行动可豁免披露。那么这起事件实际上是警方正在调查的一桩案件吗？如果不是，那么这是警方曾经调查过的案件吗？如果这是曾经调查过的案件，但现在不是，那么这项调查是何时结束的？"

伊巴拉回复了我，说她没有进一步的信息给我，并将我发的后续邮件转给了记录管理员。我等了好几天才收到这位管理员的回复，她让我去找市政府的主要发言人威廉·博耶。与此同时，我又给伊巴拉发了封电邮，再次要求采访桑切斯。我说我需要和他谈谈，因为"我的调查已经引出了更大的政策和执行方面的疑问"。

她回复道："能否请你明确一下你在政策和执行方面到底有什么疑问？"

我回信说，这些问题涉及此次吸毒过量事件的"处理方式为何与类似的持有和摄入毒品的事件如此不同"。

桑切斯断然拒绝了我的采访要求。我想不出他有什么理由保持沉默，除非接受采访对他不利。如果我的询问是被误导了，或者是在以讹传讹，那么这位局长完全可以在采访中纠正我的错误；他掌管着这些信息。我想在帕萨迪纳获取的一切信息都在他手中。但他什么也没给我。

我打电话给伊巴拉，向她提出了我准备问局长的问题。为什么没有警方报告？没有报告，你们怎么能展开一项调查？伊巴拉告诉我，此次吸毒过量事件的出警警官已经提交了一份"财物和证据"报告，记录了现场缴获的毒品。

什么？有一份缴获毒品的报告？

伊巴拉说，客房里的那个佚名女人吸食了这些毒品。此后这位警督还表示，警察局**已经**就这起事件出具了一份警方报告。这个说法几乎让我目瞪口呆。四个月前，我就前往帕萨迪纳警察总局，要求他们提供**所有**与此次吸毒过量事件有关的报告，结果直到现在我才得知了这一事实，而此前我得到的就只有呼叫服务日志。我问伊巴拉，为什么一直向我隐瞒这份警方报告的存在——

以及为什么她在 4 月份还声称不存在这份报告。

　　她的回答在我的职业生涯中也是闻所未闻。这位警督告诉我，这份警方报告是在那次吸毒过量事件**发生三个月后**才写的，只因为我一直在询问康斯坦斯酒店里发生的那些事。这是一份**追溯性的**警方报告，而且**极具追溯性**。对于我的目的来说，其追溯性就更加明显了：这份报告是在七周前写就的，而我刚刚得知。如果我没有月复一月地给警察局打电话、发电子邮件，那么这份涉及一位知名人士和洛杉矶最重要的一家机构的报告几乎注定会被永远埋葬。

　　伊巴拉说，这份警方报告没有在吸毒过量事件发生当天提交是因为出了"培训问题"？我千方百计地请她详细说明这一点，但她没有告诉我。我坚持让她把财物和证据报告以及警方报告发给我。我们的谈话就此结束。

　　当天下午，那份警方报告发到了我的电子邮箱，但财物和证据报告付之阙如。我打开了这份报告，抱着最大的希望，也做了最坏的准备。在最好的情况下，这应该就是一份针对304号房里发生的事所作的令人信服的描述——用枯燥的警察术语写成，没错，叙述中可能有缺陷，但有足够多的事实，足以把一篇报道推上报端。然而我在其中没找到一丝与犯罪沾边的内容。这份报告只有两页。这不是一份犯罪报告，而是一份伤亡报告。这表明警方依然决定不将康斯坦斯酒店里发生的事情定性为犯罪。这份报告经过了大量修订，看起来就像是黑色墨盒的测试页。证据和调查部分被完全掩盖。另外 13 行字也是一样，包括那些说明受害者身份的内容。

但有一段关键的话未被修订——它列出了这起吸毒过量事件的证人。证人的名字只有一个："卡门·安东尼·普里亚菲托"。他与受害者的关系被描述为"朋友"，从中还可以看出这是一名65岁的白人男性。

总算有了点收获。

我现在拿到了一份官方记录，可以证明普里亚菲托就在这起吸毒过量事件的现场。德文汗的密报中最要紧的部分如今得到了确认。倘若南加州大学和尼基亚斯还不说出有关这位院长的真相，那势必将面临雷霆万钧的压力。

或者这只是我的一厢情愿。

我好奇的是，帕萨迪纳警方为何会在设置了重重阻碍之后又决定把普里亚菲托这道菜端给我。他们没这个必要。根据《加州公共记录法案》，警方本可以提出强有力的理由来隐瞒目击者的姓名，以免妨碍调查。执法机构经常这么干——为证人保密，在某些情况下还要保证他们的人身安全。

但普里亚菲托的名字出现了——还是这份报告中唯一完整的名字。

我突然想到，帕萨迪纳市政府可能已经认定赢不了这场角逐，所以无论管事的人是谁，他都决定把普里亚菲托抛给《洛杉矶时报》。**别让这家报社咬着市政府不放。让南加州大学、尼基亚斯和他的人去解决这个事吧。把问题闷在那个家族之内吧。**

特洛伊人家族。

8 我们需要警察

那个叫 A. 加西亚的警察能帮我吗？

伤亡报告上的一个方框内显示，对这起吸毒过量事件作出响应的警察是 A. 加西亚。我检索了加州政府雇员的数据库，恰好找到了一位名叫阿方索·加西亚的帕萨迪纳警官。鉴于局长本人都不愿和我对谈，我觉得他基本上也不可能允许加西亚接受采访。但加西亚愿意在警察总局之外的私人场合谈一谈吗？他会选择不公开谈话还是提供幕后消息（后者意味着我可以公布他说的话，但不能公布他的姓名）？也许他也想解释一下他为什么没有逮捕普里亚菲托，以及他为什么没有提交报告。在我开始提问后，他对警察局处理此事的方式可能也会有些想法。

这又是一个希望渺茫的契机。我在《洛杉矶时报》的数据库里检索了加西亚的住址，结果搜到了几十个符合条件的地方。我开始一一走访可能性最大的地址，挨家挨户去敲门。有些地址信息已经过时了，有些则是一开始就不对——没有叫阿方索或加西亚的人在那儿住过。有几处住址，即便我已经看到有人在家，他们也不给我开门，我只好给他们留了名片。我没能找到这个叫阿方索·加西亚的帕萨迪纳警官。社交媒体上也查无所获。

帕萨迪纳官方没有给我提供其他的实质性信息。市政当局唯愿我就此放弃、闭嘴，然后走远点。他们把普里亚菲托的名字抛给了我，但只是在一种听起来无害的语境中公开了他的名字，他是这起吸毒过量事件的"证人"，是受害者的一个"朋友"。他们指望我能拿去凑合着用。自救护人员和警察赶去康斯坦斯酒店已经过了五个月。然而除了与伊巴拉的简短交谈外，没有任何人接受我的采访。在记录方面，我想方设法也只争取到了那么几页纸，其中最重要的内容还被修订得一塌糊涂。

但几个月来的挫折让我更加确信一点，我触及了一些重要的东西。帕萨迪纳当局和南加州大学的幕后首脑越是从中作梗，一份完整的报道肯定也越发重要。

由于天时不佳，我在跟进该报道的过程中还面临着另一个障碍。我以前在运动中受过伤，早该置换全膝关节。但我已经把这个手术推迟了好几年，可如今走路乃至坐着都开始让我疼得无法忍受了。我的外科医生说恢复期会让我几周甚至几个月都干不了活。这简直无法想象。

政府机构已经越来越不愿公开某些公共记录，911 的电话录音就是其中之一。这些机构经常声称，这些电话包含着对警方的保密调查至关重要的信息，或者私人的医疗信息。我手上有德文汗拨打的那通 911 电话的详细记录，但没有录音。那份录音与德文汗的说法不可能有什么重大出入，他提到的一些基本要素都得到了呼叫服务日志和伤亡报告的证实。但那通电话里会不会还有些其他的线索呢？一些德文汗已经忘掉的生动的细节？调度员说过什么有意思的话吗？也许并没有什么实质性的东西，但录音还是可以为报道增添一点真实性和生动感。

我给帕萨迪纳市消防局的发言人发了一封电子邮件，要求对方提供有关此次吸毒过量事件的录音和救护报告的副本。如果当局以医疗隐私豁免权为由拒不公布录音，我会辩称我绝不可能侵犯涉事人——莎拉——的隐私，她的身份此时尚未被披露。救护报告则是另一回事。我这个要求只能求神保佑了，这类报告通常会以医疗隐私豁免权为由不予公布。

在等待回应期间，我只希望我私下对托内克市长的求告能在这一次有所回报。事到如今，他肯定也明白《洛杉矶时报》不会放手了。

帕萨迪纳市的公共信息官博耶提出了一个古怪的个人要求：他让我把我向帕萨迪纳市当局索要记录和其他信息的所有诉求书都给他再发一份，直至我调查的起点。他承认，按照《加州公共记录法案》，我无须重新递交诉求书，但他写道："我只是想尽力让这件事对每个人来说都更容易、更有效率一些……就一封电子邮件，所有依据《加州公共记录法案》提出的诉求，新的老的，所有问题……都列到一封电子邮件里……然后发给我，我们看看能不能给你圆满解决。"

我不得不想一想。他安的什么心？这是在故意拖延？争取时间？或者他只是想了解我的所有疑问，以助推事态发展？我选择乐观以对。我首先指出我并不同意取消《加州公共记录法案》规定的最后期限，并且提醒他，六周前我就要求提供证据报告，却仍未收到这份报告，然后我就把此前所有相关的往来电邮都发给了他。接下来的一周里，博耶在邮件里说他想"厘清我们的沟通现状，根据你的每一个要求，提供更多的、新的信息，看看我们在此基础上还能做些什么"。这封电子邮件有十个附件，其中大部分都是我之前收到过的记录的副本。此外还附上了证据报告和两份 911 电话录音的音频文件。

两份？

当时是晚上 7 点多，我还在新闻编辑部。我在办公桌上播放了录音。第一段录音是德文汗打的那通电话。他的声音很好辨认。[1] "嗨。我是从帕萨迪纳的康斯坦斯酒店打来的。"这是他的第一句话，接下来的话和他给我描述的一样，不过在调度员让他把电话转到那个吸毒过量的姑娘的房间后，录音戛然而止。房里没人接听这通电话吗？有可能。又或是当局没把这段通话发给我？果真如此的话，博耶应该在他的电子邮件中说明这一点，同时援引《加州公共记录法案》，称当局有权删除这部分录音。我记下了这一点，准备在下一次和他沟通时解决这个问题。

在第二段录音中，一个自称是康斯坦斯酒店工程部员工的男人要求派警员赶到该酒店。他说一名女子在三楼的一个房间里"吸毒",而且"昏过去了"。

调度员问这个男人是不是需要救护人员。

"我们这儿已经有救护人员了,"这个男人回复道,"不过我们需要警察,帕萨迪纳的警察,到这儿来吧,拜托。"

"你知道她吸的什么吗?"调度员问。

"冰毒。"这人答道。

"好,我们会派人过去的。"调度员说。

好料啊,我心想。这份录音真切地描述了现场出现的冰毒,证实了呼叫服务日志上的事项,还表明一名员工认为有必要出警——**我们需要警察**。它可以证明这起事件不仅是一起紧急医疗事件,而且与犯罪行为有关。

我随后又看了证据报告。这份报告表明这名酒店员工在304号房里找到了1.16克冰毒。我估计这就是德文汗所说的在这间客房的保险箱里发现的冰毒。吸毒过量者的姓名,相关犯罪行为的嫌疑人以及毒品的"所有者"都被修订了。不过其中列出了毒品"所有者"的住址:帕萨迪纳市东科尔多瓦街350号。

等等!科尔多瓦街?我记得普里亚菲托有个地址就在那条街上。我查了一下自己的笔记,发现我去过的那栋公寓楼的街牌号是科尔多瓦街325号,并非350号。而且那栋楼的地址里也没有"**东**"字。我在LexisNexis数据库里检索了东科尔多瓦街350号,但没有找到匹配项。我接着查看了洛杉矶县税务评估和征收部门的数据库:同样没有东科尔多瓦街350号这个地址。我还试着翻了翻登记选民名册,又在谷歌上简单搜索了一下，还是一无所获。

也许是那位提交报告的警官——阿方索·加西亚出了差错，警方报告里错讹难免。也可能是毒品"所有者"给这位警官报了一个假地址。

无论如何，这都是更好的料。**绝佳的料。**这些911的电话录音为德文汗讲述的他亲眼看到的情况增添了层层印证，证据报告则表明普里亚菲托开的房间里存放着冰毒，而伊巴拉说过莎拉吸食了冰毒。关于那个科尔多瓦街的地址，我从伊巴拉和博耶那里再没有得到更多信息，但我依然有足够的证据来讲述一个让人瞠目结舌的故事：一个周五的下午，一间酒店客房里有一名年轻女子吸毒过量了，而南加州大学凯克医学院院长就在现场，据报告，这名女子一直在吸食冰毒；三周后，这位院长辞职，他不愿接受《洛杉矶时报》的采访，南加州大学的所有人均是如此。帕萨迪纳警方在三个月的时间里都没有就此次吸毒过量事件出具一份报告，只因《洛杉矶时报》展开调查才勉而为之。

在我收到911电话录音的两天后，这个故事变得更精彩了。帕萨迪纳市政执行官①史蒂夫·默梅尔给我发了一封电子邮件，想跟进博耶的工作。我真没想到他会联系我。默梅尔，这座城市的顶层市政官员，之前还从未给我发过电子邮件。他在邮件

---

① 市政执行官（city manager）是市长、市政部门主管和市议会的合作者，其职责涉及预算制定、监督市政员工、城市规划以及与市民和市议会的沟通工作。市政执行官是由市议会或市长经市议会批准聘用的，并非民选官员。

中指出，德文汗向调度员报案的那份录音里包含一通无关来电中的无关对话。他还指出，这段录音包含了"个人联系方式"（包括德文汗的电话号码）。[2] 这位市政执行官表示，这通无关的电话和这个联系方式本应从我拿到的录音副本中删除。

这些都与我的报道无关。引起我注意的是邮件里的一句话，默梅尔说市政府"能拿到这通 911 电话的更优版本"，而且"通话持续时间比原文件更长"。

能够拿到？这份录音——以及任何"版本"的录音——是市政庎从一开始就能拿到的吗？这听起来好像是一种澄清之举，默梅尔好像是在力图纠正一些有可能让市政厅陷入法律困境的事情。

默梅尔的电子邮件中附上了这份新的通话录音。当时是周五下午 3 点左右，新闻编辑部的气氛像往常临近周末时一样了无生气，座位半空，一片寂静。在室外，初秋的凉意也已经弥漫开来。和第一个"版本"一样，这份更长的录音仍是以德文汗与调度员的对话开始的。没有新东西。但当德文汗把电话转到 304 号房后，录音并未结束。其中传出了接听这通来电的男人的声音：

"喂？"

"你好，这里是消防局。是你打的 911 吗？"

"呃，不是我，其实。唔，我喝，呃，我的女朋友在这儿喝了很多酒，而且，呃，她有呼吸……"

"她现在有呼吸吗？"

"是的，她绝对有呼吸。绝对有呼吸。"

这和我在凯克医学院的那场庆功会上听到的声音一模一样，带着同样的东海岸腔调，只不过现在这个说话者不再那么意气风发，而且情绪焦躁。这份录音里的男人就是卡门·普旦亚菲托。我确定。这一点需要证实，但我确信那就是普里亚菲托。我听到他把莎拉的病状归咎于酒精，这和德文汗说的一样。我又听了一遍。我不仅在这份录音中听出了普里亚菲托的声音，而且还掌握了一份证据，可以表明这位医学院院长在电话中谎报了这个姑娘昏迷的原因。

报道事实已经板上钉钉，我已经**迫不及待**地想把它写出来了。当然，在动笔前，我还必须最后联系一次所有的关键人物——普里亚菲托、尼基亚斯、桑切斯以及其他人。我必须给他们一个机会来回应我的新发现，但我不得不怀疑这会花费很长时间。我预感他们还是会沉默以对。就眼下来说，想要快速刊载这一报道，最大的障碍是我在下周一的手术。我知道这会耽误些时间，但我有信心一出院就能继续撰写这篇报道。写作又不用迈腿。

那个周五的晚上，我知道自己有一段时间回不来了，所以在离开新闻编辑部之前，我放下了手头的工作，找法务编辑杰克·伦纳德聊了聊。杰克和我一起做过报道，他还是地方新闻记者的时候就和我合作过。他是生于英国的爱尔兰人，一口优雅的伦敦腔还保留着他在牛津求学时的韵味。他还取得了南加州大学新闻学的硕士学位。杰克比我小 15 岁，是我认识的最聪明、最有原则的记者之一。他的办公桌就在三楼沿墙排列的那些玻璃办公室中，不过他本人的座位还是朝向新闻编辑部内部。我站在他的办公桌对面，绘声绘色地和他分享了我即将公布的这篇报道的细节。我知道他肯定会感兴趣，因为他不仅是南加大的校友，还在这所大学教过一门新闻课。他对该校所受的毁誉极大关注，就像他重视《洛杉矶时报》的名声一样。

我把那位院长、姑娘、吸毒过量事件、追溯性警察报告、南加州大学的沉默、911电话录音等详情从头到尾给杰克讲了一遍，他则扬起眉毛，怀着一种新闻人特有的喜悦微笑着。

"太棒了！"他说。

我表示同意。

杰克还面带微笑地问我："你觉得咱们会发布吗？"

一时间我以为我听错了。他是在开玩笑吗？他有一种别样的幽默感，有时候会让我摸不着头脑。

"什么？"我说。

杰克朝新闻编辑部的另一侧点了点头，那边是马哈拉什和杜沃辛的办公室。"你凭什么认为他们会发布这篇报道？"

然后他带着一丝讽刺的口吻，即兴模仿了他想象中的马哈拉什和杜沃辛会提出的反对意见：**这也算新闻？**他们肯定会这么说。**就因为这个院长和一个姑娘有关系？谁在乎啊？没有人被捕，对吧？这个院长甚至都不是院长了。这不是六个月前的事吗？这算什么新闻？**

也许他不是在开玩笑。或者说他是开了玩笑，但不全是。

我自认为比杰克还要悲观，但我无法想象这篇报道会被雪藏。马哈拉什和杜沃辛会想着把大事化小吗？考虑到他们以往的做派，这很有可能——也许不止是可能。但是直接不发布？

"你说真的？"我对好友杰克说。

他只是笑笑，又耸了耸肩。

9　一个受保护的人

　　亨利·亨廷顿是铁路建设者和房地产开发商，反对工会却也颇有修养，活跃于 19 世纪末和 20 世纪初的洛杉矶。[1]他的名字流传至今，与亨廷顿帕克和亨廷顿比奇这两座城市紧密相关；[2]与他相关的还有世界知名的亨廷顿图书馆、亨廷顿美术馆、亨廷顿植物园和富丽堂皇的朗廷亨廷顿酒店，[3]以及莎拉吸毒过量后入住的亨廷顿医院。南加州大学的阴影也延伸到了这所医院。南加大培养的医生在这所医院的员工中很有代表性，普里亚菲托就在这所医院的董事会任职过几年。

　　天缘凑巧，我的膝盖置换手术也是在亨廷顿医院做的。我原以为这个手术只需要开一刀，但我的一位主治医生告诉我，全膝关节置换术并不太像手术，更像是在高中的木工工坊里干活儿——又锯又钻，还要锤。这意味着恢复期很可能既漫长又难熬。所以在术前那晚，我给莱特发了封电子邮件，附上了我从帕萨迪纳当局收到的 911 电话录音和文档，以及一份笔记，上面记录着德文汗告诉我的事情和他的联系方式。由于不知道自己会停工多久，所以我想莱特还可以在必要的时候把这份材料交给另一名记者去追查，尤其是当竞争对手的新闻媒体也在跟进这一事件的时候。我发了那么多电子邮件，打了那么多电话，敲了那么多门，但还没有哪个竞争对手循着我的脚步而来，这简直是个奇迹。

这次手术并没让我从报道工作中抽身多久。离开手术室几个小时后，我就收到了博耶的一封电子邮件，还是熟悉的老一套——帕萨迪纳当局已经把我想要的信息全都给了我。他表示，第二个版本的 911 电话录音的公布"已完成了本市对所有既有的以《加州公共记录法案》为依据的请求的回应和执行"。我并不买账，但也没法跟他纠缠细节。我太太乔安娜当时也在病房里，她说我脑子有病，因为我一做完手术就开始查手机里的邮件。

她说得有理，但这就是**那种**让我一刻也不能放松的报道。我回复了博耶，在麻药的药劲儿尚存的情况下仔细打着字，而且尽量保持简短："谢谢。我还会找你了解几个后续问题的。"

实际上我的问题可不止几个，包括一些由来已久却未获回应的问题。两天后我出了院，又过了两天，我给博耶留了一条语音信息。我得提醒他，我已多次要求采访桑切斯，最近也曾要求采访加西亚，以及与那次吸毒过量事件相关的其他接警警官。我还要求警察局解译呼叫服务日志上的一些缩写——比如 CC UR、MR 和 DI 之类的条目。我指出，所有过度加密之处都没有去除。我想知道那些警官是否向亨廷顿医院和康斯坦斯酒店通报了情况，以及他们有没有确认那个名叫莎拉的女人已经康复。

到下周二，我和博耶终于通了电话，他在周五快下班时用电子邮件给我发了一份市政府的回复。这个回复大体上就是一连串的拒绝。[4] 对我提出的采访、取消加密、提供救护报告与警员身份甚至对缩写进行解释等要求一概拒绝。

现实已经堕落到了如此程度，帕萨迪纳市政府竟然会拒绝为本地区的报纸解译这份可公开索取的官僚化缩写记录。要知道帕萨迪纳可是一座享誉国际的富裕城市，也是玫瑰花车锦标赛和加州理工学院的所在地。

所以正如我之前跟市长说的那样，这份报道关乎普里亚菲托和南加州大学，也同样可能关乎帕萨迪纳官方的包庇行为。

这个神秘的地址就像一根肉中刺：东科尔多瓦街 350 号。我琢磨着它是不是被各个数据库给漏掉了。也许它标记的是这个街角房产的一侧，而法定地址是另一侧。或者，这可能就是一个没有附在房产记录上的邮寄地址。但后来我向美国邮政总局查询，他们也没有列入东科尔多瓦街 350 号这一地址。我由于身体原因仍然无法坐车，所以只好让内森·芬诺去科尔多瓦街区探探那个地址。他欣然应允，然后确认了那里没这个地址。

证据报告和 LexisNexis 数据库里的普里亚菲托的个人资料同时出现了科尔多瓦街的字样，若说这是巧合，我实在无法接受。但这**意味着**什么呢？证据报告将该地址列为冰毒"所有者"

的地址。即使报告上的街牌号有错，就算加西亚写错了，但他是不是实际上已经确定了这些毒品属于普里亚菲托呢？然后却不逮捕他？这让人难以置信，但这件事中的蹊跷之处实在太多，我没法置之不理。

我又回到普里亚菲托是否谎报了街牌号的问题上。我只能假定这个地址是普里亚菲托给的，因为那个女人已经昏迷了。普里亚菲托可能在面谈时给了加西亚这个地址，也可能这名警官是从康斯坦斯酒店的登记册上得知了这个地址，也就是德文汗说的普里亚菲托名下的地址。但普里亚菲托为什么要给个假地址呢？他怎么就能认定自己的谎言不会被揭穿呢？他肯定知道警察能发现我刚刚发现的问题。如果警方费心去查，那就能发现。

还有一种可能：这是莎拉的地址。她摄入了毒品，这很容易让她被认定为毒品的"所有者"。我查了 LexisNexis 数据库，看有没有哪个莎拉或这个名字的变体与这个地址有关。我只搜到了一个匹配项，但那个女人与德文汗所描述的 304 号房的莎拉毫无相似之处。

莎拉会不会就住在普里亚菲托以自己的名义给她租的一套位于科尔多瓦街 325 号的公寓里？若是如此，他们为什么要住进就在几个街区外的酒店里呢？若是能在这间公寓里寻欢作乐，又何必要冒着被警察发现毒品的风险呢？也许是她有室友，所以他们没考虑这间公寓。

一切看似都有关联，但好像没有一件事合乎情理。

我开始撰写这篇报道了。这是种宜人的消遣，能让我摆脱术后康复期的苦痛。

在我职业生涯的后期，当我从一般的指派性报道转向新闻调查之时，我不得不在某些方面做出调整，写作就是其中之一。调查性报道与其说是写出来的，不如说是制定和构建出来的。它更像是对调查发现的展示，而不是一种书面叙述——类似于起诉书，只是更易读，也更有趣。我这篇有关普里亚菲托的报道的第一份草稿是这样起首的：

去年3月，在学期中期，卡门·普里亚菲托突然辞去了南加州大学凯克医学院院长一职，这是学界最负盛名、收入最高的职位之一。

自2007年以来，这位毕业于哈佛大学的眼科医生一直领导着凯克医学院。在宣布即刻生效的辞职决定后，普里亚菲托给同僚们发了一封电子邮件，表示他希望回归教工队伍，在医疗保健领域追求外部机会。

然而此次辞职并非当月唯一一桩涉及普里亚菲托的戏剧性事件。《洛杉矶时报》的一项调查发现，三周前，帕萨迪纳一家酒店的客房里有一名年轻女子明显吸毒过量，而普里亚菲托就在现场。

这是一份工作草稿，目的是让莱特了解我的进度。随着它逐步成形，我知道我可能会尝试不同的方式来切入这个故事——

也许一开始就放一段硬新闻，概述我这次调查的主要成果。也可能用一段更加直观生动的开场白，描述这起吸毒过量事件的现场。我严格控制了这份草稿的篇幅——不超过 1400 字——但我认为，随着我添入更多的报道和背景，包括普里亚菲托对南加州大学的重要性，篇幅还会不断增加。我相信，第一篇报道一经发布，那些对此次吸毒过量事件和普里亚菲托有所了解的读者必将打来电话、发来邮件。我也确信他们提供的线索能帮我找到莎拉。我知道这第一篇报道将开启我就该主题所写的一系列报道。

10 月 25 日，周二，我把草稿发给了莱特。我们都觉得这篇报道在下周末之前就能发布。我发出了最后一系列电子邮件，打了最后一圈电话，向报道所涉主要人物提出采访要求。我很快就接到了博耶投出的一记近身球①。

"帕萨迪纳警察局始终拒绝任何后续采访并 / 或已声明该局并无进一步的信息可供分享，"他在回复我的电子邮件时如此写道，"这一点在今天依然不变。我会转达你的采访要求　但请做好被回绝的准备，除非你在周五下班时间前得到我的其他答复。"

答复依然是回绝。我给尼基亚斯发的那份采访要求也没有收到任何回应。

我给普里亚菲托发了这封电子邮件。5

---

① 近身球是棒球比赛中的投手为迫使击球员退离本垒而投出的头侧球。

普里亚菲托医生：

　　我昨天给你的助理留了言，想请你回我电话。我尚未收到回音。

　　我正在撰写一篇有关你辞去凯克医学院院长一职的报道。其中的重点是警方的记录和另一些材料，这些资料表明一名年轻女子曾于3月4日在杜斯特D2康斯坦斯酒店内吸毒过量，而你就在现场。这名女子被描述为你的"朋友"或"女朋友"。

　　我想给你一个机会来说明这个故事中的所有要点。请尽快联系我。

他没有回复。

几天后，我又试了一次[6]——提到了更多细节，因为我相信这篇报道很快就会发布，而这将是他能说点什么的最后机会。

哥里亚菲托医生：

　　你还未回复我的邮件。我希望你能重新考虑一下，接受我的采访。

我随后向他道出了我对他在这起吸毒过量事件中扮演的角色所掌握的大量信息，包括警方报告将他确认为证人这一事实。我问他有没有在康斯坦斯酒店吸食过冰毒或其他毒品，有没有让酒店员工不要拨打911，911电话录音中的那个声音是不是他的，他有没有向尼基亚斯或南加州大学的其他行政人员通报过他卷入了这起事件。我接着又询问他在眼科科技公司——我得知他最近加入了这家公司，这可能就是他宁愿辞任院长也要寻求的"机会"——的薪酬是否低于他担任凯克医学院院长时的收入，如果是的话，他为何要放弃南加州大学的职位。我问到了他目前在大学里的医生身份，以及他是不是获得了什么额外的收入才辞去院长一职。我还问到南加州大学为何要等到 6 月份才为他任职凯克医学院院长期间的工作举办庆功会。

他一个字也没回我。

在莱特编辑这份草稿的时候，我安排了一名很熟悉普里亚菲托的消息人士来听这份 911 的电话录音。这名消息人士证实了录音中的那个男声就是普里亚菲托的声音。我在视频网站优兔网（YouTube）上找到了普里亚菲托讲话的视频——他的声音与那份 911 电话录音里的声音一模一样。

大约就在此时，本要回自己办公室的马哈拉什在我的办公桌前停了下来。由于我的新膝盖需要特别照顾，我正靠在椅子上，这让马哈拉什显得比平时更加高大威风。他在新闻编辑部总是居高临下，摆着威严的姿态，迈着自信的步伐，他那种在《洛杉矶时报》的男记者中不常见的着装品位也为其增添了几分气场，要知道很多男记者的衣服就像是从杂货铺里随便买来的。马哈拉什和我简单聊了聊我的手术和家务事。很长时间里，我都视他为朋友。我们并不亲近，但他有很多值得人欣赏的地方。

马哈拉什有着谨慎的智慧和一种冷幽默，还有一段励志而又不依流俗的经历，从特立尼达和多巴哥来到田纳西大学，再到耶鲁大学，最终入职《洛杉矶时报》。随着我们对彼此的了解加深，我们运分享着对洛杉矶的美食文化和体育运动的热爱，在报社赞助的业余活动中，他还款待了我和我的妻子。我们也对彼此吐露过工作中遇到的问题。马哈拉什担任《洛杉矶时报》商业版的编辑时曾力劝我加入他的团队。他当上执行主编后，还在其他人反对的情况下为我的报道撑过腰。

但在他担任主编的五年里，我们的关系变得越来越紧张。权力似乎已经把他从我认识的那个具有协作精神、与人为善的友人变成了对我来说傲慢专横的陌生人。

我们这场桌边谈话的话题很快就转到了工作上。马哈拉什问我在做什么报道。我对这个问题有些讶异，我还以为其他编辑已经跟他提过这篇普里亚菲托的报道了。也不知他是不是只想打听点细节。我给他简要介绍了这篇报道，着重讲述了在帕萨迪纳突破重重壁垒有多么艰难，以及南加州大学的沉默有多么彻底。马哈拉什的反应让我十分忐忑。像普里亚菲托这样的报道总能让编辑们陶醉其中——这就是他们工作的意义所在。但马哈拉什对我讲的故事没有表现出丝毫热情。更不妙的是他还皱起了眉头，仿佛我是在传达一个事关他个人的坏消息。就像是我跟他说他的车刚被拖走了一样。

"你应该写一些能让人进监狱的报道。"马哈拉什说。

我目瞪口呆。"这篇报道**就能**让人进监狱，"我告诉他，"而且还不止于此。"

马哈拉什转身迈向了他的办公室。我看着他穿过新闻编辑部，也不知该对他的这番评论做何等悲观的准备。我想起了杰克的话：**你凭什么认为他们会发布这篇报道？**

莱特以他在新闻编辑部里出了名的对细节的关注编辑了这篇报道的草稿。在转任编辑之前，他曾长期在《洛杉矶时报》担任记者，而且成绩斐然，一个例证就是他对洛杉矶警察局的腐败问题展开过一项调查，由此引发了警察局的一场改革。但那是在马哈拉什掌权之前。马哈拉什不太支持调查项目，尤其是那些针对大目标的项目，莱特和我们的很多同事都对此深感失望。马哈拉什似乎是以一种恐惧的立场来对待这些机构的，无论报道得多么扎实，编辑得多么明智。这一点对我和新闻编辑部的其他人来说显而易见，马哈拉什的恐惧全都出自他想保住自己职位的心理。调查性报道都存在固有的风险——主要是那些因报道而声誉受损的人会以诉讼相威胁——马哈拉什似乎对此格外反感。彻底的事实核查和对公平原则的严格遵守可以把这种风险降至最低。但如果不发布那些报道，这种风险就可以彻底避免。或者以一种弱化的形式发布这些报道，那也几乎可以消除这种风险。

在马哈拉什的监管下，调查性报道都要留置数周乃至数月等待他批准发布。[7] 其中包括一个广受好评的有关阿片类药物危机的系列报道，那是莱特主导和编辑的一个项目。这个系列投道从放上马哈拉什的办公桌到发表共花了两年时间。在这段几乎毫无意义的拖延时间里，马哈拉什时常表达出对这个项目的不屑，甚至出言侮辱了那三名跟进该报道的记者。其中两名记者在该报道见报之前就离开了《洛杉矶时报》，转投其他新闻媒体。

所以莱特很清楚他又要全力应付马哈拉什对我这篇报道的审核了——这或许比那次阿片类药物的调查更加棘手。这个药物系列报道主要是聚焦于奥施康定①的制造商——普渡制药公司，其总部位于美国的另一端②。然而我这个故事不仅发生在《洛杉矶时报》的后院，与南加州大学有关，还涉及马哈拉什私下认识并且公开表示过钦佩的一个人——马克斯·尼基亚斯。

马哈拉什对调查性报道的惶恐情绪似乎已经渗入了他组建的高层管理团队之中。像杜沃辛和他的下属、加州版编辑谢尔比·格拉德这样的报头成员似乎经常是在为马哈拉什这一名受众编辑这些报道。但莱特并非如此，他对这篇关乎普里亚菲托的草稿所作的编辑是纯粹的新闻作业——力图使报道避免任何事实性的漏洞，让事件的轮廓清晰地呈现在读者面前。我对莱特给这篇报道做的修改没有任何异议，即便那不是我个人的最优选。

他随后就把草稿发给了他的顶头上司格拉德。如我所料，

---

① 一种阿片类长效止痛药，容易让人成瘾。
② 普渡制药公司的总部位于美国东北部的康涅狄格州，而洛杉矶位于美国西南部。

格拉德对这篇报道做了大量删节，删的几乎都是可能让南加州大学或帕萨迪纳当局陷入窘境的内容。

恐惧。这就是我最初的反应。

这篇报道无须因篇幅而进行删节，作为调查性文章，它依然保持着短小的篇幅。格拉德没有给我们添加任何说明删节理由的批注，也没有对报道的准确性表达任何担忧。他只是简单地划掉了那些句子和段落。他甚至砍掉了"坚果段子"（nut graph）——新闻业行话，指稿件中靠前的一段，可以告诉读者为什么这个故事是篇新闻，它的重要性何在。这篇普里亚菲托的报道草稿中的"坚果段子"提到了一点：相较于南加州大学的官方说辞，此次吸毒过量事件的情况为普里亚菲托辞任院长一事勾勒出了一幅"更加扑朔迷离的图景"。其中也提到专家们对帕萨迪纳当局有没有恰当处理此事表达了质疑。

随之被删除的还有南加州大学在那次吸毒过量事件发生三个月后为普里亚菲托举办庆功会的内容。对警方和市政府隐瞒信息的大部分批评也被删掉了。桑切斯干脆从这篇报道中消失了。

在我看来，这些删节与提升这篇报道的新闻价值毫无关系，它们都可以归结为恐惧。我认为格拉德并不是害怕惹恼南加州大学或帕萨迪纳当局，他是担心这篇报道在他手中若不做些软化处理，马哈拉什就会对它造成更大的破坏。我们编辑部的很多人都知道马哈拉什经常暗地里欺负格拉德，有时还会当众欺负，尤其是在格拉德质疑他的时候。关于这些删节，我愿意相信格拉德这么做是希望报道可以在马哈拉什那里获得发表的首肯。但这并不代表我能忍受这些删节。就在我准备书面回应时，洛杉矶以北595公里的奥克兰市发生了一场悲剧，我和新闻编辑部旦大部分人的精力都转到了对这一事件的报道上：一场大火烧毁了一座被非法改造成艺术家住所和音乐会场地的旧仓库，造成36人死亡。[8] 此后几周里，这报道占据了我大部分时间。此时距那起吸毒过量事件已经过去了**九个月**。

莱特说服格拉德取消了大部分删节。对此，我的看法是，格拉德需要莱特的支持，因为在即将到来的战斗中，两名一线编辑联手肯定比一名编辑更有把握让这篇报道获得马哈拉什的首肯。然而它首先还必须通过杜沃辛的审核。鉴于有关南加州大学的非正面报道在进入编辑流程后都会受到习惯法般的粗暴对待 我已经做好遭受这种待遇的准备了。杜沃辛一上手编辑就删除了这篇报道的类型描述——"时报调查"。这个术语经常用于此类报道。它能知会读者，这篇报道是通过一项**调查**挖掘出的原创性发现。我在跟进这起有关吸毒过量事件的过程中已做了巨细无遗的调查。不然这篇文章还能是什么呢？突发新闻报道？评述某家建筑风格独特的酒店里的药物滥用状况的专题文章？

我走进杜沃辛的办公室，问他为何不赞成把这篇报道划入调查之列。

'里面暗示了不当行为。"他说。

暗示了不当行为？ 这篇报道没有任何**暗示**。它报道的就是一些事实，是南加州大学和帕萨迪纳当局都已经披露的事实。至于这份草稿中的所有批评话语，它们都出自专家之口，这有案可查，而且直指帕萨迪纳警方和市政府的行为。

"不当行为？"我问，"谁的不当行为？"

"南加州大学。"杜沃辛说。

不得不说，这还真是入情入理。若是"时报调查"的标准用法有什么例外，那只能是涉及南加州大学的报道了。

后来我骂骂咧咧地跟莱特说了这个事儿。他也被惹火了。我们试图让杜沃辛回心转意，我还列出了自己为完成这篇报道而不得不采取的所有调查步骤。杜沃辛不为所动。在一次单独谈话时，他还自作主张地提出——几乎是脱口而出——这篇报道没有上头版的价值。按我的理解，这意味着他们已经制定了一套仅适用于南加州大学的报道标准。除此之外无法解释，因为这篇报道符合发布在头版的所有标准。然后我突然意识到，杜沃辛坚持要删除草稿中的"时报调查"字样，这对他而言就是个冠冕堂皇的理由，可以更容易地让这篇报道上不了头版，因为头版刊登的几乎都是调查性报道。

15年前，杜沃辛和我在几个月内先后加入了时报 – 镜报公司。他曾是《费城问询报》的城市与项目编辑，我之前是《达拉斯新闻早报》的西海岸分社主编。我们都是以编辑身份入职的，我接受这个职位多少有点不情不愿（我的分社歇业了，而且我更喜欢干记者这个老本行）。他正处于中老年阶段，是个戴眼镜的宅男，很多员工都知道他是个不善社交的管理者，在大家看来，他的微笑和赞美并不总是真诚的。他在交际能力上的欠缺并没有妨碍他的雄心壮志。大家都知道杜沃辛一直觊觎执行主编一职，在马哈拉什被晋升为主编之后，这一职位空缺了好几个月。马哈拉什甫一让杜沃辛坐上了这个位子，他便献出了彻头彻尾的忠诚以作回报。

对于一篇非调查性的非头版报道来说，杜沃辛在事关普里亚菲托的内容的编辑上花费的时间是异乎寻常的。他把这个流程又拖延了一个月，不时地翻阅一下，做些对读者而言并未增加任何实质内容的表面修改。他无法质疑这份报道，因为其根基就是政府记录和政府官员们的说法，而且经过了彻底的事实核查。所以他只能小修小补、磨磨蹭蹭。在我们起初开的一次会上，当时是周五临近傍晚之时，他跟莱特和我说，我应该试着上门去拜访一下普里亚菲托和加西亚。我告诉杜沃辛，我已经试过了，而且不止一次，还通过其他方式联系了他们。我说在最后一刻去圣马力诺的南加州大学校长官邸敲敲门或许会更有成效。我的看法很明确，即尼基亚斯可以解开一个事关南加州大学的最重要的未解之谜：他是不是因为康斯坦斯酒店里发生的事情而免去了普里亚菲托的院长职务？我上门拜访尼基亚斯的提议似乎惊到了杜沃辛。他摇摇头，说我应该再试试拜访普里亚菲托和加西亚。杜沃辛对此十分坚决。莱特和我疑惑地瞥了对方一眼。

几分钟后，我们俩回到了莱特的办公室，莱特提议我们这个周末一起去找尼基亚斯。"必须去！"我说。通常情况下，冷不丁的造访最好是由两名记者一起去。两名记者一起上门可以向受访对象表明该报特别重视这一报道。如果受访对象不愿配合或表现出敌意，那么一旦出现争执，在场的第二名记者就可以作证。从积极的方面看，有时受访对象与其中一名记者更加投缘，那他们也更有可能说得上话。

莱特给杜沃辛发了一封电子邮件，向他告知了我们的计划。邮件一送达，杜沃辛就在电脑上点开看了，他猛地拍了一下桌子说："不行！"杜沃辛当即回复了莱特，并作出明确的指示，要求我们**未经他批准**不得去拜访尼基亚斯！

在我的职业生涯中还从来没有一个编辑试图阻止我上门去拜访一篇报道的受访对象，也没有一个编辑要求我获得批准后才能这么做。编辑本应**确保**一点：如果联系受访对象的其他途径均告失败，那么记者就必须直接上门。

我在莱特的办公室里下定决心，除非杜沃辛炒我鱿鱼，否则他就没法阻止我前往圣马力诺。为了给自己留下一份书面记录，第二天我就给莱特和杜沃辛发了一封电子邮件，主题栏里写着"尼基亚斯"。[9]"如果我要去敲他家的门，这个周末就是最佳时机。"我写道。

当时是周六的下午，但杜沃辛不到 20 分钟就回复了："那名警察和那个医生重要得多，毕竟他们都去过那间酒店客房。"

10 分钟后，莱特首先回复了他。他在提及普里亚菲托时写道，尼基亚斯"肯定清楚这所大学是不是因为此事将普里亚菲托赶下了台，还可以解释他为何仍是该校的教职工。我们给尼基亚斯和他指定的公共事务负责人发了无数条信息，但没有收到任何回复。我认为此时去敲他的门是再合理不过了"。

我对杜沃辛的回复是在几分钟后，当时我还没看到莱特的回复："我认为主要的'未知数'在于普里亚菲托是不是因为我们早已证据在握的那起酒店事件而被撤职的。尼基亚斯可以最终确定这位院长的离职原因。普里亚菲托的说法我们已经知道了。"

杜沃辛没有回复。莱特跟我说杜沃辛问了他，为什么我们要把事态"升级到"尼基亚斯的层面。

杜沃辛似乎执意要消除所有人对 C. L. 马克斯·尼基亚斯在这间新闻编辑部的领导层中享有特殊地位的疑虑。尼基亚斯是一个受保护的人，可以让《洛杉矶时报》的二号新闻主管在一个周末给他打掩护。

那天下午，杜沃辛还没有完全放过我。格拉德给我打来电话，重申了杜沃辛的指令，让我把精力集中在普里亚菲托和加西亚身上。我接电话的时候正在一家五金店里看电锯。我让格拉德说了一会儿，然后提高嗓门打断了他。

"谢尔比，我闻到了新闻编辑部里的腐败味道！"

我又说了一遍，声量大得让顾客们都转头看向我。

格拉德为杜沃辛辩解了几句，但他那踌躇的语调告诉我，那些辩解的话都有违其本心。

"新闻编辑部里的腐败！"我重复了一遍。

我说不管杜沃辛喜不喜欢，我都要上门去找尼基亚斯。

格拉德的态度软化了。他也认同有必要去拜访一次尼基亚斯。第二天一早，他给我发了封电子邮件，说"这是一个非常重要的报道"。

10 雪藏报道

　　一阵朦胧的细雨给橡树林荫道边的枝丫和路灯蒙上了一层面纱，这是一条精心维护过的小路，装点着金钱造就的宁静。此时夜幕刚刚降临，我把车停在了一条门禁式车道对面，这条车道直通南加州大学第十一任校长尼基亚斯所居住的那座漫无边际的庄园。这处产业此后将以 **2500 万美元**[1] 的价格售出。尽管他的房子很大，但从这条街上还看不到它。这就是圣马力诺，在这里，有钱人可以彻底隔绝这座大城市的噪声、喧嚣和变化。

　　我怀着一种赌徒的心态来到了这个橡树林荫道上的住址。我觉得我有机会说服尼基亚斯，让他把我请进那座壮观的宅邸，展开一场我们几个月前就该进行的坦率讨论——关于卡门·普里亚菲托院长的下台始末。但为了对冲这一赌注，我也做好了无法通过那扇门的准备。我打了一张以"洛杉矶时报"为抬头的便条，准备递送给尼基亚斯。

尼基亚斯校长：

　　我希望我们能就卡门·普里亚菲托辞去凯克医学院院长一职的情况进行一次保密谈话。我撰写的一篇有关普里亚菲托医生的报道即将发布。任何时间都可以联系我。

我在末尾留下了自己的工作电话和私人电话。我相信尼基亚斯最终能想明白回避我是枉费工夫，并且至少提供一份幕后消息——亦即作为一个不具名的线人——证实普里亚菲托确实是因为与那起吸毒过量事件有关而被解雇的。我把这张便条封在了一个信封里。

我拖着刺痛未消的新膝盖蹒跚地穿过街道，人行道上空空如也。车道将一排成熟的橄榄树一分为二，那弯曲的树干就像是庄园门前值岗的哨兵。我看到了一根守卫着那扇带有尖刺的铁门的石柱，上面装有一部对讲机。我按了一下，没人接听。我又按了一下，仍是一片寂静。我又试了第三次，一个带着静电噪声的微弱声音（我分不清性别）传了出来，我表明了自己的身份，并询问尼基亚斯校长是否在家。接听者没声了。我的电话被挂断了。我一瘸一拐地回到街对面，从我车里取出了那张便条，准备把它搁在对讲机上。就在我回到车道上时，一辆车停了下来（当时天色很昏暗，那看起来像是一辆梅赛德斯，但我不确定）。我认出了这个司机，车中唯一一人就是尼基亚斯的妻子尼基。我微笑着挥手致意，她落下了车窗。我做了自我介绍，问她丈夫是否在家。她一口否认。

我把那个信封递给她。"请把这个交给他好吗？"

她直盯着我，好像仅是我的存在就已经是对她的冒犯了。但她还是礼貌地接过了信封。随后大门开启，她驱车进入了庄园。

第二天（周一）早上，我写给尼基亚斯的便条就通过快递送到了《洛杉矶时报》——仍然在密封的信封里。尼基亚斯甚至都没有费心一阅。随短笺寄来的还有南加州大学负责公关和营销的副校长布伦达·马塞奥写给马哈拉什的一封信。（当时马哈拉什并没有告诉我有这封信，直到几周后我才看到它，那时我才得知了它的存在，并索要了一份副本。）

运文：

你可能知道，尼基亚斯校长正在外地出差，处理大学橄榄球季后赛事宜。他已经在他的照片墙账号上发布了这次行程的消息。

昨晚，在照片墙上关注了尼基亚斯博士的普林格尔于三黑后来到了尼基亚斯的住所，请尼基亚斯夫人把一个信封（密封的，未拆开）交给她的丈夫。尼基亚斯博士昨晚打电话告诉了我这件事，我向他保证，一定会把这个信封送达你处，并表达我们对此事极其失望的态度。

无须多说，普林格尔又一次越界了。我们能理解他是在履行自己的工作职责，但我们也希望我们两个组织之间能体现出一定程度的尊重态度和专业精神。

　　多谢。

　　我没有在照片墙上关注尼基亚斯（或者其他任何人），也不知道他在处理大学橄榄球季后赛事宜。我是在傍晚5点半左右到达那座宅邸的，当时天确实黑了。且不论马塞奥在这两个事实上的暗示，我发现这封信还非常具有启发性，就像尼基亚斯拒绝看那张便条给我的启发一样。这封信的语气给我透露了一点，尼基亚斯和他的副手们期望《洛杉矶时报》的主编和出版人表现出某种程度的顺从——一种近乎奴婢的态度。我不得不怀疑是马哈拉什的言行催生了他们的这种期望。信中只提到了我的姓，这表明我是马哈拉什和马塞奥（如果不是尼基亚斯的话）以前或者正在沟通的一个话题。说我**又一次**越界也可以表明这一点。

　　我不确定自己之前是在何时何地越了界，甚至不确定这个界是指什么。我以前从未去过尼基亚斯的家。所以是不是我给他或南加州大学的其他人打的电话太多了？是不是我发的电子邮件太多了？还是我针对南加州大学的某篇或多篇报道越过了尼基亚斯的界线？是关于哈登的报道吗？我还在对他进行后续报道。是关于体育馆的报道吗？或是关于卡罗尔和美国全国大学体育协会丑闻的报道？这些报道在尼基亚斯眼里全都是不能跨越的界线吗？最异乎寻常的是，他显然觉得与《洛杉矶时报》打交道极有安全感，以至于无须看一眼该报的调查记者亲手递送的便条。

如果我能及时看到马塞奥的信，而不是几周后才得知此事，那我对马哈拉什的反应可能会有更充分的准备，尽管这也不足以让我沉着以对。

杜沃辛那循环往复的编辑终于结束了。在我提交初稿后的3个月零3周里，这篇报道的核心事实并未改变，也没有受到什么质疑。现在是2月中旬，已接近那起吸毒过量事件的周年纪念日了。尼基亚斯及其下属始终守口如瓶。普里亚菲托依旧无视我的质询。莎拉的身份仍然无迹可寻。

但报道已经准备就绪了。在正常情况下，如果南加州大学和帕萨迪纳当局——以及此后的《洛杉矶时报》——的领导们像对待常规的新闻工作一样对待这篇报道，那么它的发布现在应该已经成为一段记忆了。莱特和我只是松了一口气，报道还在走流程，还有那位大学校长的照片、各文档的图像和一段以911电话录音为核心的视频需要处理。这是一套令人信服的一揽子报道。一个周三的晚上，在杜沃辛把这篇报道发给马哈拉什之后，他又给我发了一封电子邮件：

"达文会连夜考虑此事的，[2] 他会在明早跟我们开个会。"

我不得不看了好几眼。**马哈拉什还得考虑这件事？连夜？想一晚上？想一晚上什么呢？**

这篇报道在各个方面都无懈可击——记录、采访、专家、911电话录音。报道陈述格外谨慎和细致，我们甚至没有明确指认普里亚菲托就是电话录音中接听电话的人，只是因为警方拒绝证实这一点。报道只指出了接听者自称是一名医生，并将那名女子称作他的女朋友。报道还指出警方的记录没有提到现场有任何其他的医生或朋友。任何认识普里亚菲托的人都能听出他的声音。

　　这份草稿经过了四位编辑的审核（新闻编辑部的审核不算在内），其中包括头版负责人斯科特·克拉夫特。杜沃辛不再认为这个故事不配登上头版了。他甚至下令在同一天刊登第二篇文章，在该文中，我会向读者解释我是如何取得这些调查结果的。除了头版报道外，这并不常见。

　　新闻编辑部的律师已经复查了这篇报道，看其中是否存在什么法律问题，然后排除了存在法律问题的可能性。

　　在那个周末，我们已做好了发布的一切准备。当晚，正当马哈拉什离开办公室时，我走上前去。"这篇报道有什么问题吗？"我问。他嘟囔了几句要迟到了之类的话便匆匆从我身边走过。

　　"我们明天再谈。"马哈拉什转头说了一句就走入了电梯门厅。

　　在杜沃辛的电子邮件中，他没有邀莱特和马哈拉什一起参会，这让我心生疑虑。为什么不让这篇报道的首席编辑参会？我给莱特打了电话。他证实了我的疑虑：

　　"马克［·杜沃辛］跟谢尔比［·格拉德］说达文今晚要考虑封不封杀这个报道。"莱特说。

我骂了几句，但如果仅仅因为发布这篇报道不符合马哈拉什的个人利益，我仍然认为他不会雪藏这篇报道。我很肯定这么干会把我的同事都惹恼的，而马哈拉什在员工中的支持率已经降到了史上最低点。《洛杉矶杂志》最近发表的一篇长文痛批了他管理新闻编辑部的方式，其中一个重点就是他处理奥施康定诬查案的手段。（我是《洛杉矶杂志》这篇文章的消息来源之一——没有具名，因为我若公开身份的话很可能会被解雇。）马哈拉什承受不起阻挠这篇有关普里亚菲托的报道发布所引发的批评，我寄望于他能明白这一点。

　　我回复了杜沃辛的电子邮件："为什么不让马特参会？"当时是晚上9点左右。一小时后，杜沃辛回复："我会叫上他的。"

　　我突然想到我之所以需要莱特在场，既是因为他是我的编辑，也是因为他相当于我的见证人。

　　这次会议直到第二天下午3点左右才开始。地点是马哈拉什的办公室，最大的"玻璃混蛋"办公室。莱特和我坐在马哈拉什和杜沃辛对面，背对着新闻编辑部。讨论开始之后，马哈拉什既没有提到他对这篇报道的优缺点有什么看法，也没问一些关于这篇报道和消息来源的问题，甚至没有谈任何带有新闻性质的内容。相反，他谈到了我在《洛杉矶时报》取得的成就，我参与的重要报道的数量，以及他一直以来有多么"支持"我。这很怪异，但我知道他想说什么——我浑身都绷紧了。

　　"我们不准备发布这篇报道。"马哈拉什说。

　　我的脸涨得通红，耳边嗡嗡作响。

"什么？"我说，这与其说是质疑，不如说是咒骂。

马哈拉什又拿出老一套，说我应该感激他为我做的一切。我简直不知道他在说什么。我年复一年地给他提供优质报道，我估计他是觉得没有封杀这些报道就理应让我对他感恩戴德了。马哈拉什提到了我因手术而休的假——这似乎是在暗示他本可以拒批我应得的病假。但他忘了我术后多快就回到工作岗位了吗？忘了我在家养病期间还在继续采访和写作吗？

然后马哈拉什又提到了两年多以前我在女儿的未婚夫自杀后休的两周半假期。我担心我此刻的怒火会变成尖声的怒吼。这场自杀的悲剧包裹在一场更深层的悲剧之中。杰里米·阿德勒是个善良聪明的年轻人，他出生时就患有医学上已知的最严重、最罕见的脑部疾病之一——先天性中枢性低通气综合征。患有这种病的人在入睡时会丧失呼吸能力。他们必须借助机械呼吸设备才能在入睡时维持生命。这种综合征还会损害大脑的其他功能，包括对焦虑的反应。它有一个不那么正式的名字——翁蒂娜的诅咒，出自神话中的咒语，能让水仙女的出轨丈夫只要睡着就会停止呼吸。此病无药可治，但杰里米在很长一段时间里克服了它，后来还成为令人赞叹的学者和律师。七年来，他一直是我们家的宠儿。我曾开玩笑说，杰里米要是成了我的准女婿，那我就是中彩票了。我们共度了很多美好时光。他去世后，我用了那两周半的时间来抚慰女儿，帮忙准备杰里米的葬礼，为他写讣告，腾空他的公寓，并着手为他设立一项大学奖学金，以此来哀悼和缅怀他。自那以后，我还在为杰里米的孪生兄弟皮埃尔谋求病患福利，他也患有先天性中枢性低通气综合征。

马哈拉什在会上扯到这种痛苦的往事，这既能说明一些问题，也显得相当无情。这表明他觉得有必要动用所有武器来阻止我报道此事了。

我几乎是喊叫着要求他告诉我这篇报道有什么内容不能发布。马哈拉什劝我"冷静下来"，但他并没有指出这篇报道有什么错误、不公平或不重要的地方。他说他不会发布这篇报道，因为"有些事情我们不知道"。

我都不知道自己是不是听错了。"什么事情？"

马哈拉什回答得支支吾吾、语焉不详。不过他说，我们大体上无法决定性地宣称尼基亚斯是因为这起吸毒过量事件而免去了普里亚菲托的职务。这好比是说，如果不先破案，我们就不能发布关于犯罪情况的报道。或者我们不能报道野火肆虐前的一场雷暴，除非能确定是这场雷暴引发了大火。这只是推脱之词，显然也是马哈拉什唯一能想到的说法。

我看着杜沃辛，他表现得很坚忍。我坚持让他告诉我，在他为这篇报道忙了六个星期之后，他的想法发生了什么变化，导致他又觉得这稿子无法发布了。他说他仔细考虑了一下，还是同意马哈拉什的意见。他的声调不带情绪，不存一丝真诚。

我的盟友莱特在房间里显得镇定自若。他靠着椅背问马哈拉什，我们还能为这篇报道做些什么才能让它登报。马哈拉什只是闪烁其词，但莱特继续施压，底线终于浮出水面——马哈拉什希望我们能让尼基亚斯或普里亚菲托公开表示：普里亚菲托是因为那起吸毒过量事件而丢掉了院长一职。

对我来说，最后一朵乌云散开了：这篇报道的命运根本就**掌握在**尼基亚斯手中。这个房间里的所有人都清楚，普里亚菲托绝不会跟《洛杉矶时报》谈论他在这起吸毒过量事件中的角色，这可能会终结他在医学界的职业生涯。如此一来就只剩下尼基亚斯了。如果他开了口，这篇报道或许可以发布。如果他没开口，那就无法发布。这简直是一个包庇大师的梦幻借口。

即便我不说，马哈拉什也知道尼基亚斯有无数公开发言的机会，说出他想说的任何话，但他拒绝了。我问马哈拉什，如果我能找到一两个与尼基亚斯关系密切的线人，证实普里亚菲托是被迫离职，他会不会发布这篇报道。我对此毫无把握，但还是提了出来，想看看马哈拉什的反应。他说他无法承诺这一点。

当然无法承诺了。因为他开这个会的目的若是要厘清发布这篇报道所要解决的问题，他一开始就会提出自己的建议——或者至少要征求我们的建议。我随后提议：既然马哈拉什和尼基亚斯有联系，那么能否让他去接触尼基亚斯，以确定普里亚菲托的离职原因？马哈拉什以前曾利用他的报头地位为一篇报道提供过助力。他曾向我吹嘘，他过去担任执行主编时如何联系到了施瓦辛格的律师，以帮助一名记者证实了这位前州长和他的管家生了一个私生子。所以现在他为何不利用一下自己和尼基亚斯的关系呢？

"我不是负责这篇报道的记者。"马哈拉什说。

"你以前做过这种事。"我说。

"我不是负责这篇报道的记者。"马哈拉什又说了一遍。

会议持续的时间越长，就越明显地表明他雪藏这篇报道的决定是不可更改的。

我的怒火并没有消退。我往背后指了指。

"整个新闻编辑部都看着呢。"我说。

我就是在威胁他——马哈拉什会因为扼杀这篇报道而受到员工的反击。他又让我冷静下来，但他已经显得有些气馁了。

"我并没有关上进一步报道的大门。"马哈拉什说。

我心想，《洛杉矶时报》的这位主编本应坚持让我不遗余力地报道，好让这个故事——一桩与南加州大学这种规模的机构和帕萨迪纳市当局有关的丑闻——公之于众。然而他现在反倒把没有禁止更多报道说得像是在帮我的忙了。

我还认为，给这一报道"敞开大门"并不代表这一报道最终能够发布。

我告诉马哈拉什和杜沃辛，我已经对他们失去了信任，甚至于我都不会让他们聘请的那个为报社打官司的律师来代理我的法律事务了。我对马哈拉什说，他与尼基亚斯和南加州大学的关系，包括他作为出版人的角色，至少从表面看来存在着利益冲突的问题。我问他，我凭什么要相信他决定封杀这篇报道不是受了这种关系的影响。

"我凭什么不该担忧？"我说。

马哈拉什向我竖起了手指。"这话说过头了，"他说，'这话说过头了。"

但他始终都没给我一个理由。

我确信，我在时报大楼外追查了几个月的丑闻如今已悄悄渗入了这间新闻编辑部。

11　秘密报道团队

对这篇报道被毙掉后的几个小时，我只有怒火难消的模糊记忆。我走出马哈拉什的办公室时，本地版的记者和编辑都朝我的方向看了看。这场会的火药味儿太浓，引起了他们的注意，新闻编辑部的很多人都知道我早料到马哈拉什会找这篇报道的麻烦。我忍不住想在编辑部里大声喊出会上的情况，但最终没有开口，直至走到格拉德的办公室。门开着，他坐在桌前，背对着我，盯着他的电脑屏幕。

"他把它'毙'了！"我几乎是厉声对他说道。

格拉德转过身来，表情就像是头上挨了我一拳。

'他把它'**毙**'了？"他说。

'他他妈的把它'毙'了！"我说。

格拉德似乎有点无言以对，他接着就说什么会跟莱特谈谈——还是杜沃辛？我没听——我听不进去了。

我把一腔怒火带回了家，然后发泄到了妻子和大女儿身上。几个月来，她们一直耐心地听我在餐桌上抱怨马哈拉什、杜沃辛和南加州大学，直到这变成了对我的某种心理治疗，哪怕它打乱了我们每晚都要看《危险边缘》^①的惯例！当天晚上，她们对这篇报道被扼杀的愤怒反应跟我自己的怒火不相上下。她们说，我不能放弃，不能退让。我回到家中的办公室，打算给马哈拉什写一份备忘录。我需要做点有建设性的事。我起草这份备忘录是为了给当天会上的情况创建一份记录。收录的材料还包括我早先与马哈拉什和杜沃辛发生过的争执，比如他们阻止我上门拜访尼基亚斯。

我用一句话做了总结："我不得不写下这份备忘录，这实在令人揪心。"我计划第二天早上或者下周一之前就把它发给马哈拉什。

愤怒让我大半个夜晚都无法入睡，直到雨水随着晨光落下。我们住在一片山坡上，这场暴风雨先是把这里的街道变成了小溪，然后又将其变成了奔腾的河流。我重新查看了这份备忘录，扩展了一些内容，加入了更多的关于马哈拉什的伦理过失的内容，包括他在推特上发的一段有关《洛杉矶杂志》那篇文章的虚假声明。然后我把那篇被"毙掉"的有关南加州大学的报道通过电子邮件发给了六名同事，并附带说明了那次会议前后的状况。他们用愤怒、恶心和同情的表情作了回应——并不意外。他们早就知道，不奉承南加州大学的报道至多也就是一场无望的冒险。

---

① 一档趣味答题节目。

我琢磨着要不要在家里待一天——冷静下来，好谋划下一步举措，并且确定那是个理性的选择。我并没琢磨太长时间。我当时只想着要抗争，不能让这篇报道流产。

在我开车前往报社的路上，雨已经下得又响又大——洛杉矶的瓢泼大雨猛烈地冲刷着这片高海拔的峡谷地区，一直下到洛杉矶市所在的盆地才变得和缓了一些。市中心较高的塔楼的楼顶都隐入了翻腾的低矮云层。在百老汇大街，路面的坑洼都变成了一个个油腻的湖泊，我就从这条街驶入了报社的停车楼。到新闻编辑部以后，我先去了编辑部律师杰夫·格拉瑟的办公室。他知道这篇报道已经被封杀了。我告诉他，在任何关乎伦理与诚实的问题上，我都无法再信任马哈拉什和杜沃辛，所以不能再请他们的律师——也就是他——来维护我的法律权益了。格拉瑟建议我再考虑一下，说我这么做可能会让事情雪上加霜。我依然坚持己见。他承认，如果我认为自己与马哈拉什和杜沃辛存在冲突，那么我有权为自己另找律师。格拉瑟后来安排了一名合作律所的律师来做我的代理律师。

随后，我想起了莱特告诉我的那封南加州大学发来的投诉信。我给杜沃辛发了一封电子邮件："我想要那封投诉我找上尼基亚斯家门的信件的副本。"

他回复："就在我这儿，在我桌上。"

我走到他的办公室，劝自己别再跟他多说什么——我知道，如果我又为这篇报道展开一场面对面的争论，那场面会变得相当难看，而且有可能让他找到一些处罚我的理由。我一踏入他的办公室，他就把桌上的一个大信封推给了我。我几乎没跟他对视一眼，拿起信封就走了出去。

这封投诉信寄到报社后不久，莱特就把这封信和里面的内容告诉了我。但马哈拉什和杜沃辛没有给他副本，所以他凭记忆复述出的内容也不可能完全准确。我随后就坐在椅子上读了起来，南加大副校长马塞奥对马哈拉什的那种居高临下的态度跃然纸上。马塞奥的话就是一份公告，它表明南加州大学已经把《洛杉矶时报》的主编和出版人当成了该校的服务人员。他们让我想到南加州大学和该报之间的那种较为宽泛的关系已经发生了变化。南加州大学和《洛杉矶时报》之间长久存在的力量平衡被打破了——天平倾向了南加州大学一边。就数据而言，这也不是什么新鲜事——在过去十年左右的时间里都算不上新鲜。随着印刷品的发行量、收入和员工规模的急剧缩减，《洛杉矶时报》步履维艰，南加州大学却经历了繁荣的十年。这所大学在扩张校区的同时还修建了越来越多的大楼，而《洛杉矶时报》却连总部的所有权也失去了：坛报公司将该报和旗下的其他报纸并入了一家独立公司，原公司保留了春街上的那栋地标建筑，但随后就将其售出了。[1] 在《洛杉矶时报》的裁员变得像季节更替一样寻常之时，南加州大学却一直是洛杉矶最大的用人单位之一。

但这种平衡不仅仅关乎数据，也关乎资金、地产和人脉之外的某种东西。在现代，《洛杉矶时报》的力量大体上一直都源自其新闻报道的可靠和公正。它的力量来自它对权力的**制**

约——所有滥用权力的机构或个人，都会成为该报可以批评的对象。

正是这种力量让我确信，马哈拉什及其拥趸已经向日益壮大、胆气十足的南加州大学投降了。

我还没把备忘录发给马哈拉什，莱特就打来电话，他提出了一个建议：我们再找四名记者来跟进这个报道如何？如果我们必须跨过的门槛就是让某个和尼基亚斯关系密切的人开口——尽管马哈拉什说即便这样可能也不够——那为什么不用人海战术去把他们的门敲烂呢？五名记者就能在很短时间里把南加大管理层那一长串名单上的人都找个遍。

"我想强行解决这个问题。"莱特说。

跟我想的一样。我可以坚持独自跟进这个报道。我的大多数重大调查都是独自完成的，我天性就喜欢独自工作。但与同事组队时，包括在体育场和哈登这两个项目中，我都很享受这种合作经历，而且报道也能从中受益。莱特的建议很有道理：**我们的调查要尽可能快地覆盖更大范围，说不定会有好运。**我没用几分钟就同意了，同时还提出了自己的建议：这个团队中应该有两名毕业于南加州大学的记者。我的想法是，他们能为这项工作提供一些我所欠缺的有关该校的内行意见，以及只有校友才具有的那种能鼓动特洛伊同侪直抒己见的道德影响力。（我在报道皮特·卡罗尔时就曾遭遇特洛伊人的"部落主义"。南加大的一些忠粉指责我撰写这些报道只是为了报复，因为特洛伊人在 2009 年的玫瑰碗比赛[①] 中击败了我的母校宾夕法尼亚州立大学。）

　　莱特和我都认为这件事应该秘密进行——也就是说不告诉马哈拉什和杜沃辛。我们认定了他们决不会同意加大报道火力，尽管编辑们通常会在有可能产生重大影响的报道上投入更多人员。

　　因此，这个扩大后的南加大报道团队将对《洛杉矶时报》的顶层编辑保密，同时跟进一个对他们和洛杉矶市都十分重要的报道。这很不寻常，也是《洛杉矶时报》陷入困境的一个悲哀的标志。

　　这也不无风险。马哈拉什和杜沃辛可能会将我们的行为视作违逆，我听说过一些例子，他们显然惩罚过一些在他们看来不忠诚、批评他们的决定或者以任何方式威胁到他们地位的人。马哈拉什和杜沃辛曾命令萨克拉门托地区的一位得过普利策奖的记者马上撤回洛杉矶，因为此前他们收受了一个与她的报道存在利益冲突的组织的补助金，而她对此表达了伦理上的忧虑。好几周的时间里，这位记者——佩姬·圣约翰都被迫在周日驱车近 700 公里来到洛杉矶，工作日就睡在同事的备用床上，甚至睡在自己的车里，然后在周五晚上开车回家。在受到《洛杉矶杂志》的抨击后，马哈拉什否决了其他报头编辑的决定，下

---

　　① 玫瑰碗（Rose Bowl Game）是年度性的美国大学橄榄球比赛，通常于元旦在加州帕萨迪纳市的玫瑰碗球场举行。

令将《洛杉矶时报》获得普利策奖提名的阿片类药物系列报道作为一项"全体员工"的作品提交，而未将其视为那三名跟进该报道的记者的成果。这意味着如果该系列报道获奖（实际并未获奖），那三名记者的名字将不会出现在奖杯之上。新闻编辑部里的很多人都认为这是一种特别残忍的报复行为，我认为马哈拉什是怀疑这些记者与《洛杉矶杂志》的撰稿人有所勾连，尽管没有证据证明这一点。

在那三名记者当中，只有一人——哈丽特·瑞安还留在《洛杉矶时报》。在莱特看来，她是这个南加大报道团队的首选成员。哈丽特40岁出头，宾夕法尼亚州人，毕业于哥伦比亚大学。她是从法庭电视台跳槽到了《洛杉矶时报》，之前还曾为新泽西州的《阿斯伯里公园新闻》撰稿。哈丽特在《洛杉矶时报》任职九年，我对她几乎知根知底。她是一位很有风度的撰稿人，对调查情有独钟。有好多次，我们都一起哀叹过这份报纸的前景。我之所以会成为《洛杉矶杂志》那篇文章的一个秘密消息来源，就是因为我很厌恶马哈拉什和杜沃辛在阿片类药物报道上对待哈丽特和她的两个搭档——斯科特·格洛弗和丽莎·吉里昂的方式。

莱特和我想为团队招揽的另三名采访记者代表着一场事实上的员工年轻化运动，这场运动源于一波波买断工龄的措施，它们针对的是年龄较大、收入较高的记者，而这些人大多都很乐意拿钱跳出论坛公司这艘船。三人中年龄最大的是亚当·埃尔马雷克，32岁，洛杉矶人，毕业于加州州立大学富尔顿分校，他的犹太裔母亲和巴勒斯坦裔父亲是从以色列移民赴美的。亚当在《洛杉矶时报》才工作了七个月，此前供职于橙县的非营利性新闻机构——橙县之声。他的办公桌紧挨着我的桌子，所以我们是在他这段短暂的任职期内认识的。他是一个细致而安静的观察者——那种什么东西都能吸收的人，他在说话前会先聆听，而且很会看人，仿佛别人泄露出的蛛丝马迹只有他能看到一样。

莱特和我还希望招募两名20多岁的年轻人，他们是南加州大学的新闻学硕士毕业生——莎拉·帕尔维尼和马特·汉密尔顿。就个人层面而言，我对他们并不是很了解，但他们两年前做的一个报道让我深感钦佩，那篇跟踪圣贝纳迪诺县恐怖袭击事件的报道为《洛杉矶时报》赢得了普利策奖。圣贝纳迪诺县的恐怖袭击造成了14人死亡。帕尔维尼的父母来自伊朗，她本人在圣迭戈长大，并且在加州大学圣迭戈分校取得了学士学位，在加入《洛杉矶时报》之前，她曾为几家纸媒和广播机构撰稿。汉密尔顿一家住在特拉华州，他从波士顿学院毕业后就来到了美国西部。《洛杉矶时报》聘用他时，他还是《纽约时报》的特约记者，同时也在为一些加州律师创办的行业刊物工作。帕尔维尼和汉密尔顿有一个根本性的相似点：他们年纪轻轻便投身于大城市的新闻业，这让他们变得更加明智，也自然地让他们拥有了超出其年龄的坚强意志。

我毫不怀疑这四位同侪会为这一工作付出全部的才华和精力，但我也不得不扪心自问：他们凭什么要出手相助？他们凭什么要惹恼老板？凭什么要搭上他们自己的职业生涯呢？报业正处于自由落体的状态，下一轮买断工龄和裁员随时都可能到来，更何况《洛杉矶时报》并没有美国其他媒体常见的工作保障机制。与美国大多数主要报社不同，《洛杉矶时报》没有工会代表，而且从来没有。这是《洛杉矶时报》最初的出版人哈里森·格雷·奥蒂斯留下的"遗产"，他那种对抗有组织劳工的热情似乎是被一种信念所激发的——一名激进的工会会员于1910年在报社大楼引爆炸弹并夺走了20或21人（历史数据有差异）的生命之后，这种风气就愈演愈烈了。[2] 作为哈里森家族的最后一位出版人，哈里森的曾外孙奥蒂斯·钱德勒以一种温和的方式保持了该报对工会的拒斥。钱德勒以丰厚的薪资和福利宠溺着麾下的新闻工作者，[3] 在其他方面对他们也照顾有加——好到这家报社在业内被称为"天鹅绒棺材"，你可以在这个舒服的地方工作到退休或去世。

论坛公司在收购《洛杉矶时报》后不久就开始拔除这些"天鹅绒"。薪资不涨，福利被削，工作保障成了痴心妄想。现在掌管该公司的那个芝加哥人最近还因为更改了公司名称而加剧了对报社的伤害：他们放弃了"Tribune"（论坛），转而采用小写的"tronc"——"论坛在线内容"（*Tribune online content*，下文简称论坛在线）的缩写。尽管他们为"tronc"这一标志选择了一个迪斯科时代①的字体，但他们显然还是认为这次公司更名能开启一个数字化的未来。不过对于我们新闻编

---

① 通常指 20 世纪 70—80 年代。

辑部和外界的大部分人来说，这个名称听起来就像是海姆利克急救法的演习中会用到的某个词。①

正因如此，在这种环境下，我这几个同事为何要为重启这项有关南加州大学的报道而自找麻烦呢？为此被炒值得吗？被炒后有多大概率能在另一家报社找到一份报酬体面的工作？即便被炒鱿鱼是因为干了一件光荣的事情，但这对他们未来的雇主来说很可能一文不值。德文·汗就很清楚这一点：人们可能很喜欢某个举报人的**原则**，但这不代表他们会雇佣这个举报人。归根结底，举报人不就是那种爱惹祸的家伙吗？

帕尔维尼和汉密尔顿的职业生涯才刚刚开始。哈丽特和她丈夫有两个年幼的女儿，还欠着一笔按揭贷款。亚当目前是这四位记者中资历最浅的，他和妻子克里斯特尔刚生了一个孩子。他们正在寻找离工作地点更近的房子，在经济上一如既往地紧张。亚当把这项有关南加州大学的工作及其风险告诉妻子的时候，她很紧张——甚至感到害怕。她知道，如果马哈拉什和杜沃辛决心报复，她的丈夫将首当其冲。**他是个新人，如果他们要追究，肯定会拿新人开刀。**

世上并无两全之法，对亚当来说，明智的做法是放弃这项有关南加州大学的报道。我不会怪他，没人会怪他。

但他做了另一个选择。

"我觉得这是一个维护咱们职业原则的机会，"亚当后来对

---

① "tronc"有躯干之意。

我说，"做这件事让我很自豪。"

　　哈丽特、帕尔维尼和汉密尔顿也是一样。我这四位同事并不是为了获得工作保障才干新闻这行。新闻工作就是他们的使命——这一使命需要的不仅是消极地遵守亚当提到的原则，有时它还需要不计个人得失来捍卫这些原则的勇气。并不是每个新闻工作者都愿意这么做，但这四人愿意。

　　马哈拉什和杜沃辛并不知道他们加入了。

　　一开始，我们就采取了空前的预防措施。只要是马哈拉什、杜沃辛或其拥趸目之所及的地方，我们都会十分谨慎，避免聚集。我们只会在新闻编辑部的隐蔽处或者楼下的自助餐厅碰头，不然就用电话交流。我们决定暂时用私人邮箱来沟通我们正在做的事，以免向马哈拉什和杜沃辛走漏风声。现实状况已经颠倒到了如斯地步。我们过去都无法设想，为了报道一个故事，我们不得不在时报大楼里瞒天过海，而且不能用公司的电子邮箱。这就是针对公司管理层的隐形叛乱，我们以前就报道过其他行业里的这种状况。我们无意参与这种叛乱，但此刻我们就处于这种境地。

　　我们计划将团队成员分散到洛杉矶各地，寻找可以证实普里亚菲托卸任院长一职实情的南加大内部人士。我整理了一份南加大行政人员名单，这些人可能都知道一些情况。若是通过电话或电子邮件去联系他们，要他们违逆尼基亚斯的意思，向我们透露内幕，这并非上策。我们需要上门拜访，当面交谈不会留下电话记录或数字痕迹，这也许能让那些行政人员放心一点。我们打算尽可能地结对上门，还是那句话，两个记者往往比一个好。在我们正式上门拜访之前，团队里的年轻人就展开了网络侦察，相较我而言，这对他们是一种更本能的调查形式。他们埋首于网络，搜寻着普里亚菲托和那位莎拉的所有关联。莱特和我之前一直在为这篇报道的发布而抗争，所以这段时间我都没认真做过这件事。汉密尔顿新找到了几个很像是莎拉的人，其中一人看似可能性很大——一个名叫莎拉·莫尔的女人，她是普里亚菲托在脸书上的好友。她和德文汗跟我描述的莎拉并不完全匹配，但比我过去找到的那些莎拉要接近得多。这个莎拉的年龄似乎和那名吸毒过量的女子大致相仿。从她脸书上的一些照片可以看出她的黑发染成了金色。但她的文身一直文到了咽喉部，一侧脸颊上还有一个难以辨认的墨渍般的字母。德文汗没有提过文身。他说莎拉只穿着胸衣和内裤，所以她若是一幅人体"洞穴壁画"的话，他肯定会注意到的。这些文身有可能是她在过去的 11 个月里文的吗？有可能。

汉密尔顿还给我发了另一个莎拉的两张照片，她也是普旦亚菲托在脸书上的好友。她留着一头黑发，其他方面看起来都像是有色人种。她和康斯坦斯酒店那个莎拉的唯一相似点就是年龄。

我打电话给德文汗，说我找到了一些很像是莎拉的人，想用我的私人手机给他发些照片。在此之前，我一直在用自己的工作手机给他发信息，但我以后都不会再用这部手机发送信息和图片了，因为我觉得不可靠。公司可能会在我不知道的情况下读取这部手机上的数据，而马哈拉什和杜沃辛就相当于公司。我给他发了第一个莎拉的三张脸书上的照片[4]——其中两张是金发模样——以及第二个莎拉的两张照片。在等待他回复的时候，我满怀期待地用钢笔敲着桌面。

德文汗很快回了信息。第二个莎拉半点都不像。第一个呢？金发那个呢？

"很可惜，不是她。"德文汗说。

保险起见，我又给他发了她的脸书主页链接，好让他看看她的其他照片。他看后回复道：

"我非常肯定，不是她。"

我垂头丧气地跟他道了谢。

第二天早上，我又把精力放到了这件事上。我让时报图书馆再把我们的数据库搜索一次，寻找有关普里亚菲托的记录，这一次是以莎拉·莫尔或莎拉·摩尔作为参照项。这些名字都没有找到匹配项，但另一个莎拉首次出现在了LexisNexis数据库中——她是普里亚菲托的一个"关联人"。"关联人"几乎可以指代任何关系——生意伙伴、情人、室友或亲属，关键是她和普里亚菲托都关联到了同一个地址，这表明LexisNexis数据库最近才创建了一条记录，其中包含她的名字和他的至少一处地址。这或许是涉及某类产权交易、选民登记证或者专业执照——任何可以从数据库搜到的信息。这个莎拉的姓氏是沃伦，记录显示，她年方22，似乎有家人住在亨廷顿比奇市，她的家人是从得克萨斯州搬过去的。这可能又是条死胡同，但她的年龄没错。我请图书馆再深挖一下得克萨斯州方面的情况和这家人的信息，与此同时，我也展开了社交媒体上的搜索。

如我所料，莎拉·沃伦这个名字在脸书上可谓无穷无尽，一头金发的年轻姑娘也不在少数。所以我只能麻木地滚屏、点击，耗费了大量时间。

直到我找到了一个自称是帕萨迪纳人的莎拉·沃伦。

她非常像德文汗描述的那个女人。

我给德文汗发了一张她的头像照片。照片上的她用小天使般的眼神看着镜头，似笑非笑。她看起来甚至都不到 22 岁。

"这有可能是她吗？"

"是的！"德文汗答道。

我在桌前一下站了起来。我只想呐喊、鼓掌——发出些声响。

是的！

那是一个周三，下午 5 点左右。此时距那起吸毒过量事件发生已有 355 天，距我获悉这一内幕消息已有 320 天，距我提交那份被"毙掉"的报道的初稿也有 120 天了。

又过了一会儿，似乎是为了驱散对德文汗可能会变卦的无端恐惧，我端详了一下他的回复，这条信息就在那个眼神恬然、貌似娃娃的女人的照片下面。我告诉自己，马哈拉什和杜沃辛若想继续雪藏这篇报道可是难上加难了。

但首先，我们必须找到照片中的这个女人。

12　莎拉的逃离

　　莎拉·沃伦发现自己正坐在纽波特比奇市的一家海滨酒店——巴尔博亚湾度假酒店^①的楼顶上。¹ **楼顶上。** 那是 2016 年的一个夏夜，她独自一人，双脚悬在楼体边缘晃来晃去，怀里紧抱着一个粉色的猴子玩偶。这家酒店的楼顶并不对宾客开放。

　　透过莎拉吐出的冰毒烟雾，可以看到游艇和帆船都挤在一个灯火通明的码头，停在泊位里，纽波特比奇市附近的海面在飘动的云层下显得格外昏暗。莎拉当时吸食了冰毒，正处于幻觉所引发的阵痛之中，这是一种药物中毒性精神病，倏忽间一股冲动驱使着她从房间——窗户、阳台——翻了出去，然后像蜘蛛一样爬上了房顶。那时，普里亚菲托已经离开了酒店，莎拉的最新男友唐·斯托克斯也离开了，他给了她一个毛绒猴子玩偶。在巴尔博亚酒店的这场聚会是为了给莎拉饯行，² 她已经答应要回戒瘾中心戒毒，而毒品就是她兑现承诺前的最后一点

---

　　① 　下文简称巴尔博亚酒店。

乐子了。普里亚菲托付了房费，买了毒品，还有一个新的水烟枪，上面附带着一个西柚大小的冰壶。[3] 巴尔博亚酒店正是他喜欢的那种地方——昂贵、只对特定人士开放，而且低调。

所谓低调，就是直到酒店员工发现有必要报警之前都不会声张。被冰毒迷乱心智之后，莎拉觉得自己似乎在不停地尖叫。唐求她停下来，但她停不了。这是从她大喊客房服务开始的吗？总之就是这类事情让她突然爆发了。然后她就尖叫着说恶魔正在追赶她，纠缠她，让她做她不想做的事。她尖叫着说她就像哈利·波特：**我要用我的力量拯救世界！** 她到阳台上尖叫，然后又爬上屋顶尖叫，即使唐告诉她这样吵闹会招来警察，她也一直没停。唐还在假释期间，房间里的水烟枪很可能会把他送回监狱。

"我要走了，"他告诉她，"这种提心吊胆的日子我已经过了六年了。"[4]

他说完就离开了。

警察和救护人员是一起赶到的。这场景就像是康斯坦斯酒店那天的重演，只不过她大体上还有意识，而普里亚菲托并不在场。按照她后来的回忆，那四个男人向她走来时，她已经回到了房间里——然后他们强行控制住她，并试图给她注射镇静剂。**这就是他们的原话——给她注射镇静剂。他们是真想杀了她吗？他们是在对她执行注射死刑吗？** 她和他们大打出手，决心冲破束缚，来回扭动挣扎。她可能还朝其中一名救护人员吐了口水。但这一切都是徒劳。他们推搡着把她赶出了房间。

她随后就被投入了看守所。

唐·斯托克斯当时正在酒店前的一个街角等出租车，他看到警察和救护人员把莎拉拽出了这栋大楼。如果他在房间里多待几分钟，这些人就会撞见他们俩同处一室了。留下莎拉去尖叫哀号是明智之举，但他对此并不好受——尤其是眼睁睁看着警察把她押进急救车的时候。他和她相识不久，但他相信他们之间的联结在某种程度上是不受时间影响的，在他们实际相遇的很久之前就已经存在了，而且这种联结比爱情或性更有意义。斯托克斯是唯灵论者①。

他还是亨廷顿比奇市的一名调音师，在风滚草餐吧主持过卡拉OK之夜，这间餐吧是附近邻里间的聚会之所，即便斯托克斯不上场，这里也有台球、飞镖和现场乐队表演。他就是在这儿遇到了莎拉，她当时住的亨廷顿浪花公寓，就位于这间餐吧旁的海滩大道上。5 斯托克斯比莎拉大 17 岁，但他身上有一种持久的天真态度和青春的恣意，这既是个吸引人的特质，也是招惹麻烦的征兆。和 20 岁出头的莎拉一样，他在年近 40 时也做出了一些毁灭性的选择。和莎拉一样，斯托克斯也是个瘾君子。

他决心保护莎拉，包括想让她摆脱他自己正在戒除的毒瘾。可当莎拉把他扯入她的世界时，她也把他拖进了普里亚菲托的

①　唯灵论者（spiritualist）主张灵魂可以脱离物质而存在，相信念力和通灵等超自然现象。

世界。斯托克斯没法和这个拥有梅赛德斯和保时捷的阔绰医生相比，普里亚菲托的现金足以让橙县海岸一半的瘾君子在冰毒和海洛因的海洋中漂浮。斯托克斯知道普里亚菲托不喜欢他，有一次，这个老头威胁莎拉，说她若不甩了斯托克斯，他就要停供毒品和房租。莎拉完全无视这一最后通牒，为了讨她欢心，普里亚菲托只得欢迎斯托克斯加入这个嗑药派对。他会免费给斯托克斯提供冰毒，外加大麻。[6]他还要为斯托克斯的旅馆客房、苹果手机乃至他的小仓库买单。晚餐和按摩也总是由普里亚菲托来付账，此外还有现金赠礼。

如果莎拉上了斯托克斯的钩，那么普里亚菲托就不得不让斯托克斯上自己的钩——迷上他的毒品和钱。他要安抚莎拉，同时控制斯托克斯。

这钩子实在太深了，所以即便斯托克斯住进了戒毒之家，想再次戒除毒瘾，他也知道普里亚菲托会等着看他失败，拿着毒品等着。他也确实失败了。斯托克斯到莎拉的公寓找她，普里亚菲托也在。[7]和往常一样，普里亚菲托可以提供冰毒。斯托克斯向他索要毒品。他知道斯托克斯正在吃力戒毒，也知道此人还住在戒毒之家，但这个医生还是给了对方冰毒。

"一个瘾君子，很难不伸手。"斯托克斯后来说。

他怎么可能帮她摆脱普里亚菲托呢？他自己都摆脱不了这个人，怎么可能有余力保护别人？

斯托克斯看着巡逻车和急救车离开了——带着他自诩的一生挚爱离开了。他对自己弃莎拉于不顾的行为深感内疚，内疚得几乎要双膝跪地。他还能见到她吗?

　　巴尔博亚酒店的这场嬉闹和扭打距普里亚菲托得知我在调查他至少已有四个半月了。到此时,他即便不相信我已经放弃了这项报道,也显然是觉得我很快就会放弃了。他不该这么想吗?他已经成功躲过了执法部门的追查,区区一个记者又怎么会让他担惊受怕?这当然还不足以妨碍他在巴尔博亚酒店这样的地方狂欢,或者阻止他向莎拉提供有可能致其死亡的毒品,哪怕会让她从房顶上摔下来也是一样。

　　对于《洛杉矶时报》这种近乎撞大运式的四处嗅探的做法,普里亚菲托好像不为所动。不过他并没排除我找到莎拉的可能性,所以他告诫她"一个叫保罗·普林格尔的人渣"正在调查他。[3] 普里亚菲托让她永远不要跟我说话,还要她确保她的家人不会跟我开口。她向他保证,他们全家都会保持沉默。

　　莎拉觉得这很有趣,因为她和那个兜售海洛因的男友凯尔以前常谈到怎么敲诈普里亚菲托——曝光他给年轻人供应毒品以及他本人就是瘾君子的事实并以此相要挟。[9] 他们这个小群体的另一名成员也有此打算,那是个来自宾夕法尼亚州的姑娘,一个阿米什人①——信不信由你。这姑娘名叫朵拉·约德,比莎拉要大几岁,是普里亚菲托的"二号女孩"。他们谈到过敲诈

---

　　① 阿米什人(Amish)是美国和加拿大安大略省的一群基督新教再洗礼派门诺会信徒,他们拒斥汽车和电力等现代科技,喜过简朴生活。

普里亚菲托，没错，但他们从来没真这么做过。再者，莎拉后来也解释了原因："我不认为我斗得过他。他暗示过他认识一些人，他最后决不会有事的。"

在她被人从巴尔博亚酒店带到纽波特比奇市看守所的那天，我刚开始写这篇在五个月后就会被"毙掉"的报道的初稿。比时我还不知道莎拉是谁。对于这个在酒店房间里留下了毒品的医生，以及一个有关他和他床上那名昏迷女子的关系的荒唐故事，帕萨迪纳市警方也依旧漠不关心。纽波特比奇市警方以持有违禁药品、藏有一氧化二氮、摄入违禁药品以及殴打警员和救护人员的罪名拘押了莎拉。[10] 她在于康斯坦斯酒店吸毒过量后的六个月里已多次被捕，这是第三次。

普里亚菲托却从未被捕。如果他在吸毒过量事件后就被收监，那也许有用，谁知道呢？那她现在说不定已经戒毒成功了。

然而事实并非如此，那天在亨廷顿医院醒来后，那里的一名社工跟她说了好几分钟话，这个好心的女人劝她去戒瘾中心，随后她就获准离开了。她给普里亚菲托打了电话，他接走了她，然后两人直接驱车返回康斯坦斯酒店重开派对。毒品都在那儿备好了。普里亚菲托告诉她，他把毒品都藏在他们那间客房下面两层楼的楼梯间里——包括冰毒和海洛因，以及一个水烟枪和一个烧锅。他对此相当得意。**很聪明，对吧？**这是他非常"街头"的一面。他们从楼梯间取走了那袋诱人的东西，然后又开了一间房。莎拉正告普里亚菲托，她不想做爱。哪怕她不是尚处于吸毒过量后的恢复期，她也无法再忍受他了，没法再耐着性子被他压在身下了。他们在康斯坦斯酒店的第一晚，也就是她吸毒过量的前一晚，普里亚菲托给她雇了一个牛郎。他喜欢看她做爱——看的同时还会拍摄。她也比较喜欢和陌生人做爱，尽管这很空虚，但总好过又和普里亚菲托上床。他们本打算和牛郎共度第二晚，结果她就吸毒过量了。她摄入了太多迷奸水——整整一小瓶。普里亚菲托照样眼睁睁看着她吞了下去。

他们离开康斯坦斯酒店后仅两天，莎拉就在圣费尔南多谷被捕了。[11] 她当时正和凯尔开车四处转悠。凯尔当时还算是她的男朋友，而普里亚菲托对此十分厌恶。厌恶的理由有很多：凯尔年轻、英俊、令人兴奋，这都是普里亚菲托不具备的，无论他多么努力都无济于事。凯尔还成了普里亚菲托的海洛因货源之一。毒品生意并没有让凯尔赚到多少钱，所以他也尝试过身份盗用和其他类型的盗窃活动。[12] 他们在圣费尔南多谷停车后，一名男警员盯上了凯尔，和他搭档的女警员则把莎拉拽到一边。她似乎知道凯尔是这对男女中的罪犯，而且很为莎拉惋惜。

"这儿只有你和我，"女警员对她说，"现在告诉我——车里有毒品吗？"[13]

"没有。"莎拉撒了谎。

两名警员随后就发现了毒品，她和凯尔最终被送进了看守所。她被指控藏有违禁药品和吸毒用具。凯尔的罪名则更多地与他的盗窃行为有关。他们被关押的时间并不长，这次被捕也没有让他们放慢节奏。普里亚菲托出资进行的多次狂欢让莎拉、朵拉、凯尔和这名医生结识的其他年轻人都深陷毒品和金钱的迷幻之中。莎拉尽其所能地享用着。她一次又一次地沉迷其间，直到谷底似隐似现，再没有更深的洞能让她坠入了。普里亚菲托并不在乎。只要她和他保持亲密关系，还来找他索要毒品，他就没有怨言。

但她已经到了无法忍受自己的地步。她又回到了戒瘾中心。这一回她选择了达纳波因特市海岸边的帝王海滨戒瘾中心。莎拉在这所戒瘾中心的戒毒过程中面临的难题和在创新护理中心一模一样。普里亚菲托又想出了一个给她运送毒品的办法——而且不会让他们两人都被抓到。

他称之为"彩虹糖手术"。[14] 他每周（在莎拉记忆中更加频繁）都会给帝王海滨戒瘾中心的莎拉寄送一个礼盒。盒子里装着一袋彩虹糖。对筛检邮件的工作人员来说，偶尔一袋糖果不成问题。他们不知道的是普里亚菲托之前已经小心翼翼地打开过包装——他会煞费苦心地以眼科医生的精准度确保不撕到包装接缝之外——然后把五颜六色的纽扣形糖果换成赞安诺，接下来他会重新粘好袋子，把它寄给莎拉。

她企盼着这些袋装的彩虹糖。它们让她在帝王海滨戒瘾中心居留的那30天变得好过了一点。她出来的时候，普里亚菲托为她置备的毒品可不止赞安诺了。毒品又开始源源而来，仿佛她从未离开过那场派对一样。这次她在亨廷顿酒店遇到了一个新男人——瑞安，他以前偏巧是一名警察。他相当年轻，可能也就比她大了十岁，不过他如今在从事安保工作，依然配着枪。她和他一起在希尔顿酒店里厮混，就是在她父母住所旁的太平洋海岸高速公路上的那家希尔顿酒店。她在酒店的花销都记在普里亚菲托的账上。她把瑞安的事告诉了普里亚菲托，而且料到他会有惯常的嫉妒反应，但她没想到他会从帕萨迪纳一路开车过来，在清晨6点猛砸这间酒店客房的门。他大喊她的名字，让她放他进去。

瑞安一开门，普里亚菲托就探身喊她："莎拉！"瑞安一脚踢到他裆部的时候，她正站在床边。[15] 随后，瑞安迅速掏出自己的9毫米口径手枪，戳向了普里亚菲托的脸，普里亚菲托目瞪口呆。

"滚蛋！"瑞安说。

普里亚菲托跟跄地转过身，沿着走廊跑去。这间客房位于七楼。两名警察没用几分钟就赶到了。他们在酒店大门外盘问，其中一名警察把普里亚菲托带到瑞安身边，想确认一下他的身份。

"没错，就是他。"普里亚菲托说。

他抱怨了几句，说自己大腿根儿处的疼痛。

瑞安尽力向其中一名警察解释，说自己不认识这个男人，而且他不停砸门，还朝着房间里尖叫。瑞安表示他不得不保护莎拉和自己，所以踢了这个男人，还拔了枪。他说这是自卫，但警察并不买账。他们告诉瑞安，他被捕了。

他们当时就待在路边，在拂晓的微光中，瑞安戴着手铐，莎拉的父亲——保罗·沃伦碰巧正在去健身房晨练的路上——骑自行车经过时将这一切尽收眼底。

什么时候才是个头？

瑞安因向他人展示枪支及殴打他人而被亨廷顿比奇市看守所收监了。[16]瑞安很幸运，因为普里亚菲托没兴趣卷入一场刑事案件，也不想惹得警察来打探他和莎拉的关系，尤其是在《洛杉矶时报》可能还紧咬着他不放的情况下。莎拉已经告诉警察，她做妓女的时候见过普里亚菲托。他们问普里亚菲托这是否属实，他证实了这一点。普里亚菲托最后告诉警方，他无意起诉事情并不严重。

即便被莎拉的情人用枪戳过脸，也不妨碍普里亚菲托花钱给她租了套新公寓。她已经厌倦了帕萨迪纳，想搬到离家更近的地方。于是普里亚菲托在亨廷顿浪花公寓给她找了套房，这是一片敞亮、轻松的区域，有着五彩缤纷的建筑，而且就在她父母那栋联排别墅的街对面。在希尔顿酒店事件发生后不到一个月，莎拉决定去亨廷顿比奇市每周举行的街头集市上放松一下。她参观了宠物动物园①，还给普里亚菲托发了一张她与鹿的合影。然后她就喝得大醉，还吐到了自己车里，随即开着车一头撞上了中央分隔带，把车轴给撞坏了。警察赶到时，她正在等待拖车。她认出这两名巡警就是逮捕瑞安的那对搭档。他们也认出了她。

"这姑娘就是个惹祸的主。"其中一人说。

他们以酒驾为由将她拘留，她在看守所里过了一夜。普里亚菲托随后给她请了一名律师。很久以后，他还说她参观宠物

---

① 这种动物园通常会展示一些常见动物，供人接触和抚摸。

动物园这件事让他"很感动"。

"我真觉得她很棒。"普里亚菲托说。

莎拉的弟弟查尔斯在高中里抽过大麻。谁没试过呢？但他从没接触作用更强的东西。后来莎拉把他介绍给了普里亚菲托，普里亚菲托一如既往地热情招待了这个对她来说很重要的人。[17] 17 岁的查尔斯和这位院长成了高速公路上的伙伴，他们开车走遍了洛杉矶。普里亚菲托开车带查尔斯去烟草店囤购冰毒烧锅和笑气，到酒品店购买小桶啤酒和威士忌，还去了这位院长给莎拉租的公寓。普里亚菲托花钱请来作陪的一些年轻姑娘有时也在那里。他主动提出让查尔斯和其中一个姑娘上床，这姑娘刚 20 岁出头，浑身都是刺青。查尔斯谢绝了。

及至此时，查尔斯也成了普里亚菲托吸食冰毒的伙伴。普里亚菲托让他也吸上了冰毒。那天，查尔斯顺道去了普里亚菲托在帕萨迪纳给莎拉租的那套公寓。查尔斯回忆说，他们都在吸食冰毒，普里亚菲托也给了他一份。自此之后，几乎每次他和普里亚菲托（他现在叫他卡门）在一起时，这个医生都会给他冰毒、赞安诺、笑气或大麻。普里亚菲托还吹嘘自己买的冰毒都是摩托手冰毒①——质量最好的。

"非常纯，"他告诉查尔斯，"非常干净。"

---

① 以苯丙酮为原料，通过还原胺化制得冰毒，这种方法最早出现于 20 世纪 70 年代末的美国，据说是由当时的摩托黑帮发明，因而被称作摩托手冰毒（biker meth）。

普里亚菲托给他的是"青少年"分量的冰毒——1.77 克左右——这一份的价钱可能就在 100 美元以上。这个医生甚至会叫优步司机把冰毒送到查尔斯和莎拉的父母家中。有次沃伦夫妇不在家，他们三个人就在厨房里抽了起来。普里亚菲托还开车带查尔斯去过凯克医学院，参观他的办公室，这趟行程也少不了冰毒。查尔斯对墙上挂的那些学位证印象极深，然后普里亚菲托就支使秘书去书店给他的客人买些特洛伊人的 T 恤和其他用具。秘书是个瘦弱的中年女人，看起来很怕查尔斯。查尔斯一人被留在了办公室，他随即开始加热冰毒烧锅。他和普里亚菲托还在凯克医学院的室内停车场里一起吸了冰毒。

普里亚菲托表现得好像他比任何人都前卫，哪怕他已经老到可以当查尔斯的爷爷了。他努力地想在查尔斯面前显得年轻，包括女人方面。有一天，他们正在开车，普里亚菲托接到了一个电话，他告诉查尔斯，那个女人——朵拉——"想要给我吹喇叭"。**想要？也对，只要价钱合适。**

查尔斯年满 18 岁时，普里亚菲托给他办了场派对，从一家酒店开始，第二天在另一家酒店结束。酒和毒品全由这个医生包办。

此后不久，南加州大学就在凯克医学院的校园里为普里亚菲托举办了那场庆功会，我就是在那儿第一次好好打量了他一番。帕萨迪纳警方也是在不久后撰写了那份有关莎拉吸毒过量的追溯性报告，并就此掩盖了此事。

和普里亚菲托四处厮混也让查尔斯付出了代价。

他在学校的成绩开始掉队了：他考砸了初步学术评估测试①，错过了学术评估测试，还被表演课除了名。他感觉自己不再是几个月前刚认识普里亚菲托的那个健康魁梧的男孩了。说起来这并不容易，但他最终和普里亚菲托彻底断了联系。不过他拦不住姐姐。普里亚菲托对她百般压榨，甚至把她当成了运毒的"骡子"，让她把毒品带上了飞往拉斯维加斯和东海岸的航班。查尔斯每次去探望莎拉，她好像都在和普里亚菲托一起吸毒。她成了瘾君子，可普里亚菲托并不在乎。这个医生正在一点点杀死她。

事情的发展最终让查尔斯忍无可忍，有次莎拉打电话给他，说她很害怕，恐怕自己性命有虞：普里亚菲托得知她在和另一个男人交往，于是妒火中烧，闯进了她的公寓。他当场撕扯她的衣服。"这都是我买的！"他叫唤着。查尔斯往兜里塞了一把折叠刀，然后穿过海滩大道，直奔亨廷顿浪花公寓。[18] 他来到莎拉的公寓门前时都能听到她在里面尖叫。查尔斯冲进门时，普里亚菲托还在拉扯她的衣服。他一转过身，查尔斯就往他头上扇了一巴掌，接着猛踢他的膝盖，普里亚菲托大叫着倒下了。除此之外，查尔斯还拔出刀子，扔到门上，刀身直入木板。这是对普里亚菲托的一个警告。**如果再让我看到你和我姐姐在一起，我会杀了你。**

---

① 初步学术评估测试（PSAT）是学术评估测试（SAT，即美国的大学入学考试）的预考，也是评估申请入学者的一项重要参考。

后来他听说普里亚菲托曾飞往波士顿修复膝盖——可能是因为他不想向洛杉矶医学界的任何人解释他受伤的原因。查尔斯还从母亲那里得知，普里亚菲托跟她说过他和黑帮有关系，查尔斯若敢再对他动粗，他完全可以找他们，让查尔斯"消失"。

查尔斯确实从普里亚菲托那灯红酒绿的欢场里消失了。但保罗和玛丽·安对儿子逐渐恶化的状况深感忧心，他们说服他住进了戒毒中心，然后进行康复治疗。查尔斯完成了这个戒毒计划，此后他为保持清醒尽了最大努力，但治疗并未奏效。在接下来的数月乃至数年时间里，他都反复接受着强制戒毒和住院治疗。大学没考上，找一份好工作也成了幻梦。他很想知道，若是他从没见过普里亚菲托，如果这个已经能用到老年医保的派对狂魔从未源源不断地给他提供毒品和酒精——也就是这个高中生自以为可以应付但其实应付不了的东西——那么这些年月会有什么不同。

我的几个兄弟在和查尔斯差不多大的时候，也因毒品和酒精走上了人生的歧途。尽管他们跌得很惨，但如果有普里亚菲托这样的富豪给他们提供毒资，那他们恐怕会跌得更快、更惨。如查尔斯所说：

"当你几乎能为所欲为的时候，迷路是很容易的。"

在巴尔博亚酒店即兴举办了那场屋顶狂欢之后，莎拉并没去戒瘾中心。普里亚菲托把她迁到了另一套公寓，以便让她离父母更远。这套公寓位于露天的贝拉特拉购物广场，更靠近亨廷顿比奇市的内陆。莎拉在这套公寓住了些时日，到感恩节前后，毒品使得她在身体和情感上都陷入了不堪忍受的地步，她甚至愿意付钱给**他**，只为让她能够独处——让他离自己远点。普里亚菲托一定察觉到了这一点，因为他突然谈到了他们的婚事。他说他想和妻子离婚，然后和莎拉结婚。他真觉得她会考虑嫁给他吗？他这么喜欢妄想吗？这么自大吗？

答案无疑是肯定的。他期望莎拉为自己扮演的最新角色就是妻子。过去，普里亚菲托曾试图把她冒充成他在南加州大学的助手或者他的侄女。他甚至让她参加了他在自家的豪宅里为学生举办的招待会，那次他的原配妻子也在场。还有一次，他曾邀她陪自己去参加布罗德博物馆的开幕式，那是洛杉矶人们最趋之若鹜的一场交际活动。这座博物馆是以它的创建者、亿万富翁伊莱·布罗德和伊迪丝·布罗德的名字命名的，开幕式的来宾都是卡玛拉·哈里斯[①]、洛杉矶市市长和格温妮斯·帕特洛[②]这样的名流以及另一些电影明星——**现场的音乐界特邀嘉宾是克里希·海德[③]，老天呐**。莎拉不愿去。

"卡门，我是个 20 岁的瘾君子，你疯了吗？"她说。

已经一年多了，他还在这儿，现在他向我求婚了。

我连十分钟都忍不了啦！我得回戒瘾中心！

但她怎么去呢？她怎么付账呢？她仍然要依靠父母的保险，

---

① 卡玛拉·哈里斯当时（2015 年）是加州总检察长，后于 2021 年就任美国副总统。

② 美国影星。

③ 美国著名摇滚乐明星。

但这不能覆盖一切费用，她没法再张口向他们要钱了，毕竟她已经给他们带来了这么多痛苦和开销。如果普里亚菲托又主动提出由他付账，她就又将和他绑定，这是万万不行的。有他在身边，她就不可能成功戒毒并且不再复吸。

她的猫怎么办？在这段时间里，她在不知不觉间已经收养了三只猫。她爱它们，不能就这样抛弃它们。她尽力向父亲说明了这一点后，猫都被带到了他们家那栋联排别墅里。父亲坚称他会不惜一切代价来帮她戒毒，挽救她。她很感激，**非常感激**。但是猫呢？猫怎么办？她说她不能抛下它们去戒瘾中心。

然后她父亲就哭了起来。

"你不能把猫看得比自己的健康还重要啊！"他央求她。

他的眼泪说服了她。莎拉收拾好行李准备去海洋康复戒瘾中心。猫不会有事的。

现在，普里亚菲托来到了木兰花陵园，他穿着大衣，戴着一顶软呢帽，就站在一辆橙色宝马车前，他可以帮她逃脱辛苦又无聊的戒毒生活。但莎拉已经逃脱了——从他手中逃脱了。她向负责维护墓地的好心老头指了指普里亚菲托。莎拉告诉他，那个穿大衣的男人在找她，她不想和他有任何瓜葛。于是这位墓地管理员便走到普里亚菲托跟前，喝令他离开。

那是莎拉最后一次见到普里亚菲托。

但他并没有放过她和她的家人。

就在莎拉住进海洋康复戒瘾中心的那个月，好莱坞女演员洛莉·路格林和她的丈夫、时装设计师莫斯莫·吉安纳里通过联邦快递寄出了一笔总计 50 万美元的贿赂款，只为了让他们的女儿冒充运动员的身份就读南加州大学。[19] 这笔钱付给了纽波特比奇市的大学招生顾问威廉·"里克"·辛格和南加州大学体育部主管唐娜·海内尔。联邦快递的寄送凭证将使路格林和吉安纳里成为这场正在揭开的"校队蓝调行动"黑幕① 中最受瞩目的人物——只有洛杉矶的另一对名人夫妻、演员菲丽西提·霍夫曼和威廉·H.梅西可与之相比。②

辛格破坏了这所大学的招生程序，只为了让自己和同伙牟取暴利，但在当时，也就是 2016 年 11 月，并没有迹象表明新闻媒体或政府对辛格那老练的欺诈手段有所耳闻。也没有任何外部迹象表明尼基亚斯治下的管理层——那些级别高于体育部二号人物海内尔的人——知道内情。

辛格这场涉及数百万美元的骗局针对的都是斯坦福大学、耶鲁大学、加州大学伯克利分校和乔治敦大学这样的高校，但南加州大学的腐败程度也"首屈一指"，贿赂和舞弊的土壤尤为肥沃。所以就无怪乎在 2016 年的秋天，第三起重大丑闻也已潜藏在南加州大学的表皮之下了。

---

① 指高校体育生招生舞弊行为。
② 这对夫妻花钱篡改了女儿的学术评估测试成绩。

13　绝不告密

科尔多瓦街从 66 号历史公路的一段——阿罗约公园大道垂直延伸出来，向东经过一间共济会会堂的柱列，然后是装饰着玻璃幕墙的帕萨迪纳希尔顿酒店，以及加州理工学院以北的一排排公寓楼，直抵帕萨迪纳城市学院的那座以杰基·罗宾森①之名命名的棒球场②附近。

亚当和我开车去了科尔多瓦街 325 号的那栋楼。我们的手机上有德文汗确认过的那起吸毒过量事件的女性受害者的照片，根据 LexisNexis 数据库和脸书上的信息，我们可以确认她就是莎拉·沃伦。在那栋楼即便找不到她本人，我们也希望至少能遇到某个认识她的人，结果这栋楼的名簿上并没有莎拉·沃伦的名字，也没有普里亚菲托的名字。看过照片的居民都不认识她。租赁处的工作人员也坚决不透露任何租户的信息。

---

① 杰基·罗宾森（Jackie Robinson，生于 1919 年），美国职业棒球运动员，曾效力于布鲁克林道奇队。

② 即罗宾森体育场（Robinson Stadium）。

LexisNexis 数据库中虽然有她的手机号，但打过去就会直接转到语音信箱，这表明这部手机关机了。LexisNexis 数据库也收录了她父母的电话，但我们决定不打；遽然给她父母打电话，询问他们那个深陷困境的孩子的情况，绝非上策。我们打算试着当面接触他们。

就目前而言，我们这个报道团队在《洛杉矶时报》新闻编辑部里的运气都要好过在街头。哈丽特曾考虑为一桩法律纠纷写篇报道，结果就在其中发现了普里亚菲托的名字：2015 年 7 月，加州大学起诉南加州大学挖走了一名研究阿尔茨海默病的人员和他麾下的一个拨款丰厚的实验室。[1] 这场诉讼当时仍在进行。加州大学指控南加州大学在诱使保罗·艾森离开加州大学圣迭戈分校的过程中存在民事共谋 ①，以及协助和教唆当事人违反受信义务 ② 的行径。艾森的实验室预计将获得 3.4 亿美元以上的资助款项。这是南加州大学的意外之财，更是普里亚菲托的殊荣，他形容自己是拿下艾森这一分的"四分卫"。所以这位院长是这场诉讼中的关键证人，如果他滥用街头毒品并将其供给他人的事情被公之于众，那对南加州大学的这场官司肯定没有任何好处。因此我们不得不考虑到这一点：该校是不是至少有"3.4 亿个理由"来掩盖普里亚菲托的行为并且拒绝与《洛杉矶时报》合作？

---

① 民事共谋（civil conspiracy）是指两个或两个以上当事人为剥夺第三方的合法权益或欺骗第三方以达到非法目的而达成的协议。

② 违反受信义务（breach of fiduciary duty）是指有受信义务者存在过错或未能以正当、合适的方式履行其职责。

我们权衡了这种可能性，并且更深入地搜索了网上的公共记录和莎拉在社交媒体上的人脉关系，正是在此期间，关于莎拉·沃伦的一系列更全面的数字资料开始浮现了。一个与沃伦有关的电邮地址指向了召妓网站，我们在上面找到了她的名字，通过她发布的性感照片很容易证实这一点。莎拉的拘捕记录也以案件编号和指控概述的形式浮出了水面。这些线索让我们找到了每一个拘留过莎拉的司法管辖区的法院里的纸质记录。这些案卷又提供了更多的线索，把我们搜寻的触角延伸到了一个已被定罪的毒贩——凯尔·沃伊特身上，他曾和莎拉一起在圣费尔南多谷被捕。汉密尔顿暂时放下手中的法庭记录，抽空在文陌①上查阅了普里亚菲托的情况，他发现沃伊特恰是这位前院长在这款转账应用程序上的"朋友"之一。这并不能证明两人用这款应用程序转过账，但正如汉密尔顿在给我们团队发的一封电子邮件里所说，这一发现"让此人更接近卡门的轨道了"。

哇噢。

普里亚菲托不仅出现在他的"女朋友"莎拉吸毒过量的现场，还可能跟一名曾和她一起被捕的毒贩有金钱往来。记者们通常会迫不及待地与新闻编辑部的顶层编辑分享这种发现，但我们依然没有声张。

沃伊特的前科档案是支持法院无纸化办公的强有力论据。我们发现他在过去 7 年里卷入了 15 起案件，其中不少都涉及多

---

① 文陌（Venmo），一个小额支付应用，可用于用户间的支付和转账事宜。

项罪行，而且大多都与毒品有着千丝万缕的关联。他对持有冰毒、海洛因、羟考酮、芬太尼和摇头丸等指控都作过认罪答辩或无异议抗辩。他还有些未决案件，被指控的罪名是持有毒品、身份盗用、入室行窃和假释违规。他目前被关押在市中心的男子中心看守所。

帕尔维尼从法庭记录中整理出了莎拉的戒毒史。在过去的13个月里，莎拉住过棕榈泉市的迈克尔之家和圣胡安－卡皮斯特拉诺市的帝王海滨戒瘾中心，最近一次是在纽波特比奇市的海洋康复戒瘾中心，入住时间是 2016 年 12 月 7 日。这段入住期超过了通常的 30 天戒瘾疗程，但帕尔维尼指出，海洋康复戒瘾中心的网站上声明它也提供 90 天的疗程。她在电子邮件中告知报道团队："她（莎拉）有可能还住在那儿，这么一来她的手机关机就说得通了。"纽波特比奇市无疑值得一去，于是我和帕尔维尼便一同驱车赶赴此地。我们的想法是，即便莎拉不愿同时和我们两人说话，她也有可能会和我们之中的某个人说话。帕尔维尼和莎拉年龄相近，有时受访者跟同龄人谈话会更自在，尤其是同性别的同龄人。不过话说回来，卷入这种故事的年轻人也可能更愿意和年纪更大、更有经验的记者（比如我）交谈。帕尔维尼和我都为纽波特比奇之旅祈祷，因为在帕萨迪纳我们已经去过两栋在我们看来与莎拉有关联的公寓了，但一无所获——这两栋公寓都不在科尔多瓦街的那个地址。

我在九年前写过一篇报道，讲到了马里布市那些昂贵的戒瘾中心的"小屋产业"，及其频繁违规和敲诈勒索的情况。[2] 自那以后，这一产业的发展规模已经超出了"小屋"的范畴，在南加州沿岸，由海滨别墅改建而成的戒瘾中心的数量激增。[3] 不过海洋康复戒瘾中心并不提供那种能观赏绝顶美景的豪华住所，尽管它离沙滩也就几步路，面朝着一个船坞里高耸的桅杆。这家戒瘾中心开设于熙攘的巴尔博亚大道上的一栋淡米色的两层公寓楼里——看起来很像是四联式住宅①。帕尔维尼和我把车停在街对面后便走了过去：三个姑娘在大门附近闲着没事，其中两人抽着烟。我们问"莎拉"是不是住这儿。

几个姑娘扫了我们一眼，其中一人说："哦，是。她在B单元。"

"她现在就在？"我问。

"嗯，嗯。"

我们找到她了。

我们走进这栋大楼，一个貌似负责人的女人接待了我们。我们自称是《洛杉矶时报》的记者，并询问我们能否和莎拉·沃伦谈谈。这个女人说她不能给我们透露该中心入住者的信息。她让我们离开。我们只好照办。

从纽波特比奇市返回途中，我和帕尔维尼沿海岸线往北行驶了8公里，来到了亨廷顿比奇市，想去查看一下LexisNexis数据库里收录的另一个与普里亚菲托有关的地址。这套公寓位于海滩大道上的一个名为亨廷顿浪花的大型综合体中，马路对面就是我们所知的保罗·沃伦和玛丽·安·沃伦夫妇的住址。

———————————

① 一栋楼有四个单元。

普里亚菲托会不会为了离莎拉近点就住在这套公寓里呢？又或者莎拉一直就住在这儿，房租由他来付。这个综合体有300多套公寓，那些三层的楼房就像军营一样鳞次栉比。主楼的名簿上有普里亚菲托的名字、他的公寓在一楼。我和帕尔维尼过去敲了敲门。门外有些包裹，但都不是寄给普里亚菲托的，上面也没看到我们检索各种记录时找到的名字。LexisNexis数据库里的这个目录项是在四个月前收录的，所以普里亚菲托可能已经搬走了，物管人员可能也忘了更新名簿。无论如何，这里都没有他的踪迹。

第二天一早，马特·莱特宣布他要离开《洛杉矶时报》，去执掌有线电视新闻网（CNN）的一个调查部门。这是对《洛杉矶时报》的又一次沉重打击——新近又损失一名一流新闻人，而他的离职正是因为《洛杉矶时报》在论坛公司和论坛在线治下已变得面目全非。这对我们这个南加大报道团队来说也不是个好兆头。在编辑人员中，莱特是这篇报道的首要支持者。马哈拉什封杀这篇报道时，身为编辑的他坚持不予让步。在他走之前，我们还有两周时间。我们能做的就是继续前进。

普里亚菲托的豪宅、尼基亚斯的庄园以及这条海滩大道附近的联排别墅区都配备了安全大门，因而阻碍了我们的报道。假如我们的信息是准确的，那么沃伦夫妇应该就住在其中一栋联排别墅里，这栋别墅建于约12年前，位于一个棕榈树修剪齐整、人行道一尘不染的私人社区内。鉴于莎拉在戒瘾中心里无法与外人交流，我认为是时候去接触一下她的家人了。所以汉密尔顿和我又去了一趟亨廷顿比奇，然后被拦在了大门外。一般来说，记者都不得进入封闭式社区，除非得到某位居民的许可。我们没法趁这扇大门短暂地开启着就径直走进去，或者选择向保安谎报身份这种下策，比如自称是快递公司的员工。大门消解了敲门带来的意外感，也削弱了大部分人情味。让一个心存畏惧的人跟报社记者面对面交谈要比通过对讲机说话容易得多，但我和汉密尔顿只剩下后面这个办法了。我在对讲机面板上输入了沃伦家的代码，通话似乎转到了一部手机上。我没有留言——这对此次任务来说太不近人情了。

汉密尔顿和我从大门外看不到沃伦家，所以只能守在大门口。如果看见有谁长得像莎拉·沃伦的父母，我们或许有机会在门前跟他或她接触一下。我们也可以休息一会，说不定能遇到一个肯放我们进去的住户。我们熏沐于海边的空气中，站在门前看着这个联排住宅区的居民来来往往，大多数人都开着车，只有少数人步行。有一个开着车的金发女人看起来年纪足以当莎拉的妈妈了，但她开得太快，我们无法接近。

就在看似已近乎绝望之时，一位年长的先生邀我们和他一起走了进去。若是她父母中的一人或者双方都在家，那就是好运连连了。这些两层的联排别墅都属于现代设计风格，带有少许地中海复兴式建筑的元素，其周边地面上都配置着花圃。这里不是那种会让人联想到街头毒品和卖淫的社区。且不谈那些法院案卷，我们在社交媒体和公共记录中发掘的很多资料都表明沃伦一家是典型的南加州中层至中上层家庭，他们在几年前从得克萨斯州搬到了这里。当时保罗·沃伦刚在长滩市的一家物流公司就任副总经理，玛丽·安·沃伦拿到了佩珀代因大学的硕士学位，她曾在房地产行业任职，还做过美容师。鉴于莎拉在搬家前肯定曾就读于得克萨斯大学，我们可以合理地推断她的弟弟查尔斯要么在上大学，要么就是即将上大学。而他们一家就住在离海滩不远的一栋价值七位数的联排别墅里。

我们敲了敲沃伦家的门。没人应声，但随后一个小伙子在附属车库的门口现身了。他警惕地看着我们。

"嗨，这是沃伦家吗？"我说。

"你们是什么人？"小伙子说。他告诉我们他叫查尔斯·沃伦。

我们自称是《洛杉矶时报》的人。查尔斯听到后就卷起T恤的袖子，给我们看了他的文身，上书："绝不告密。"

查尔斯很忠于这个座右铭，所以不愿多说，但他答应把我们的名片交给他父母。他看起来很真诚。我们至少和这个家庭的一位成员搭上了关系。考虑到沃伦夫妇马上就会知道我们想找他们谈谈，我拨打了我在LexisNexis数据库里找到的他们的电话。还留了语音留言，但皆如石沉大海，不过这个号码有可能是错的。到了第二天，我们留给查尔斯的名片也没收到什么成效，于是我索性转头前往那片海滩——长滩市，直奔领英网[①]

---

① 领英网（LinkedIn），职业社交平台。

上列出的保罗·沃伦所供职的公司。如果保罗是公众人物，或者是某篇涉及其工作的报道的采访对象，那他的工作场所肯定是我的首选之一。但考虑到这篇报道的目的，我们没有理由或立场认定他除了是一个爱惹麻烦的姑娘的父亲之外还了解些什么。我们完全不清楚他知不知道莎拉曾经吸毒过量、被捕或与普里亚菲托和沃伊特扯上了关系。这会让工作性的拜访变得棘手，我不想在保罗的上司们面前让他难堪。我只希望在接触莎拉的过程中能谨慎地寻求他的帮助。

保罗任职的物流公司位于长滩市中心。他们的安保措施相当严谨，大堂有一名警卫坐镇。在没有自报家门的情况下，我问他能否带我去保罗·沃伦的办公室。没门。他问了我的姓名，然后说他会告诉保罗我在这儿。我没跟他说我是记者。在等保罗的时候，我踱到了离保安岗一两米远的地方，想好好看看这家公司的布局图，但一张也没找到。不过保罗随后就现身了，他从电梯里走了出来，这是一个 50 多岁的棕发男人，面容和姿态都很年轻；我看过他在领英网上的照片，所以一眼就认出了他。我告诉他我是《洛杉矶时报》的记者，但压低了嗓音，以免警卫听到。保罗有些无可奈何地垂下了头，脸上流露出悲哀的神色。他把我带到了楼梯间附近的一个区域，在那儿我们不会被警卫或者任何走进大堂的人看到。我跟他说明了我的来意，和莎拉有关，他点点头，叹了口气，好像知道我要说什么，但还是不想听。他说他很清楚我在追查什么——**他知道我们在调查普里亚菲托吗？** ——但他什么都不能告诉我，这段时间对莎拉和保罗一家人来说都很艰难。我感同身受。我又想起了我自己的几个女儿。我为这次贸然登门造访向保罗道了歉，但还是问他能否回答我几个问题。我说我们可以只当是私下里谈谈。他考虑了一会儿，然后同意了。

"你认识一个叫卡门·普里亚菲托的人吗？"

保罗低下头，又摇了摇头——这是在表达怨恨，而不是表示他不认识这个人。

"对，我认识卡门，"他说，"我也知道他是什么人。"

"他和莎拉是什么关系？"

保罗有些恶心地咧嘴笑了一下："我估计卡门会说她是他女朋友，或者是他前女友。"

他停顿了一会，笑容消失了："我们为了让那家伙远离莎拉的生活已经想尽了所有办法。所有！我都不能跟你说——两年了，我们一直在努力。戒瘾中心，几千美元的戒毒费用。她现在还在戒瘾中心。"

我同情地点了点头。他似乎想把胸口的憋闷都发泄出来。

"真的，我不该谈这个。莎拉现在懂事多了。我现在只关心这个。"

我问起吸毒过量的事。他睁圆了眼睛又摇了摇头，这一次是因为难过。保罗告诉我，他的女儿经历了炼狱，但在戒瘾中心表现得很好，他只关心这一点。

"我得回去工作了。"他说。

我给他递了张名片，问他能不能再谈一次。他说他会考虑的。

我看着莎拉的父亲垂着头慢慢走向电梯——任何一位父亲都有可能遭此劫难。

保罗的叙述是一次突破。这番话不仅证实了普里亚菲托和莎拉的关系，而且将其描述成了一段长期关系——保罗说的是"两年"——涵盖了她在加州多次被捕的那个时期。那位院长与一名年轻任性的瘾君子发生了性关系，而这名瘾君子时常出入看守所。通过她，普里亚菲托认识了一个积习难改的毒贩，我们还有很多线索可待追查。这个从莎拉扩展到普里亚菲托的由瘾君子和罪犯构成的圈子正在不断扩大。

我们翻遍了法院案卷、社交媒体和文陌，最后把莎拉和那位院长与名叫朵拉·约德的人体模特联系到了一起，我们找到了朵拉的被捕记录，内容涉及小偷小摸和持有毒品。她似乎还有一个因持有海洛因、磅秤和塑料袋而被捕的男朋友。我们会尽力找到并采访这两人，但沃伊特要排在首位。这需要我们去一趟男子中心看守所，沃伊特因被控入室盗窃罪而被关押在那里。这是个真的被监禁的听众①。这所监狱距我们的新闻编辑部只有 1.5 公里，帕尔维尼和亚当直接开车过去，想碰碰运气，指望沃伊特能接受两个陌生人的来访。男子中心看守所看起来不出所料地冷峻——那一堆 54 年前搭建的混凝土块似乎就是为了遮蔽阳光而设计的。看守所内部泛着酸味儿，排列着老式的多

---

① 被监禁的听众（captive audience），也称受制听众，法律术语，指在辩论出结果前不能自由离开的听众。他们大多与发言者或事件本身有关。

层牢房。难怪沃伊特会同意跟帕尔维尼和亚当见面，无论谁来访都意味着他能从这个地牢里出来透口气。

沃伊特 37 岁，相貌堂堂，并无病态，有一头红棕色的头发和一双蓝眼睛。他很有可能因为一些尚待判决的罪行而面临多年监禁。沃伊特的案底可以追溯到 2009 年，在此之前，他曾在美国海军服役，担任驻伊拉克的摄影师，还在伊利诺伊大学获得了学士学位。沃伊特以前的一名律师告诉亚当，他的当事人之所以会堕入这种无法无天的状态，是因为他在军中患上了创伤后应激障碍。在看守所探视室里，亚当和帕尔维尼坐在一面厚实的有机玻璃外的凳子上，面对着里面的沃伊特，两人通过对讲机和他交谈。沃伊特承认自己认识普里亚菲托，还轮番地以"托尼"和"卡门"称呼他。沃伊特称普里亚菲托是一头"怪物"，尤其是说到他与莎拉之时，他形容他们的关系是"有毒的"。

帕尔维尼和亚当还打听了另一些年轻女性的情况，我们确定这些人都通过社交媒体认识普里亚菲托，沃伊特也证实他们经常在一起厮混。"卡门永远都在。"他说。但当帕尔维尼和亚当问到普里亚菲托有没有买过毒品时，他闭上了嘴。沃伊特还说他和莎拉的母亲都有一些普里亚菲托的不雅照片。他不愿多谈这些照片，不过他说他出狱后可能会和记者们分享这些照片。

沃伊特告诉帕尔维尼和亚当：你们所追查的这个故事"要比你们可能知道的那点东西要大得多"。

在对沃伊特采访的同一天，我决定再去刺探一下尼基亚斯。我给他写了一封电子邮件，附上了911电话录音。我的想法是先发过去，然后让帕尔维尼和汉密尔顿这两个特洛伊人在大约一个小时后到尼基亚斯的办公室跟他对峙。他们都迫不及待地想这么干。我给团队成员们看了这封电子邮件的草稿，征求他们的建议，哈丽特回复道："我只担心一点，如果尼基亚斯再投诉一次，我们的工作就会在彻底揭露内幕之前被内部叫停。"

　　说得有理。据我们所知，马哈拉什和杜沃辛对我们这两周的工作一无所知，我不得不假设这封邮件以及帕尔维尼和汉密尔顿的不请自来很可能会惹得尼基亚斯再次投诉，而这又可能导致这篇报道再次被封杀。但我相信，随着莎拉的身份及其被捕与戒毒的经历——落实，我们现在已经掌握了足够的证据，尼基亚斯肯定会识趣地跟我们谈谈。我有信心，但也不能肯定。当我想到尼基亚斯有可能跟我们合作而不是投诉的时候，我难免再次陷入沉思，我竟然不得不担心《洛杉矶时报》的主编和执行主编会妨碍这篇报道发布，这有多不真实，又多让人心烦啊。

　　去他们的吧。我在一个周四的早上9点过几分发出了这封电子邮件。

　　尼基亚斯校长：

　　　　容我再提一次，我希望你能就卡门·普里亚菲托辞去凯克医学院院长一职的情况接受一次采访。

　　　　我和同事们正在跟进此事，即普里亚菲托医生辞职三周前曾当场目睹了一名21岁的女子在帕萨迪纳一家酒店的客房里吸毒过量，这间房登记的是他的名字。当时是那个学期的一个工作日的下午。

帕萨迪纳警方的一份报告确认了普里亚菲托医生是这名女子的"朋友"。在一段与这起吸毒过量事件有关的911电话录音中，一名声音很像普里亚菲托医生的男子也自称是医生，他将这名女子称作他的"女朋友"。（911电话录音已附上。）

这名女子当时昏迷了，没有任何反应。救护人员将她送往医院，她在那里得以康复。

警方的一份报告称，在这间酒店客房内查获了冰毒。警方向我证实，该女子过量摄入了这间客房里发现的毒品。据我们了解，该女子有药物滥用和其他问题的过往史，在这次吸毒过量后的几个月里，她惹上的麻烦还在不断升级。

我已掌握了第一手资料，另一名目睹了这起吸毒过量事件的证人给你的办公室打过电话，呼吁你们对普里亚菲托医生采取行动。不久之后，普里亚菲托医生便辞去了院长一职。

我还在这封邮件里提出了各种问题，涉及那起吸毒过量事件、南加州大学与帕萨迪纳市政当局的联系，以及为普里亚菲托在凯克医学院举办的庆功会。我最后写道："另外，我要郑重声明，我从来没有在照片墙上关注过你，我对你的行程也不感兴趣。"

如果这样一封电子邮件都不能说服尼基亚斯跟我们交涉，甚至在他辖下的新闻学院教出的两个学生突然光临他的办公室之后他也无动于衷，那我也没办法了。

帕尔维尼和汉密尔顿随后直奔该校。但他们就算能进入博瓦德行政大楼那高耸的砖墙边界，也无法再突破尼基亚斯门外人员的层层阻挡。尼基亚斯的办公室主任丹尼斯·康奈尔走出办公室，把这两位记者送走了。

"尼基亚斯校长不会就这个问题接受《洛杉矶时报》的采访。"康奈尔告诉他们。

尼基亚斯一直未回复我的电子邮件。

到下周一，格拉德给我们团队发了一封电子邮件，他下令，除我之外的所有团队成员都要回归各自的"常轨"，并将他们掌握的所有材料发给我，好让我来写这篇报道的新草稿。[4]格拉德接着写道，我们将会"重组"。**这个见鬼的词是什么意思？**团队进展很顺利，我们的调查正在揭开这个故事的面纱，在把它做得更深入更好。我们还有不少线索要追查——普里亚菲托身边的其他年轻人、沃伊特提到的照片、加州大学圣迭戈分校的案子。但格拉德的电子邮件表明这个团队的存在已经暴露，正如哈丽特担心的那样，它即将解散。

这封电子邮件是在帕尔维尼和我赶赴阿尔塔迪纳后发过来的，阿尔塔迪纳是位于帕萨迪纳北部边界的一个山坡小镇。我们从房产记录上找到了人体模特约德的住处，当时正要上门找她。那是文图拉街上的一栋客舱大小的屋子，看起来亟须维修，前院也应该清理了。应门的人说约德不在，她也不知道约德在哪儿，以及什么时候会回来。帕尔维尼和我都断定，咱们还得再来几次。

在驱车返回新闻编辑部的路上，我打电话给莱特，提出了自己的质疑，那就是格拉德下的指示实质上是想解散这个团队。莱特的处境很难：他是个管理者，却不得不议论另一个管理者。但他透露，他已经得知马哈拉什发现了这个团队的情况，并向格拉德施压，要求除我以外的人全部退出。我们不知道这是不是尼基亚斯投诉造成的，但这个时间点很难不让人心生疑窦。（后来马哈拉什通过他的律师否认了他曾命谢尔比将其余几位记者踢出这个团队。）

第二天，汉密尔顿挖掘出一份 2015 年 10 月的法庭记录，从中可以看到沃伊特将普里亚菲托在帕萨迪纳的住址列为他的一处通信地址。汉密尔顿用一封题为"中奖"的电子邮件将此事告知了团队。是的，我们在这个毒贩和那位院长之间找到了另一条纽带——它表明沃伊特自认为和普里亚菲托相处得非常愉快，甚至到了他都觉得自己可以在一份公文里填上这位医生的地址的程度。

但次日下午，在让我集中精力写这篇报道的新草稿后，格拉德又发来一封电子邮件，再次强调了他下达的让其他记者退出的指示。我们对此置若罔闻，继续展开挖掘工作。我们不再是一个秘密的报道团队了，我们就是一个不服从的团队。

14 舞会前的摇头丸

家庭治疗[1]和联邦调查局。联邦调查局和家庭治疗。

这并非常见的搭配。但在与卡门·普里亚菲托的对抗中，落败的沃伦一家却已对此司空见惯。

我给了保罗·沃伦几天的时间来联系我，但他一直没有联系，所以我给他打了电话，还留了言，但没有得到回复。此后我收到了玛丽·安·沃伦的消息。她正在和家庭心理医生会面，实际上是这位心理医生给我打了个电话，问我能否和玛丽·安私下谈谈。我说行，她就把电话递给了她。玛丽·安问我打算写些什么，尤其是《洛杉矶时报》会怎样描述莎拉和她的家人。我说我们仍在调查，而且非常想听听沃伦一家对此事的说法。于是玛丽·安就开始述说普里亚菲托和莎拉的关系给这家人造成的创伤。那位心理医生证实了玛丽·安的说法，即他们曾多

---

① 家庭治疗是以家庭为对象的团体心理治疗模式，旨在协助家庭成员消除异常、病态的状况。

次试图从普里亚菲托手中救出莎拉，包括把他给她提供毒品的事情告知帕萨迪纳市和纽波特比奇市的警方。这名心理医生说，她在征得玛丽·安的同意后曾向联邦调查局举报了普里亚菲托。一名探员在电话里刨根究底，而玛丽·安随即临阵退缩，不敢和她说了。玛丽·安告诉我，她担心联邦调查局和那些警察一样，不会对普里亚菲托采取任何行动，若是普里亚菲托得知她和那名探员谈过，肯定会想办法伤害她的家人。最后她答应第二天和我见一面。

有件事我没有告诉玛丽·安：我见过她丈夫。既然她没跟我提，我估计他也没跟她说。我得替保罗保密，哪怕是瞒着他的妻子。

我们在亨廷顿比奇市的希尔顿酒店见了面，那幢12层高的建筑如峭壁般垒叠于太平洋海岸高速公路上。我把车停在沙滩对面的一个泊车计费器边。午后的狂风掀动着滚滚波涛。玛丽·安就坐在大堂休息室靠后的一张桌子旁等我。我一做完自我介绍，她的个性就充分展现了出来。她说莎拉和她丈夫都不知道她在跟我谈，在接下来的两个半小时里，我在笔记本上写满了她讲述的卡门·普里亚菲托和沃伦一家的故事——正如沃伊特透露的那样，这个故事比我们在新闻编辑部里想象的情况要疯狂得多，也比法庭记录和召妓网站上展现的情况丑恶得多。玛丽·安滔滔不绝地讲述了她的优等生女儿是如何从一个常见的酒后犯傻的半大姑娘转变成了那种沉迷化学药品、以身试险的叛逆状态的。她还讲述了莎拉离家出走，又吸食冰毒成瘾，然后与 64 岁的凯克医学院院长男友再次现身的过程。

她跟我谈到了莎拉被捕的情况及其在戒毒方面的失败尝试，还凑到我近前告知了普里亚菲托给身在马里布市戒瘾中心的莎拉运送毒品的时间。我不得不在此时打断了她。

"你是说她在戒瘾中心的时候，他真给她送了毒品？"

玛丽·安猛地点了点头。"而且他们逮住他了，还把莎拉赶了出去。"

"他们**逮住**他了？"

我需要更多关于这方面的细节，但玛丽·安已经讲到了另一段引人入胜的情节。一段接着一段。有好几次，莎拉住在自己家里，普里亚菲托就叫优步网约车把冰毒和海洛因送到了他们家。有次玛丽·安目睹了这位院长吸毒的情景。还有一次，她儿子查尔斯弄伤了普里亚菲托的膝盖。

"卡门让他对冰毒上瘾了。"她谈到儿子时说。

还有照片和视频——她说一切都有照片和视频为证。毒品、性，**一切**。

"等等——照片？"我说，"视频？"

玛丽·安说她在莎拉的电脑上发现了这些东西——可能总共有几百个文件——在这当中，普里亚菲托要么是被拍的人，要么可能就是拍摄者。她说她看见莎拉和普里亚菲托发生性关系的照片后心急如焚，所以给在外工作的丈夫打了电话，要他马上回家；保罗真从长滩市赶回了家，她对他大喊大叫，说他们不能对这些照片和视频坐视不理——他应该把普里亚菲托**揍**

个屁滚尿流。玛丽·安说她看到保罗没有她那么愤怒的反应，于是对他喊得更加大声，还扇了他一巴掌。她说他们的吵闹声还惹得一个邻居报了警，警察在几分钟内赶到，然后以家暴为由逮捕了她，尽管保罗恳求他们不要这样做。

玛丽·安说她不得不把那位南加州大学医学院院长的情况告诉了警察，但他们不为所动。

我记得我们在搜索有关莎拉的法庭记录时就发现了这一家暴被捕记录。玛丽·安一直在说这有多么荒唐，但我只想让她把话题转回到照片和视频上——尤其是那些呈现了吸毒场景的照片和视频。如果我们能拿到普里亚菲托摄入管制药品甚或出现在莎拉吸毒现场的图像，马哈拉什和杜沃辛就**必须**发布这篇报道了。

对吧？

我说我至少要看到其中的一部分涉毒影像，还给玛丽·安作了一番解释，让她明白这对我来说有多么重要。我问她有没有办法再把这些东西找出来。

玛丽·安点点头。"我黑进了莎拉的手机和电脑，还复制了一份。"

我敢肯定我当时没能掩饰住自己的兴奋劲儿。我又简短地说明了一下我亟须查阅这些影像的理由，还说我不会透露她是这些影像的消息来源。

玛丽·安沉默了一会儿。

"我想想再说吧。"她说。

接下来的三天里，我和玛丽·安一直保持着电话联系，促请她至少给我发一份最能作为罪证的照片或视频。我的促请温和却执着："我知道这很难，但这真的能帮我们把这篇报道发出来。"玛丽·安很不情愿，她怀着畏惧大声争辩，说她很担心自己若是把这些影像给我，莎拉会感到被背叛和侵犯——**妈，你怎么敢这么做！这都是我的东西！**——而普里亚菲托肯定也会展开恐怖的报复。

　　为了打破僵局，我提出《洛杉矶时报》不会泄露她的身份，而只会描述这些影像内容，不会直接将其发布。玛丽·安很满意这一安排。她说她会从自己藏匿的照片和视频中找一份"好的"。那天我再未收到她的消息，次日早上我又联系了一下她。当天下午晚些时候，我们通了电话，她说她给我的工作邮箱发了一张照片。没收到。我让她把照片重新发到我手机上。

　　几分钟后，**照片发来了**：画面中的普里亚菲托正用丁烷打火机给一个巨大的白色冰毒烧锅加热，那玩意儿就像饥饿的鱿鱼一样紧贴在他的嘴唇上；他穿着纹饰精美的衬衫，敞着衣领，看起来很开心。照片上的标记表明这是一段视频中的定格镜头。我让玛丽·安从这段视频中再截取几张图给我。她又发了六张定格画面，在最后三张里，普里亚菲托懒洋洋地吐着冰毒烟雾。玛丽·安答应之后会把这个视频也发给我——她确实发了。

　　我和团队成员分享了这些影像。我们的反应全都一样：**我的神啊！**

　　我心想，《洛杉矶时报》怎么能不尽快刊发这篇报道呢？

我把我为新报道起草的开篇发给了哈丽特，让她来完成我们行内所说的**改写**，这意味着她要根据其他团队成员（以及她自己）的调查结果来精心构思叙事。我们反复讨论着该如何谋篇布局，以迅速展现普里亚菲托在其行业内的显赫地位与其生活秘辛之间的鲜明对比；南加州大学网站上刊登的一些照片助了我们一臂之力，其中有他出席某场为凯克医学院举办的盛大晚宴的镜头。哈丽特起首就写道：

> 南加州大学凯克医学院院长卡门·普里亚菲托一年半前出席了贝弗利威尔希尔酒店的募捐晚会，带着一种游刃有余的、男人才有的自信。
>
> 他在皮尔斯·布鲁斯南[①]和唐·亨利[②]这样的名人以及达娜·多恩西弗和大卫·多恩西弗夫妇[③]等富有的学校捐赠者之间穿梭、握手、摆拍，传达着他在任八年来一直在传达的信息：南加州大学正跻身于美国最顶尖的研究机构之列。
>
> 几天前，在环境没那么雅致的范奈斯区法院里，一个名叫凯尔·沃伊特的已被定罪的冰毒和海洛因贩子按要求在一份法庭表格上写下了他的联系方式。他草草写下的地址位于帕萨迪纳最高级的社区之一，那是一座价值500万

[①] 好莱坞男星。
[②] 美国音乐人，老鹰乐队（Eagles）创始人之一。
[③] 著名慈善家。

美元的庞大宅邸——普里亚菲托的住所。

2015 年 10 月 5 日的一份高等法院记录透露了 66 岁的普里亚菲托的令人担忧的罕见一面。《洛杉矶时报》的一项调查发现，普里亚菲托不但管理着这所医学院，年入百万美金，还在吸食毒品，而且交往了一群比他年轻得多的吸毒者和罪犯。《洛杉矶时报》审阅过的相关照片和视频显示他正在使用一种常用于吸食冰毒的烟斗吞云吐雾。

玛丽·安随后打电话给我，说普里亚菲托联系了她。他想见见她——**明天吃个午饭？**——好谈谈莎拉的事。玛丽·安说他隐隐提到了《洛杉矶时报》的一些事情。我可以从她的语调里听出她的忧虑，她推断普里亚菲托可能不知从哪儿知道她和我谈过了。她应该感到害怕吗？

每次她和保罗向第三方求助，要将他驱离他们的家庭，普里亚菲托总会占据上风。亨廷顿比奇警方对他毫无兴趣，帕萨迪纳警方也是一样——而且不仅仅是在他们对莎拉那次吸毒过量作出反应之后。玛丽·安跟我说过另一起发生在帕萨迪纳的事故，当时莎拉再次离家出走，但随后把她在帕萨迪纳的住址告诉了查尔斯，那是普里亚菲托给她租的另一套公寓。保罗和玛丽·安从亨廷顿比奇驱车赶来，希望能劝说莎拉回家。他们担心她不愿和他们说话，所以还带上了查尔斯来做"诱饵"，至少要骗开她的门。这招的确奏效——然而他们却惊恐地发现：莎拉似乎对毒品成瘾了。凯尔当时也在场，玛丽·安看见桌上有一袋海洛因和一个磅秤。莎拉让他们出去。**现在就走!**凯尔倒用不着谁请他走人,他拿起海洛因和磅秤就夺门而出,仿佛保释中的重犯,当然他恰巧就是。莎拉把自己锁在一个房间里,尖叫着让他们离开。保罗和玛丽·安急得发疯。他们拨打了帕萨迪纳的自杀热线,请求援助;他们相信这条热线会比警方的动作更快。但随后,两名警察带着一个男人赶了过来,警察告知保罗和玛丽·安,此人是一名护士。保罗和玛丽·安把凯尔、普里亚菲托以及海洛因和冰毒的情况都告诉了他们。那位护士表示同情,警官们则有些无动于衷。随后又来了一名警察,他说服了莎拉让他进屋去谈。几分钟后,他从屋里出来并告诉保罗和玛丽·安,他们的女儿坚持要他们离开,他们应该照办。

"问题在于你和你。"这名警察指着保罗和玛丽·安说。[1]

他们只能离开莎拉的住处。

明知道《洛杉矶时报》的人正在周围盘旋,普里亚菲托依然能自信满满地——目空一切地——提议与玛丽·安见面,这有什么意外的吗?

"你觉得我该怎么办?"她问我。

玛丽·安问我的时候似乎也是在暗下决心。她觉得她可以让普里亚菲托相信她没有跟我谈过。她说他很傲慢,这使得他很容易相信他想听的话,像她这样无权无势的人没胆量揭他的底。也许只要莎拉一出戒瘾中心,她就能知道他对莎拉有什么企图。玛丽·安认为他会带着毒品等她女儿出来。

在她决定和普里亚菲托见面后，我仔细考虑了一下该怎么做这个报道。我可以在这次午餐之前或之后当面去问他几个问题，也许能拍一两张照片。这可能会给报道增添一点色彩，但普里亚菲托不太可能冲动地泄露他的秘密。我可以躲在他的视线之外，让玛丽·安去问一些特定的问题——特别是关于给她的孩子提供毒品的问题——目的是诱使他说出能证实其有罪的陈述。这都是理当要问的问题，我相信玛丽·安可以做到。但无论他说了什么，都要由她来转述，这对发表来说并不理想。当然，最完美的情况是玛丽·安可以偷偷录下他们的谈话；不过在加州，未得到对方许可的录音是违法的。这项禁令也有少数例外，包括在公共场所录制环境音，因为一个人在那种场合不应该期待自己的隐私能得到妥善的保护。餐馆就是公共场所。我可以合法地在相邻的餐桌边录下这场午餐谈话吗？让我的手机不但录下玛丽·安和普里亚菲托的对话，还录下餐厅里的其他声音？我针对这次谈话的意图会让我的录音失去法律效力吗？好像有风险，于是我咨询了新闻编辑部的律师格拉瑟。他并不看好这个主意。

好吧，但如果我只是**偶然听到了**那张桌上的谈话呢？偷听？然后做了笔记？我们就此讨论了一番，最终我们都认为这在法律允许的范围之内。

但我不能坐在他们隔壁桌竖起耳朵去听。普里亚菲托知道我在调查他，我不得不假设他在谷歌上搜索过我，并且找到了我的照片。他若是认出了我，那对玛丽·安来说可不是什么好事。但他没理由怀疑《洛杉矶时报》的其他人都在追查他。其他记者都没联系过他、沃伦夫妇或任何与他有密切关系的人，除了有人去找过沃伊特，但他还在看守所里。因此，我想出了一个计划，让帕尔维尼和亚当去执行这次倾听任务——只要协调得过来。他们可以假装成情侣去吃一顿悠闲的午饭。还是那句话，两名记者比一名更好，以免大家对他们所说的话产生什么争议。

首先我必须让玛丽·安点头。这比较容易——她对此**充满了热情**。现在，如果想要成功，那就必须指望普里亚菲托让她来选择地点和时间，这才能让我们安排妥当。餐馆必须够大，以确保有很多空桌，午餐的时间必须早于平常——比如11点半——以保证有两张相邻的空桌。

玛丽·安在这些方面的安排都十分顺利。这次午餐的时间定在11点半，地点是蓝金餐厅，这是一家宽敞空旷的牛排海鲜馆，位于亨廷顿比奇市的高端购物中心——太平洋城。莎拉、亚当和我11点就到了那里。我自己开车赶到，把车停在购物中心外，此地和太平洋海岸高速公路只相隔一个街区。我等着两位同事用短信给我报告情况，同时设想了所有可能出现的差错。普里亚菲托可能一走进餐厅就会有所警觉。或者帕尔维尼和亚当一坐到听得见他们说话的地方，他也会觉得不对劲，只要那张桌子近得足以让桌边人清楚地听到他们所说的话。对于工作日的上午来说，这间购物中心显得格外热闹。如果玛丽·安紧张了，说了一些暴露所有人的话该怎么办？

但那天是圣帕特里克节 ①。我只能指望我的爱尔兰血统能带来好运了。

玛丽·安在上午将近 11 点时给我发了一条短信："他给我发消息，说他会在上午 11 点 45 分赶到——毒鬼。"她的意思是普里亚菲托迟到了，而原因很可能是他吸了毒。"我会和你的人在酒吧见面的——10 分钟内回座位。"

她确实在这家餐厅的酒吧与帕尔维尼和亚当碰了头。"到了，"玛丽·安给我发短信说，"跟他们说好了……坐我们旁边的卡座——圆弧形的，他们能听到。"

干得漂亮。

帕尔维尼和亚当坐进了那个卡座，背对着普里亚菲托，而且紧挨着他的位子，几乎可以碰到他的脑袋。普里亚菲托看上去眼神朦胧、疲惫不堪，像是刚吸了大量毒品一样。帕尔维尼和亚当点了一份莎苏卡 ②，像情侣一样分享起来。玛丽·安和普里亚菲托似乎只喝了饮料。

计划执行得很完美。这次午餐持续了**三个小时**。玛丽·安巧妙地将普里亚菲托导向了他本应巧妙回避的话题上。她的问题把他逼入死角时，他会推诿，但他承认的事情已经足以证明他与莎拉有长期关系，而这段关系主要就围绕着他买的毒品展开。

---

① 圣帕特里克节（St. Patrick's Day）是爱尔兰国庆节，即每年的 3 月 17 日。

② 中东和北非地区的经典菜肴，由鸡蛋和其他配料烹饪而成。

玛丽·安说他给她女儿提供了毒品，普里亚菲托说："我给了她钱。我本来可以不给的。"

他说他仍然想"帮"莎拉："我想，她那么好，那么聪明……然后我就忍不住去帮她了。"

我那两位同事一直在记笔记。

"你猜怎么着？我和莎拉做了一些很蠢的事，"普里亚菲托说，"莎拉把我控制住了。"

随着午餐继续，他说："我爱上她了。"

玛丽·安诱导他谈起了那次吸毒过量事件。他说他去康斯坦斯酒店看莎拉的时候才发现她昏倒了。

"你要是看到别人昏倒，那应该打 911。"玛丽·安以一种责备的口吻说道。

"我觉得我的做法没问题，"普里亚菲托含糊地说，"我可不想把小事闹大。"

然后他补充了一句："记者都觉得我是因为这个事才下台的。"

玛丽·安跟他说，莎拉有五次吸毒过量时他都在场。他没有否认，但又说："莎拉从来不会因为自己的问题去责怪别人。她从来没有怪过我什么。她很感激我。"

两人的话题又转回了康斯坦斯酒店的那次吸毒过量事件，玛丽·安说："你和帕萨迪纳警察局，伙计……他们对你可真够宽大的。"

她停顿了一下。"他们打电话给你的时候怎么说的？"

"你可以自己脑补。"普里亚菲托说。接着又说:"有记者说我企图掩盖那通 911 电话。"

帕尔维尼和亚当给我发了一些零星的对话信息。我一个人坐在车里看得全神贯注。他们还发了一张他们的自拍,背景中可以看到普里亚菲托。

玛丽·安告诉普里亚菲托,创新护理中心的工作人员说他把毒品带过去给了莎拉:"卡门·普里亚菲托在凌晨 4 点把冰毒送来了。"这次他也没否认。稍后她又转回到这个话题上,他承认,有两三个人因为这个原因被赶出了那家戒瘾中心。

普里亚菲托不时地发泄着情绪,沉迷于自怨自艾。他告诉玛丽·安,他并没有让莎拉染上毒瘾,"还他妈的应该得到一点称赞,因为自己还把莎拉送去了"戒瘾中心。他还警告玛丽·安,要提防《洛杉矶时报》的那些追查他的记者。"绝不要跟他们谈。"普里亚菲托的语调里带着尖刻的怀疑。他接着说:"你真没跟他们联系吗?"

"我会把自己的女儿扔到公交车下面吗?"玛丽·安答道。

15　黑兹尔和威利

　　为了争取发布报道，我们还可以运用一种武器，那就是找到证据，证明普里亚菲托的行为都从属于一种模式。这意味着要追查更多与他和莎拉有来往的人。根据我们对法庭记录和社交媒体的搜索，普里亚菲托脸书页面上的那名文身女子的真名并非莎拉·莫尔。我在此称她为黑兹尔，因为透露她的身份可能只会给她的生活徒增烦恼。我们找到黑兹尔的时候，她24岁，有一个19岁的丈夫，我称他为威利。从黑兹尔在公共记录中留下的印记来看，没人能想到她这么年轻。她曾因在车库藏匿冰毒、盗窃汽车和各种卖淫罪而被捕。[1] 威利也曾因拿耙子袭击一位叔叔以及两次殴打黑兹尔而多次被捕。[2] 不知何故，这对情侣结识了普里亚菲托，尽管他们住在80多公里外的河滨市。这位哈佛毕业的院长会开这么远的车去勾搭两个小罪犯，这在不久前看来还有些不可思议。亚当从一名河滨市警察那里问到了他们的住址，这名警察说威利曾先后三次在这栋房子里被捕。我们决定开车去搞一次突然袭击。

我们找到他们家，威利应了门。他瘦弱而苍白，身上满是文身。在我们自报家门之后，威利露出了一种人们感觉麻烦找上门时会露出的微笑。

"有什么事？"他说。

我们说想和他谈谈普里亚菲托，威利走到门廊上，一直保持着微笑。黑兹尔也走到他身后，透过他的肩膀往外看；那一身文身让我们一下就认出了她，而且她明显怀孕了。

随后的采访就像一套可悲的虚晃和闪避小动作。黑兹尔和威利为掩护普里亚菲托用尽了全力，其中也不乏惯犯的机灵，他们明白，如果否认自己认识普里亚菲托，或者把他描绘得过于美好，那就没人会相信他们的话。因此他们承认，洛杉矶这所大型医学院的院长确实是他们的哥们儿，黑兹尔在大约四年前认识了他。

"他是我最好的朋友之一。"黑兹尔说。

她说普里亚菲托每隔一两周就会开着他的保时捷从洛杉矶驱车一个多小时来接她，他们会去当地的香啡缤咖啡馆聊天。她说有时他会开车送她去帕萨迪纳，她就在那儿帮他照看房子，或者在希尔顿酒店住上几晚。我们问她认不认识一个叫莎拉·沃伦的人，黑兹尔说认识——他们在同一家酒店见过。

黑兹尔和威利说普里亚菲托在他们身上花钱很大方——总共花了一万多美元。他们跟我们说他们确实需要这种帮助，因为他们在租到这栋房子之前一直都住在一段干涸的河床上。他们说普里亚菲托还给他们买了大麻。

我们还打听了普里亚菲托有没有给他们买过硬性毒品，或者为跟黑兹尔上床而付过钱。他们说他从没这么做过。他们向我们保证，他们之间只是朋友关系。

再向他们施压并没有多大意义。我们已经确认了我们此行想确认的事情——普里亚菲托对待莎拉的方式并不是同时涉及妓女和毒品的孤案。尽管黑兹尔和威利都有案底，就像莎拉一样，但他们在更广泛的意义上是惹人同情的。普里亚菲托会利用他们来获取一种地位上的优越感，他们也乐于接受这样的对待，因为他们在这场交易中也收获了现金和礼物。但他并不会持续地提供现金，礼物的光泽也会逐渐暗淡。一旦和他们玩够了，普里亚菲托就会把精力放到他那百万美元年薪的工作上，住回他在帕萨迪纳的豪宅里，黑兹尔和威利则不得不为了远离河床而奔波。

第二天，我们又取得了一个突破。玛丽·安同意给我看看她在莎拉的笔记本电脑和手机上找到的其余照片和视频。她说晚上会在亨廷顿比奇市的凯悦酒店和我见面。我深表感激，并说会带上莎拉·帕尔维尼一起去。然后玛丽·安说她已经把她跟我联络的事告诉了丈夫，结果他也说他跟我谈过。**尴尬了**。我为这个突然的情况道了歉，并解释说我必须保密，即使是在配偶之间。

当天晚些时候，玛丽·安发信息说保罗和那位家庭心理医生也会跟我们会面。我们订了一间会议室——鹈鹕会议室。

"我们只是想做正确的事。"她写道。

帕尔维尼和我一起驱车来到了那里。凯悦酒店和太平洋海岸高速公路旁的希尔顿酒店只隔着一个很小的街区。傍晚凉意渐浓，太阳已经低垂于海面之上，海面被一道道云霞映照得朦胧一片。我们走进鹈鹕会议室时，玛丽·安和那位不愿透露姓名的中年女心理医生已于桌旁落座。保罗则在来回踱步。我们相互问好，保罗说："我今天才知道你和玛丽·安一直在联络。这有点尴尬。"就像对他的妻子一样，我也向他道了歉，只不过现在夹杂了一丝苦涩与懊悔。接下来我们就进入了正题，笔记本电脑和硬盘就放在桌上。这是一次不能公布内容的会议，我们可以带走这些设备，查阅那些影像，但我们无权发布。那位心理医生强调了这家人的处境有多么艰难，过去两年对他们来说有多么痛苦，而我们的报道有可能是他们让普里亚菲托远离莎拉和查尔斯的最大希望，因为之前的其他方法全都没用。

保罗告诉我们，查尔斯曾试图保护姐姐，包括他踢碎普里亚菲托膝盖骨的那次。为了演示这个动作，保罗蹬了一下我的膝盖，我这个膝盖尚处于置换手术后的恢复期；这一脚虽未用力，但造成的疼痛还是让我喘不过气来。我解释了自己大口喘气的原因，结果这倒活跃了气氛，让大家的心情为之一振。帕尔维尼和我不停提问，记下笔记。会议进行得很顺利，我们带着那些头奖般的影像文件离开了。帕尔维尼和亚当当晚就开始来回翻阅——数量实在很多——汉密尔顿在第二天早上也投身其中。

所有证据都在这些照片和视频里。其中一段视频显示，在莎拉吸毒过量的前一晚，普里亚菲托和她就住在康斯坦斯酒店的一个房间里；视频上有日期戳，我们在网上查看了这家酒店的客房宣传照，由此确定了地点。在视频中，莎拉让普里亚菲托帮她把一些冰毒碾成粉末，以备"热轨"，这是一种吸食毒品的方法。

"没问题。"普里亚菲托说。莎拉接着就躬身凑近了一个放着一排排白色粉末的托盘。

莎拉吸毒过量的第二天，在于另一家酒店拍摄的一段视频中，莎拉说她在康斯坦斯酒店摄入了过量的 γ-羟基丁酸。"卡门救了我的命。"她说。在另一段视频中，莎拉和普里亚菲托在"枪饮"[①]冰毒——她会用烧锅吸上一口，然后呼出，普里亚菲托再吸入她呼出的烟气。

一张时间戳为凌晨 3 点左右的照片显示，沃伊特和莎拉都在普里亚菲托位于凯克医学院的办公室里。沃伊特戴着一顶充气的特洛伊人帽，穿着一件绣着那位院长大名的白大褂。沃伊特和莎拉都拿着因吸食海洛因而被熏黑的铝箔。在另一些照片里，沃伊特坐在普里亚菲托的那辆老式梅赛德斯的驾驶座上，大腿上也放着一片铝箔；那位医生则坐在他身后的后座上。

普里亚菲托竟会任凭别人摄像和拍照，其无耻和鲁莽简直令人瞠目结舌。这些影像并不是在他不知情或无力同意[②]的情况

---

① 枪饮（shotgun）原意是指在啤酒罐或饮料罐的底部刺出一个小孔，然后从这个小孔大口啜饮。

② 无力同意通常是指失去意识的状态。

下拍摄的。他在很多照片里都面带微笑，有时还会显露出一种挑衅的神态——瞧瞧谁看过之后敢曝光他的行为。

在一个视频片段中，莎拉对着镜头说她和普里亚菲托正在拍一个"很棒的老派吸毒视频"，而他显然没有异议。

有一组镜头尤为突出，因为它连接了普里亚菲托的两种生活。他穿着无尾礼服，准备去参加活动，那可能是一座博物馆的开幕式或者南加州大学的又一场筹款会，他将在那里跟其他的富豪精英们打成一片，与沃伦·比蒂、杰·雷诺、皮尔斯·布鲁斯南以及科技业亿万富翁拉里·埃里森合影。在其中一段视频里，普里亚菲托泰然自若地盯着镜头，然后拿出一颗橙色的药丸，利落地放上舌尖，他说："我想着得在舞会开始前来一颗摇头丸。"

他说着就吞了下去。这就是南加州大学凯克医学院的院长，一名来自得州春城的名叫莎拉·安·沃伦的问题女青年的"集女癖"糖爹①。

两天后的周六，保罗·沃伦打电话给我，说他开车把女儿从海洋康复戒瘾中心接了出来，让她放一天假，此时两人正在路上。莎拉已经准备好跟我谈了，保罗说。她愿意公布谈话内容。

我一把抓起自己的笔记本，保罗把他的手机交给了莎拉，我们随之开始从头谈起。

---

① 糖爹（sugar daddy）是指包养年轻女人的老头。

16　抹杀举报人

一颗重磅炸弹。

到 2017 年 3 月的最后一周，普里亚菲托的故事已然达到这样的效果。莎拉·沃伦在接受我的采访时毫无保留。她详细讲述了她与普里亚菲托一起吸毒的那 21 个月，以及她用身体来换取他所提供的致幻毒品的经历。那些照片和视频则是她叙述的影像凭证。对莎拉父母的访谈和蓝金餐厅的那次偷听任务也提供了更多佐证。我通过玛丽·安找到了唐·斯托克斯，他为了解莎拉的健康状况曾联系过她。斯托克斯也在同意公布谈话内容的情况下讲述普里亚菲托的事情。查尔斯·沃伦也是一样。查尔斯在普里亚菲托第一次给他毒品时说过自己是未成年人，这似乎是对这位院长和南加州大学最具杀伤力的指控了。

哈丽特改写了草稿，以纳入这些新材料。格拉德编辑完成后将稿子发给了杜沃辛。我添了几句话，这些话均出自我对几位医学伦理学家的访谈，他们对普里亚菲托的恶劣行为发表了看法。其中两人在访谈中碰巧都表达了相同的观点，即《洛杉矶时报》有义务尽快披露我们掌握的有关普里亚菲托的信息，因为他仍在治疗病患。他们说得对。但我没法告诉他们，我很担心这个报道可能会在马哈拉什和杜沃辛治下被晾上几周或几个月，就算他们还愿意发布的话。

我还惦记着沃伦一家，他们仍在应付普里亚菲托，而且很担心凯尔·沃伊特从看守所出来后给他们招惹是非。我也一直很担心别家媒体会在这个报道上比我们抢先一步。

于是，我在 2017 年 4 月 6 日给杜沃辛发了这封电子邮件。

马克：

　　我采访的伦理学家提出的观点很有道理，由于普里亚菲托仍在治疗病患，我们有责任尽快把我们的发现公之于众。因此，我希望我们不要再继续推迟发布这篇重要且惊人的报道了。

　　理由还不止于此。我从莎拉的父母入手，赢得了沃伦全家的信任，他们认为发布这篇报道能够终结他们与普里亚菲托纠缠了两年的梦魇。

　　最近普里亚菲托一直在深夜给沃伦一家打电话，警告他们不要和我接触。他们担心他可能会图谋不轨。过去他也曾以暴力相威胁。

　　本报道中的毒贩凯尔·沃伊特几天前交了保释金（可能是普里亚菲托出的钱），目前仍在外逍遥。这家人认为他也是一个威胁。

我在五个多月前提交了最初的报道。如果它在一个合理的时段内刊载，那么新报道中的这些更深层的发现——可能还有更多发现——现在应该已经以后续报道的形式发布了。我本来可以在第一篇报道发布后就听听沃伦一家的说法，普里亚菲托也应该很快就身败名裂了。

此外，至今没有其他新闻媒体就此事写过一篇报道，考虑到我们招惹了多少人，这要么是种奇迹般的好运，要么就只能说明我们的竞争者有多么糟糕。

大约两个半小时后，杜沃辛回复了。

侯罗：

几天前，我已收到这篇报道，它改进很大。我昨晚读了，今晚还会再［原文如此］一遍，随后还会提些问题。

祝好。

马克

从那时起，杜沃辛又回到了拖延和淡化处理的模式。他热情洋溢地称赞了我们的工作（我们早就明白这并不一定意味着报道可以发布），并将稿件返还给格拉德，稿件上密密麻麻满是他的问题和建议。我们干脆利落地解决了他提出的每一个问题，格拉德又将稿件发回给他。接着几天过去了，记者们没收到杜沃辛的只言片语，尽管格拉德又解决了他提出的几个问题，并告诉我们，报道已经接近"最后的律师审核"阶段，亦即格拉瑟的审核，这通常是报道发布前的最后一个重要步骤，但我并不相信。我跟格拉瑟说我很担心这篇报道会像那篇被"毙掉"的报道一样被雪藏好几个月。若发生这种情况，我说我会正式向论坛公司总部——确切地说就是法律总顾问和人力资源部——投诉，并强调我在给杜沃辛的电子邮件中列出的关切。我之所以跟格拉瑟说这番话，是因为我知道他会把我的打算转告杜沃辛和马哈拉什，他也应该这么做。格拉瑟没说他会这么做，但他并没让我失望。

结果就是杜沃辛给我发来了这封电子邮件。

保罗：

上周收到这篇报道稿后，我读了一遍，然后把它返还给谢尔比。他又给了我一个新版本，我在周末还给了他，附带了几个问题。

昨晚他给我送来了一些我提出要看的佐证性材料。

随着调查取得新进展，这篇报道得到了极大改进。能发布它，我非常兴奋。我已向达文做了简要介绍，他也非常兴奋。

没人会无视这篇报道，也没人企图阻止其发布。但这篇报道错综复杂，涉及大量的新材料，需要细致检查和谨慎编辑。

我愿意付出努力，但首先我需要你作出相应的承诺。方便时顺道过来一下，我会解释这是什么意思。

马克

我本想相信他和马哈拉什真的对发布这篇报道感到兴奋，但那段需要"细致检查和谨慎编辑"的阴阳怪气——哪篇报道不需要？——读起来就像是杜沃辛在为我和其他记者都不愿看到的结果作铺垫。更不妙的是，他说他对这篇报道的付出是**有条件的**，这取决于他能否从我这里得到某种未指明的回报。我简直不敢相信他会写出这种话。杜沃辛是否决心发布一篇对我们的读者具有重大意义的报道，应该只取决于新闻报道本身是否牢靠。

那天他一有空，我就走进了他的办公室。门一关，他几乎就对我咆哮起来，而我也明白了要让他下决心发布这篇报道需要给他什么回报：我得承诺永远不会向人力资源部提出任何伦理性投诉。他说他非常尊重我，而我却要将新闻编辑部内部的问题捅去人力资源部，这背弃了我们之间的某种信任。

"新闻编辑部能处理自己的问题，"杜沃辛说，"我们不会把人力资源部扯进来。"他那张猫头鹰似的脸因为愤怒而变得惨白。

我告诉他，向员工施压，不让他们向人力资源部报告伦理上的关切，这并不明智，因为公司的政策要求我们这么做。杜沃辛不为所动。他提到了我在马哈拉什和他扼杀了最初的报道之后要求跟他和马哈拉什分别聘请代理律师的事。杜沃辛说，我这么干就已经等于在我和他们之间制造一种"有毒的关系"。

我在很久以前就已经习惯了杜沃辛的消极抵抗行为，他会用空洞的赞扬来让你经受负面的体验。但我从没见过他这副模样——他情绪激烈，几乎要尖叫出来，拍打着桌子，指指戳戳，直斥我基本上就是个叛徒。我很想原样奉还，但我没有，因为我觉得这只会让这篇报道的处境更加危险。他叫我过来是指望能达成一笔折中的交易：本质上就是我以保持沉默来换取他不会阻挠这篇报道发布的承诺。所以我跟他说我并不打算向人力资源部投诉。这似乎平息了他的怒气，会面就此结束。

然后杜沃辛就从格拉德手中拿走了这篇报道，并将其转交给新聘的调查类编辑马特·多伊格负责。杜沃辛这是要**重走**编辑流程。我和另一些记者提出了抗议，我们指出，自莱特离职以后，格拉德一直在负责该报道，他对材料的所有内容都很了解，而且这篇报道已历经了四五次编辑。杜沃辛回复说格拉德他"太忙"，没空处理这篇报道，这话对格拉德本人来说都是稀罕的。目前的情况是明摆着了，由于我提出了伦理关切，杜沃辛要惩罚我。即便这意味着我们的读者将无法及时获知我们的报道，即便这意味着普里亚菲托和他在南加州大学的后台可以继续逍遥数周甚至数月而不被公开揭底，杜沃伊辛似乎也不以为意。

倚仗着几位同事的理解和支持，我在为这篇报道斗争的间隙还用《洛杉矶时报》的信纸给陈颂雄医生寄了一封信，表达了对由他来担任该报下一任老板的期望——也就是说，如果《洛杉矶时报》想要生存，费罗和他的论坛在线必须从洛杉矶出局。

陈颂雄医生凭借其在抗癌药研发方面的进展跻身亿万富豪

之列。他过去曾有兴趣收购《洛杉矶时报》，而且是论坛在线的第二大股东，股份仅次于费罗。一年前，费罗邀请他投资该公司，以抵御甘尼特报业公司的收购。但在陈颂雄对费罗挥霍股东资金的行为（包括购买私人喷气式飞机）提出异议之后，两人的关系就开始恶化了。[1]费罗最近还曾展开运作，欲将陈颂雄踢出公司董事会。

我寄出的信没有署名——我很确定论坛在线会炒掉参与这种话题的员工，绝无例外——但我写道，这封信反映了新闻编辑部绝大多数员工的情绪。我和其他人的看法也确实如此，包括对马哈拉什缺乏信任。

我并不知道这封信有没有寄到陈颂雄本人手中，也不知道他是否收到过《洛杉矶时报》内部的类似信件和恳求。与此同时，另一场拯救《洛杉矶时报》的行动也正在展开：这是一场秘密运动，目的是在新闻编辑部里组建公司有史以来的第一个工会。这场运动是由三个20多岁的员工发起的，即图示记者乔恩·施莱斯、数据记者安东尼·佩斯和商业撰稿人娜塔莉·基特罗夫。他们后来把我也吸收进了他们的核心小组，因为我初入职场时曾组建过新闻编辑部工会。

与南加大报道团队成立后的最初几周极为相似的一点是，这场工会运动的领导者们也秘密展开活动，因为他们担心行动被《洛杉矶时报》的高层和论坛在线的高管知晓后会遭到报复。

马哈拉什和杜沃辛之所以聘用多伊格，显然是因为他们受到了《洛杉矶杂志》那篇文章的抨击。对马哈拉什和杜沃辛来说，时报调查在数量和速度上的问题都来自员工，与他们两人无关，而找来多伊格就是要鞭策我们。多伊格似乎正在进入这个角色，我第一次见他时，他跟我说这篇南加州大学的文章是"一篇好报道，但不是重大报道"。**什么？** 我问他为什么这篇报道在他看来还不够格，他说这是因为普里亚菲托并非民选官员。这话把我说蒙了，我提醒他，著名医学院的院长吸食和买卖危险药品，这比堕落的政客更加糟糕，也更有新闻价值，尤其是这位院长还会在狂吸冰毒的间隙进行精密的眼科手术。多伊格很有把握地说我错了。

从那时起，我们的关系就开始一路下滑，在他首次重新编辑过这篇报道之后，他和我们这个报道团队的关系总体上也变得紧张起来。那实际上是一次重写，而不是编辑，况且他的动作还远不止于此。通常，编辑工作是在编辑与撰稿人的密切合作下完成的，但多伊格没有采取这种方式，至少在这篇南加州大学的报道上没有。他表现得更像是强制执行者，而不是同事，或者说，他的主要任务就是指出记者们的缺陷。我们若是不同意他的意见，他马上就会发起痛斥；我提出他对报道开头的重写缩小了报道涵盖的范围，他声色俱厉地让我"打住"。虽然评估文章的质量本质上是一种主观活动，而且撰写报道的妙法永远不止一种，但我们发现多伊格对这篇有关南加州大学的文章的所作所为是低于《洛杉矶时报》的发布标准的。针对这一点以及多伊格的不合作态度，我们向杜沃辛提出了书面投诉。

杜沃辛对这些投诉不屑一顾，但也并不认为多伊格重新提交的报道就适于发布。

我们越是催促他把稿件还原成尚可接受的形式然后登报刊载，杜沃辛就越是会表现出他那种标志性的敷衍态度：他向我们保证，他和多伊格会尽力发布这篇报道。但在一周接一周的时间里，他很少甚至根本没有推进此事。他只是偶尔会给我们发封电子邮件，提一些问题。其中的大多数问题本可以在3月底的初稿提交后的几分钟或几小时内就提出并得到答复。其他的问题也可以在多伊格删掉的稿件材料中找到答案。这些问题里没有一个能对我们报道中的任何一点构成根本性的挑战。杜沃辛又回到了他的机器人路线，说这篇报道必须经过"谨慎的编辑"和"法律审查"，就好像是在指出这篇文章需要一个标题一样。

我们一再提醒他，普里亚菲托仍在治疗病患，仍在给他们动手术，也仍是沃伦家的威胁。杜沃辛只是沉默以对。靠着在编辑队伍中插入多伊格，并使出种种伎俩，杜沃辛有意无意地帮了南加州大学的忙，因为由此导致的拖延确保了这篇报道没有于《洛杉矶时报》在该校校园举办的时报图书节期间发布，也错开了该校在5月召开的毕业典礼（主讲者是威尔·法瑞尔[①]）。以尼基亚斯为首的管理层肯定不想看到这些活动因我们对这位凯克医学院前院长的调查结果而声誉受损。我的内线"汤

---

① 好莱坞谐星。

米·特洛伊"告诉我，尼基亚斯的副手中传着一个小道消息，说有一个丢人的故事要爆出了，不过要等到学年结束后。南加州大学的人怎么知道的，我不甚了了。这不会是我们的记者说出去的。我不得不怀疑是报头上的某个人泄露了这篇报道的消息。

这段时间我们备受煎熬因为就在我们力图将这篇报道一步步推向发布之际，编辑工作——这种扭曲编辑的工作——已经演变成日常的战斗。我们差不多快忘了，在一个健康的新闻编辑部里，情况本应是相反的，记者和编辑应该同心协力，尽快刊载最好的报道。但在《洛杉矶时报》，这基本上已经成了一种古早的记忆，充满了怀旧感。我们只能寄望于这篇报道有朝一日能在不会让我们自惭形秽的情况下发布。我们的世界已经被颠倒了。

在那几个月的编辑过程中，杜沃辛从没和我们开运会，以便集思广益，让这篇报道更加有力，提升其重要性和影响力——揭露普里亚菲托的真实面目，寻找其上级（包括尼基亚斯）知晓并包庇其行为的证据。编辑们通常都会这么做，杜沃辛对其他报道也是这么做的。但他在这次报道中的行为是对规范的又一次破坏。

自杜沃辛把这篇报道交给多伊格以来，我们认为没有一处更改让稿件得到了什么重大改善。对草稿所作的大量删除都有利于普里亚菲托、尼基亚斯和南加州大学。首先，关于普里亚菲托成功从其他学校挖来资助金雄厚的研究人员，以及南加州大学与加州大学圣迭戈分校在阿尔茨海默病实验室问题上缠斗的部分被删掉了一半——删去的部分有可能就是尼基亚斯执掌的管理层要保护普里亚菲托的动机。然后，关于黑兹尔和威利的段落也被全部删除，这些段落显示了普里亚菲托与莎拉·沃伦的关系并非孤例，可以表明他长期以来都有结交年轻罪犯的嗜好。

最后，杜沃辛还删除了有关匿名举报人德文汗的段落。德文汗给尼基亚斯的办公室打过电话，向对方通报了普里亚菲托就在那起吸毒过量事件的现场，这一事实已荡然无存，杜沃辛就此让尼基亚斯抽身而去。对将来的读者而言，这通电话相当于并不存在。有一点很能说明问题，那就是杜沃辛并未按新闻编辑部的编辑协议来删除这个段落，即用删除线标记被删除段落，以便让记者看到或提出质疑。他直接把这些内容抹掉了。

我们当即就决定不接受这种做法，无论有何后果。我们要求与杜沃辛和多伊格开会，以提出我们的异议。如果我们没能在会上说服他们，如果举报人打的那通电话没能保留，我们就准备在报道中隐去署名以示抗议，这是我们以前从未做过的事。撤销署名相当于告诉我们新闻编辑部的同事和新闻业的同行以及熟悉媒体的读者：这些记者不认同已发布的报道。

次日，会议在杜沃辛的办公室召开，我们还未就座，空气中就已经充满了火药味。我们报道团队里的新手、入职不到一年的亚当直视着杜沃辛的眼睛说："删掉这个举报人的相关内容是有悖职业伦理的。"

杜沃辛对他怒目而视，但亚当并没有退缩。哈丽特、帕尔维尼和汉密尔顿的冷静表情也让他难以回避。这位执行主编遭到了围攻。多伊格也救不了他。多伊格一开始参与编辑工作时就曾说这个举报人对报道至关重要，直到德文汗被杜沃辛删掉以后，他才收回了这一观点。

接下来，杜沃辛又改变了规则。他说必须将德文汗从这篇报道中删掉，因为他只是单一的匿名消息来源而已。我惊呆了。《洛杉矶时报》对这类消息来源有一项成文政策，[2] 我对德文汗的引用正好符合这一政策：他的匿名需求是合理的（如果身份暴露，他会被解雇）；他提供的信息是一手的；在其他的相关问题上，他也展现了自己的诚实；记者调查中没有任何其他的发现能让人怀疑他的可靠性。我已经记不清我采访了他多少次，我还反复地核对过他讲述的故事，而对于他所回忆的事件和行为，哪怕是其中最微末的细节，他从未有过偏差。每当我拿到一份文件——比如帕萨迪纳警方和市检察官的记录，以及 911 电话录音——可以用来对比他所提供的信息，文件内容都会百分之百地证明他的说法。杜沃辛拼命地为删除这位举报人的做法辩解，他指出这些文件里不包括那通电话的记录。我说我会拿到的。但杜沃辛提的一条意见斩断了这场有关举报人和消息来源的争执，他建议我们宽待尼基亚斯——因为即使没有这个举报人的报道，对他造成的伤害就已经足够了。

"就现在这样，马克斯·尼基亚斯也要头疼一整天了，"杜沃辛说，"这将是马克斯·尼基亚斯一生中最惨的一天。"

他似乎是在恳求我们对一家强大机构的首脑宽容一些，而此人很可能包庇了某些对公众构成威胁的不当行为。

哈丽特站起来瞪了杜沃辛一眼。"你的话让我们非常不安。"她对化说。

她说了我们所有人都想说的话。会开完了。我们离开的时候正告他：我们要好好斟酌一下自己的"选项"。言下之意是我们会考虑向公司总部投诉。他未发一言。

我们在格拉德的办公室重聚，又谈起了隐去报道署名的事，还推测这篇报道将永无出头之日。格拉德央求我们不要撤销署名，因为这会给杜沃辛和马哈拉什一个不发布这篇报道的借口，无论这个借口有多么蹩脚。我们明白了格拉德的意思。

第二天，杜沃辛把哈丽特和亚当叫到他的办公室，大概是训斥了他们一顿，因为他们提出了有关那位举报人的伦理问题，杜沃辛还说他们"出格了"。但杜沃辛肯定把我们要向公司投诉的含蓄威胁放在了心上，因为他次日还是保留了那位举报人的相关内容。他给出了一个可笑的解释，说他现在意识到德文汗在这篇报道中有多么关键了。碰巧，我也从德文汗那里拿到了电话记录，上面显示他给尼基亚斯的办公室打了六分钟的电话。但这似乎不再是杜沃辛的一个优先考虑事项了。

夏日将近。我们在春季的第二周把这篇报道的草稿发给了格拉德。沃伦夫妇几乎要放弃对这篇报道的指望了。他们正考虑聘请一名律师向南加州大学提出对普里亚菲托的投诉。因为普里亚菲托至今仍未被《洛杉矶时报》曝光，他随时有可能再次介入他们的生活。实际上，他已经联系上了他们，让他们偿付莎拉在跟他厮混的那些崩溃的日子里积欠下的一些账单。如果他又开始骚扰莎拉怎么办？

我曾希望沃伦夫妇在这篇报道发布之前不要去找律师。律师们常会建议客户不要跟记者谈话。但如果沃伦夫妇聘请了律师并与我断绝了联系，我也不能责怪他们；他们已经非常有耐心了。鉴于我不能向他们透露新闻编辑部内的任何冲突，他们也不可能明白报道发布为什么要耽误这么长时间。我能做的就是请求他们再多给我一些时间。

17　普里亚菲托的故事引爆舆论

愤怒如今已成了我的日常，盖在我个性上的印记。我愤怒地醒来，愤怒地前往新闻编辑部，然后愤怒地回家。本应是我的同盟的那些编辑，本应支持我肩负起新闻使命的那些人，成了我完成这一使命的障碍。我心知其他记者也有同感。我唯愿他们不会像我一样受这怒火的折磨，特别是业余时间，但这很难轻飘飘地一揭而过。

我仍在由着性子把一腔怒火发泄到家人身上，消耗她们的耐心和理解。有天晚上，我的咆哮和怒斥又一次破坏了餐桌上的氛围，女儿瑞秋和玛丽亚让我不要再抱怨报社的事了，我应该去做点什么。我再次提到了向公司提出正式投诉的可能性。

"那你为什么不去呢？"瑞秋说。她并不是在提问。

玛丽亚恼火地叹了口气，以示赞同。

当晚我就开始写投诉信，此后断断续续写了近三周，我还给南加大报道团队的记者和新闻编辑部的另外几个人看了草稿，以征求反馈意见。谁也不能保证对高层编辑提出投诉不会适得其反，我很有可能会因此丢掉工作；论坛在线的企业领导层并不会因为他们对新闻事业的承诺而赢得嘉奖。我咨询了律师，想知道我可能会面对什么状况。他说该公司若是支持马哈拉什和杜沃辛，并将此事视为"个性冲突"，那也并不稀奇，最好的解决办法就是让我走人。律师说我或许能得到一笔丰厚的遣散费，但也可能不会。

临近 7 月时，我向论坛在线的出版总裁蒂姆·瑞安和首席法律顾问朱莉·桑德斯提出了投诉。[1] 其部分内容如下：

> 这封信是为了举报达文·马哈拉什和马克·杜沃辛的行为，我认为这些行为已经损害了《洛杉矶时报》和公司的利益，并有可能造成进一步的损失。按照我们的行业伦理与业务操守准则，我有责任提交这份报告。
>
> 在某种程度上，我的处境已反映出一个严重的问题，自达文和马克掌权以来，这个问题就始终存在于新闻编辑部——他们根本无力或不愿及时发布调查性报道……
>
> 数月以来，达文和马克一直在无故拖延发布我对南加州大学医学院的危险的、滥用药物的前院长的报道。这个人会向年轻人提供甲基苯丙胺、海洛因和其他毒品，保释毒贩和吸毒者，并仍在治疗病患。他还有以暴力威胁他人的过往史。
>
> 我认为这个前院长可能会对一个协助我揭露其骇人行

径的家庭构成特别的威胁。我已经赢得了这家人和其他为了做正确的事而求助于《洛杉矶时报》的人们的信任，但这种信任已被辜负。

我在信中谈到了最初报道被封杀的事情。我写道，马哈拉什和杜沃辛的行为可能会使《洛杉矶时报》面临一项有关利益冲突的指控，这是指该报与南加州大学之间的关系。我还引用了我们行内伦理准则中的几段话。第二天，瑞安回信说他已将这封投诉信转交给人力资源总监辛迪·巴拉德，由她来展开正式调查。两天后，我在时报大楼六楼的人力资源部面见了巴拉德和她的助手。我开门见山地告诉他们，我已经准备好因自己的所作所为而被炒了，我还在措辞中暗示，如若出现这种状况，我会公开其中原委。我还补充道，在《洛杉矶时报》的政策允许的情况下，我的投诉无须匿名，他们有权直接把带有我姓名的投诉信转交马哈拉什和杜沃辛。

巴拉德向我保证，我不会被解雇。她还让我保持匿名，理由是我若面临马哈拉什和杜沃辛的报复，其他员工可能就不敢在调查期间仗义执言了。因此我又一次在自己供职的报社里瞒天过海，只为道出事件原委。

就在我与巴拉德会面的那一周，沃伦一家按捺不住了。他们认为不能再等待这篇报道发布了。保罗·沃伦给我发了语音信息，说他们家已经聘请了马克·葛拉格斯，这位喜欢出镜的高调律师曾为迈克尔·杰克逊、薇诺娜·瑞德等知名客户代理过法律事务。

"他当即就接了我们的案子。"保罗说。

我对此毫不怀疑，这正是我担心的事。现在葛拉格斯可以开一场新闻发布会，披露他的新客户提出的爆炸性指控，那么《洛杉矶时报》的报道将受到连带影响。我们将**凭借自己掌握的材料**与其他媒体竞争，但此时距我们得知这个故事已经过去好多个月了！而葛拉格斯本人就是有线电视新闻网的撰稿人，沃伦夫妇说他们去过他的律所，他还给他们展示过这间律所里的迷你演播室。在他手中，这个故事可能只会演变成另一场疯狂的法律纠纷。

哈丽特和我都是在报道葛拉格斯早期代理的案件时认识他的。我们都给他打了电话，请他在我们的报道发布之前不要公开。他同意暂缓，但也表示不会等太久。

葛拉格斯的介入让事态变得愈加复杂，我急忙把这一情况告诉了杜沃辛，但他完全无动于衷。

杜沃辛此后又对我们的工作发起了无端的抨击。他命令我们不得声言普里亚菲托经常吸毒，尽管我们有三个一手的、可公布的线人都这样说了——而且他们都坦承自己有不法之举——此外还有三个消息来源可以为证。杜沃辛的"推论"是，在我们掌握的普里亚菲托与莎拉·沃伦以及其他年轻人同时出现的照片和视频中，只有几张能看到他在吸毒。**荒唐**。我普多次向杜沃辛指出，基于对莎拉的采访，这些照片和视频都是为了满足普里亚菲托的窥淫欲而拍摄的，其中大多是性爱场景。他让人拍下了几帧他沉溺于街头毒品的镜头，还被我们拿到了，但这都是凑巧。

然而杜沃辛表示，无论我们的报料人怎么说，他都不会允许我们将普里亚菲托描述成经常吸毒的人，除非我们找到更多的照片和视频，能显示他在吸食冰毒、海洛因或类似的毒品。这在我们所有人的职业生涯中都是头一遭——我们必须拿到我们的消息来源所见证的不端行为的影像，才能公开发布他们对这一不端行为的描述。

这是对《洛杉矶时报》报道标准的公然违背。像往常一样，我们后退了，我们尽可能地挖得更深，但杜沃辛不会让步。

我一直在向巴拉德通报我们和杜沃辛的对峙。《洛杉矶时报》想要独家报道此事，而葛拉格斯的出现对此构成了威胁，巴拉德很清楚这一点。她和她的下属也开始调查采访其他记者和编辑，一开始的对象就是我在南加大报道团队的同事。询问的范围并没局限于南加大报道的细节，还涉及与马哈拉什、杜沃辛和他们在报头上的一些盟友有关的问题。这件事依然在秘密进行，巴拉德说马哈拉什和杜沃辛并不知情。她让日常向公司汇报工作的格拉瑟也参与了调查，还让他发誓保密。后来我得知格拉瑟曾对马哈拉什说，如果葛拉格斯在这篇报道发布之前披露了我们的发现，那对报社和马哈拉什个人来说都不是好事。就我所知，马哈拉什愤怒地回应了格拉瑟，但还是认真对待了这个警告。（后来我给马哈拉什发了一封电子邮件，说我听说他和/或杜沃辛收到了公司传达的一条相当"严厉的口信"；我没提格拉瑟。马哈拉什的律师回应说，我的询问是出自"一个完全不实的断言"。）

格拉瑟的那次告诫振奋了我的精神。自最初的报道被封杀以来，我头一次相信该报可能真的会报道我们所掌握的卡门·普里亚菲托的情况。

但这一过程并不顺利。杜沃辛确实告诉我们团队，报道已定于下周一发布。这个时间安排又是在给南加州大学"送大礼"：像这样的重大调查性报道通常会发布在周日的报纸上，因为这一直以来都是我们发行量最大的窗口版次。

最后的痛击接踵而至。在报道发布前的那个周五，杜沃辛又开始编辑这份稿件，他删掉了绝大部分提及普里亚菲托向他人提供毒品的内容，只有一处除外。这样一来，给他人提供麻醉药品就是这个院长涉嫌犯下的最严重的罪行，也可能是聘用他的南加州大学所要面临的最大的法律风险。一名医生吸食违禁药品是一回事，但给其他人——特别是未成年人和在戒瘾戒毒的人——提供违禁药品则完全是另一回事。杜沃辛还删掉了提及普里亚菲托在南加州大学校园里吸毒的内容，包括查尔斯·沃伦对自己和普里亚菲托在该校吸食冰毒的情况所作的描述。幸存下来的只有描述普里亚菲托当着莎拉·沃伦的面给唐·斯托克斯递送冰毒的那段文字。我后来很好奇杜沃辛为什么会保留这一段，是删得太急所以漏掉了吗？还是这一段的杀伤力没有被删掉的报道内容那么强呢？

三个多月前，这些材料最初全都放在这篇报道中。杜沃辛却未与我们讨论就完成了删节。事后他才在电子邮件中告诉我：[2]

> 杰夫·格拉瑟和我已经再次审阅了这篇报道，并咨询了达文，我们将对［原文如此］再做一些编辑，以回应杰夫提出的担忧……
>
> 这些编辑将触及报道中涉及他为他人购买及提供毒品的部分，我们对此没有确凿的证据，依赖的都是单一消息来源的一面之词。
>
> 总而言之，我们能发布一篇非常有冲击力的报道，但不会包含你想保留的所有内容。
>
> 我恳请你今天在我们的编辑过程中保持专业的态度，不要将意见分歧个人化，或质疑编辑和同事们的动机。
>
> 请不要给杰夫打电话。他正在度蜜月，无论如何，我都在处理这篇报道……
>
> 这是给你的私信，请不要转发。如果你想让其他记者知道大体的计划，那没问题。

我实在是太生气了，以至于都没法保持清醒的头脑。我把这封电子邮件重读了两三遍，和那段最具杀伤力的材料已被删除的声明一样让人火大的是杜沃辛的这句话："我们对此没有确凿的证据，依赖的都是单一消息来源的一面之词。"这并非事实。

这些材料没有一份是以无佐证的单一消息来源为依据的。我觉得格拉瑟也不大可能会在最后一刻主动提出对我们这篇报道的"担忧"。**他对这篇报道的审查极其冗长而细致，而且已经为其签字放行了。**

杜沃辛告诫我要保持"专业"，他在哈丽特和亚当反对删除举报人后也是如此训斥他们的。这就是一种心理操控。

我让自己冷静了一个小时，然后发出了这封回信。

马克：

关于他向他人提供毒品一事，我们并非只有单一消息来源——我们有五个可公开的消息来源。我们还有另外三个消息来源在同一时期描述了他的这一行为。我们也亲耳听到了他说他把钱交给莎拉，让她去买毒品。我们没听到他否认这一点。

我的态度一直都很专业。这不是你第一次指责我或画加大报道团队的其他成员表现得不专业，只因为我们提出了伦理关切，但公司的政策要求我们在这种情况下这样做。

杜沃辛指示我不要将那份电子邮件转发给我的同事，也不要联系格拉瑟（他根本没去度蜜月），但我一概无视了。仅这些指令就足以证明有些东西已经腐烂了。其他记者和我一样，都很反感这些删节。我得知马哈拉什已命格拉瑟仔细研究这一稿件，标出待删的字句和段落，从而拿出"该报道所能呈现的最保守的版本"——一个弱化版。

因此，格拉瑟把我们发现的那些对普里亚菲托和南加州大学伤害最大的调查结果都标了出来，《洛杉矶时报》的两名高层编辑让它们嗖的一下就消失了。我想再确认一下格拉瑟是否充当了这一角色，于是向杜沃辛问起了此事。汉密尔顿和我当时都在杜沃辛办公室的文案桌旁审阅编辑内容。

"这么说是杰夫要求删节的？"我说，"是杰夫主动提的吗？"

杜沃辛冷冷地看着我说："是的。"

杜沃辛不会考虑我们对重新采用那些材料的要求。这篇报道将以弱化后的版本发布，而我们不得不妥协。

在周日的下午，我们进行了报道发布前的最后一次讨论，杜沃辛问我和汉密尔顿有没有想好后续的报道。他提出这个问题时不带丝毫热情——我们和他的交谈中出现了越来越多的尴尬和沉默，这随口的一问就是为打破这种沉默。汉密尔顿和我答道，我们五名记者已打算就这一主题展开更多报道。我们还可以为读者揭露很多内幕：尼基亚斯知道什么，又是何时得知的？凯克医学院有没有对普里亚菲托的行为提出警告？普里亚菲托的同事或病人有没有提出投诉？关于帕萨迪纳警察局对那起吸毒过量事件的处理，我们还能了解些什么？为什么帕萨迪纳和其他地方的警察从来没有认真处理过沃伦夫妇对普里亚菲托的举报？在那位家庭心理医生联系了联邦调查局后，该机构是否展开过任何形式的调查？

杜沃辛的热情指针始终停滞在零度。

　　这篇报道于 2017 年 7 月 17 日登上了报纸和网络，[3] 此时距我收到那起吸毒过量事件的内幕消息已有一年零三个半月，距我提交最初的报道已有九个月，距我的团队提交第二篇报道草稿也已有三个半月。在这段时间里，没有出现任何会拖延报道发布的漏洞，普里亚菲托也未做任何否认，我们消息来源的讲述也没有出现任何冲突。

　　周一发布的那篇文章，无论是内容还是写法都与我们在 3 月底完成的草稿不符。

　　但它依然在网上引起了轩然大波。

　　几个小时之内，在线版吸引的读者数量就超过了《洛杉矶时报》其他的热门报道一个月收获的读者。各通讯社和电视网纷纷跟进。国内的其他大报以及远在英国和澳大利亚的媒体也参与进来。我们的收件箱里满是赞扬的电子邮件，随后有几家对该报道的版权感兴趣的好莱坞制片公司和经纪公司也询问了相关情况。

　　正午刚过，我们的报道团队就聚在格拉德的办公室，象征性地歇了口气，然后便开始谋划第二天的报道。突然，马哈拉什来到了门口，他神色紧张，近乎惊惧。我跟他相识已久，深知其为人，所以能看出他的心思：这篇报道获得的反响让他的名誉岌岌可危了。现在他不得不想办法改写他此前对该报道的所作所为，以保住他的饭碗，挽救他的名声。

他说话的语调十分疲惫——他能说出这话可并不容易。"这是年度最佳报道。"马哈拉什说。

自他在 2 月那天封杀了我的原版报道并迫使我转向其他事务以来，这就是他对我说的第一句有关这篇报道的话。

现在没人有心情搭理马哈拉什了。我背过身去。没过一会儿，他就走出了这间办公室。

18　清洗报头

　　报道发布几个小时后，卡门·普里亚菲托长达 40 年的从医生涯实际上已经走到了终点。南加州大学媒介部在当天发表声明，称普里亚菲托已被强制休假，不再接诊病患。[1]加州医学委员会随后宣布，他们将根据我们的调查结果对普里亚菲托展开调查。

　　南加州大学的声明对我们这篇报道的细节只字未提，也没有谈到该校的管理层对莎拉·沃伦或者和普里亚菲托厮混的其他年轻人的安康表达过什么关切，但其言语间对普里亚菲托确实是温情脉脉，同时还提及了我们的报道有失实的可能：

　　"如果《洛杉矶时报》7 月 17 日报道中所提出的断言属实，我们希望卡门能得到护理和治疗，好让他完全康复。"

　　南加州大学社区和我们的读者对这一声明却不以为然。鉴于该校的管理疏失导致普里亚菲托能在这么长的时间里过着双重生活，他们都想知道校方打算为这种疏失做些什么。因此，尼基亚斯于次日又发布了自己的声明，其中有这么一句话："校方无条件地谴责非法持有、摄入或分销毒品的行为。"但他随后又转回了第一份声明的主题："我们很担心普里亚菲托医生和他的家人，如果那篇文章的断言属实，希望他能得到完全康复所需的救助和治疗。"

我们的报道团队已经料到南加州大学会尽力将整件事淡化成一个员工与毒瘾作斗争的简单故事。一旦报道发布，这可能就是尼基亚斯领衔的管理层所能设计出的最佳控损策略了，而这一策略之所以可行，原因就在于我们的报道删除了一些内容——普里亚菲托不仅是吸毒者，也是供毒者。我们并没有放弃把这些材料公之于报端，尤其是普里亚菲托给身在戒瘾中心的莎拉递送毒品，并给她尚未成年的弟弟供应毒品的相关报道。但只要下令删除这些内容的编辑马哈拉什和杜沃辛仍然掌管着新闻编辑部，我们就看不到发布这些报道的希望。

帕萨迪纳市当局也被这篇报道所波及，经历了一段艰难的时期。帕萨迪纳市政执行官史蒂夫·默梅尔给市长和市议会发送了一份备忘录，承认这篇文章"使该市和帕萨迪纳警察局的形象受损"。默梅尔写道，那起吸毒过量事件的接警警官阿方索·加西亚此前已经受到了惩处，因为他直到我开始询问的两个月后才出具了对该事件的报告。**再说一遍？**市政府可从没透露过加西亚受到了惩处——自我在 2016 年 4 月第一次前往市政厅以来都没有。包庇的范围比我知道的要广，默梅尔和警察局局长桑切斯仍然拒绝透露这一惩处的形式（加西亚并未被解雇）。

在亚当的推动下，帕萨迪纳市当局公开了加西亚与普里亚菲托在亨廷顿医院相遇时的对话录音。[2]默梅尔执掌的部门本应在一年前就把它交给我。录音中，普里亚菲托谎报了他与莎拉的关系，也没有承认他就住在康斯坦斯酒店，并且把毒品带进了那间客房。这份录音表明加西亚和医院的一名社工极其怀疑普里亚菲托的说法，但这位警官并没给他施加多少压力。

以下是关键对话。

> 加西亚：你和她［在那家酒店］住一起吗？
>
> 普里亚菲托：呃，没有。
>
> 加西亚：没有？
>
> 普里亚菲托：没有。
>
> 加西亚：但房间登记在你名下？
>
> 普里亚菲托：没错。
>
> 加西亚：用你的身份证件和……
>
> 普里亚菲托：我去那间房里看了看她，但我没过夜。
>
> 加西亚：好的……你知道那间房里发现的那些东西吗？
>
> 普里亚菲托：呃，不知道。
>
> ……
>
> 加西亚：你是怎么认识她的？
>
> 普里亚菲托：我是她家人的朋友……她爸的朋友。
>
> 加西亚：你是她爸的朋友？

普里亚菲托：是的。

加西亚：你们俩是男女关系吗？

普里亚菲托：不是。

加西亚：只是朋友？

普里亚菲托：只是朋友。

几分钟后，加西亚和那位自称劳伦的社工便从普里亚菲托身边走开，聊起了这位院长的八卦。

劳伦：所以，呃，你信他那套吗？

加西亚：不信。

劳伦：（笑）"那家人的老朋友。"……色胆包天。

加西亚：我想他这么担心的原因可能就是这个。

劳伦：就是，就是。她父亲的朋友？呃，不好意思……这就是有点怪异。

这篇报道吸引了庞大的读者群，他们的赞誉让马哈拉什和杜沃辛也与有荣焉。当《纽约时报》《华盛顿邮报》和美国全国公共广播电台等媒体开始聚焦于我们的报道时，他们都渴望获得大把的赞誉。马哈拉什坚持让报道团队定期与他和杜沃辛开会，讨论我们打算展开的后续报道。这两人此前数月都在阻挠我们的报道，现在却突然又热衷于深入地讨论普里亚菲托和南加州大学这个话题了。这些会议的工作坊让人咬牙切齿，需要强压怒火，但是忍住不把马哈拉什和杜沃辛称作伪君子实在很难，我们怕他们会因此再次阻挠这一报道。

　　但我们在马哈拉什办公室楼上三层的另一组会议上骂了他们好多次，那是辛迪·巴拉德的人力资源部。她的调查正在迅速展开，尽管对调查对象始终保密。巴拉德告诉我，公司聘了一家律师事务所来审查马哈拉什和杜沃辛的数千封电子邮件和短信，他们是想搜寻这两个编辑与南加州大学之间的所有涉罪沟通。我怀疑他们能否找到什么证据，因为马哈拉什曾向我透露，人力资源部之前调查其操守时就搜索了他的电子邮件。我不知道他有没有把这件事告诉杜沃辛，但看起来很有可能。我觉得他们不会鲁莽到把一些与他们处理该报道有关的不宜泄露的材料放到他们与尼基亚斯或南加州大学的其他人进行沟通的电子邮件里。巴拉德还找我要了尼基亚斯和该校其他人的电话，以便调查人员检查该校与马哈拉什和杜沃辛的来往通话。我认为这种做法也不会有什么成效。这两个编辑给南加州大学的人打电话本来都有正当的理由，比如策划图书节。或者即便调查人员找出了这些通话记录，他们至少也可以借此来搪塞。

　　由于我的投诉信提到了公司的利益冲突政策，巴拉德的主要调查方向就是确定这两位编辑是否曾因南加州大学与本报及这两人的关系而在这篇报道上向该校作出了承诺或让步。若真是如此，那就是对我们新闻业诸原则的一种根本性腐蚀。

　　但我认为，还有另一种形式的腐蚀同样有损《洛杉矶时报》的职责，即那种源于懦弱的腐蚀——害怕在一篇有事实担保的犀利报道中呈现那些强大的机构及其首脑。这种懦弱植根于这些编辑的一种期望，即不采用会冒犯那些拥有无限的融资渠道、律师和政坛关系的人的报道，以免让自己的职业生涯面临任何潜在的风险。这本不应该发生在新闻编辑部——如果真发生了，要证明这一点可能也很难。这些编辑可以申辩，说他们之所以封杀或弱化一篇报道，原因不过是他们在新闻工作中保持着高度的审慎，这并不代表懦弱。对于人力资源部的调查人员来说，这两者间的界限可能很难划清。

然而随着越来越多的员工乘电梯来到六楼，巴拉德能够划清这条界限的可能性似乎越来越小了。关于这篇南加州大学报道的投诉点燃了新闻编辑部"叛乱"的导火索。巴拉德不得不在下班后和周末安排访谈，以接待蜂拥而至的雇员，他们都站出来讲述了马哈拉什执掌的管理层凌辱他人和管理不善的情况。我提醒过巴拉德，马哈拉什和杜沃辛肯定会因为格拉德支持这篇报道而对他实施打压。他们果然这么干了，此后走进巴拉德办公室就成了一股风潮。他们免去了格拉德的加州版编辑一职，把他分配到了一个工作内容不明的项目之中，在我和其他很多人看来，这就是一次降职，或许也是他被赶走前的最后一站。我马上用我的私人邮箱给巴拉德发了一封电子邮件，称这一行动是针对格拉德的报复。南加州大学报道团队随后给论坛在线的出版总裁瑞安发了封电子邮件，要求他出手干预。这些邮件确有效果。瑞安和巴拉德命令马哈拉什暂时不要解除格拉德的职务 人力资源部正在调查此事。当时我们已经知道马哈拉什和杜沃辛很快就会获知人力资源部正在对他们两人的操守展开调查且规模不断扩大（如果他们还不知道的话）。我对此并不担心。我认为人力资源部已经有足够的依据来解雇马哈拉什和杜沃辛，或将他们降职。在得知格拉德打算在次日参加人力资源部的访谈后，我把自己的看法告诉了他。我给他发了一封鼓劲的电子邮件，力劝他道出一切：

> 谢尔比，总而言之，达文和马克完了。他们这次逃不掉的。这篇南加大报道的发布和后面预定上演的大戏救不了他们。公司已经知道达文和马克在后期改写这篇报道时有多么虚伪了。
>
> 达文和马克完了。这只是时间问题，用不了多久。[3]

我还写道：**这事关《洛杉矶时报》的未来。这是个决定性的时刻。**

格拉德只回复了一句"**谢谢**"。

我不知道格拉德在接受人力资源部的访谈时说了什么，但调查仍在加速展开。马哈拉什和杜沃辛得知此事后便展开了反击。在与其他编辑和记者的交谈中，他们否认针对格拉德的举动是报复性的，说这是早就计划好的，还为他们在南加州大学报道中的行为作了辩护，包括贬损我的原作。同事们告诉我，马哈拉什跟他们说他之所以在 2 月封杀我的报道，是因为它"不宜发布"。

在调查过程中，有几十名职员走入人力资源部，表达了对马哈拉什和杜沃辛以及支持他们的其他管理人员的负面看法。随着调查接近尾声，马哈拉什手下的一些报头编辑联名致信论坛在线首席执行官贾斯汀·迪尔伯恩和执行主席迈克尔·费罗，投诉了这次调查。[4] 根据《综艺》杂志的一篇报道，信中写道："我们请你们今天与我们会面，共同商讨人力资源部的调查，这项调查在一个多月的时间里扰乱了我们工作场所的秩序。我们很担心这会对我们的新闻组织所造成不良影响。"

然而真正的扰乱其实尚未发生。

8月的那个周五格外凉爽，市中心的气温只略高于27℃。我在新闻编辑部加了个班。我们的报道团队正在给一篇报道收尾，该报道针对的是南加州大学为弥合普里亚菲托给校方声誉造成的伤害所作的最近一次尝试：该校的筹款主管发表了一份声明，力求弱化普里亚菲托过去作为筹资人的成就——这显然是在向凯克医学院的潜在申请人和捐赠者保证，这所医学院一切都好。我们的报道在谈及这份声明时还配了一张普里亚菲托与比蒂、安妮特·贝宁① 和雪莉·麦克雷恩在凯克医学院举办的一场慈善活动上的照片。[5]《华盛顿邮报》当天也报道了这份声明，标题是《高等教育筹资的福与祸》。《华盛顿邮报》的报道将普里亚菲托的丑闻比作一部"好莱坞大戏"。

---

① 美国影星。

到晚上 7 点左右，一种教堂般的肃静笼罩着新闻编辑部。然后我就听到电梯间那边有声音在逐渐靠近，我在桌前抬眼一看，原来是马哈拉什和杜沃辛。我知道他们去见了人力资源部的人。此时他们不得不从我身旁走过，因为我的桌子就在过道边。

马哈拉什怒目圆瞪。"你好啊，保罗！"他的话音比平时高了一个八度。

"你好吗？"我回道。

"哦，我好得很。"马哈拉什说。

杜沃辛一声没吭，但他向我投来了怨恨的眼神。

我看着他们像骑双人自行车一样走向了他们的办公室——马哈拉什在前，他的身体像往常一样笔直，但步子慢了一点。杜沃辛在他身后跟随，同时还揉捏着自己的手，紧跟着那个可能已经把他引向了歧途的人。

我没有想到这会是我最后一次见到他们。

2017 年 8 月 21 日，周一，《洛杉矶时报》的网站被"美国大日食"驾到的报道给占满了，从俄勒冈州到南卡罗来纳州都"不见天日"。这次日食和阿富汗的战局将占据次日印刷版的大部分头版版面。只有页面右下角的一个位置留给了与《洛杉矶时报》本身有关的新闻。

正午时分，同事们开始给我发短信，说有什么事情正在酝酿。马哈拉什没在新闻编辑部露面。杜沃辛来了，但随后又不见了。我开车去时报大楼时，报社的一名政治类记者打电话给我，说他从一位消息人士那里得知马哈拉什将被解雇。我说我并不意外，还给他描述了上周五晚上马哈拉什和杜沃辛回到新闻编辑部的场景。我把车停进百老汇大街的车库时又接到不少电话和短信，全都与马哈拉什已经出局的流言或半确定的消息有关。我来到三楼的办公桌前时，这些来电和短信已经在猜测杜沃辛的命运了。一个让人不安的问题正四下流传：**如果马哈拉什被炒，公司不会让杜沃辛来执掌新闻编辑部吧？**

不会，没门。下午1点刚过，论坛在线首席执行官贾斯汀·迪尔伯恩向全体员工发送了电子邮件，正式宣布马哈拉什、杜沃辛和多伊格将"离开"本报。副执行主编梅根·加维也未能幸免，她是马哈拉什领衔的报头中的关键成员。杜沃辛的妻子、记者吉尔·利奥维和马哈拉什的行政助理都随之出局。这份通告中没有说明解雇这些人的原因（也没有提到利奥维或那位助理），只表示这属于"管理层的重大变动"，有助于"推动我们的转型，并在长期发展中进一步确定我们作为媒体机构的位置"。

哦。

迪尔伯恩的电子邮件实际上一开头就公布了一条消息：媒介高管罗斯·莱文索恩曾在不同公司担任多个职务，曾短暂担任雅虎临时总裁，他被任命为《洛杉矶时报》的首席执行官和出版人，而《芝加哥太阳时报》的前主编吉姆·柯克则被任命为本报的临时执行主编。

这场报头的清洗让人们大吃一惊，那些对人力资源部的调查一无所知的人尤其如此。就连我也需要时间来衡量这场解雇事件的深远影响。这六个被辞退的人的支持者和朋友都面无表情，窃窃私语，他们气冲冲地说出了"**血洗**"这个词。但绝大多数员工对马哈拉什和杜沃辛被辞退的反应还是欣慰中交织着感激。新闻编辑部里有些角落的场面就像是在举办颁奖典礼，记者和编辑们拥抱、握手、拍照以纪念这一事件。我在人力资源部的调查中所发挥的作用也被人传到了时报大楼之外，很多在报道此次解雇事件的媒体撰稿人都用电子邮件给我发来了采访请求，我一概婉拒了。

《洛杉矶时报》的报道称此次解雇是一次"戏剧性的重大调整"，同时重点关注了莱文索恩和柯克的任命以及该报面临的财务困境。[6] 该文深入评述了人力资源部的调查，指出马哈拉什和杜沃辛为自己作了辩护，认为他们对那篇事关南加州大学的文章的编辑很适于这样一个敏感的主题。报道还称该公司的调查并未发现谁在与南加州大学打交道的过程中与报社存在利益冲突。

很合理。如我所料，这次调查没有在电子邮件或短信中发现确凿的证据来证明那几个编辑与尼基亚斯之间结成了不道德的联盟。我也没指望公司会在那篇报道中抖搂出更多家丑，尽管这么做从新闻的角度来看是正确的。这篇报道引用了马哈拉什的一句话："在过去的 28 年里，能在一个伟大的美国新闻编辑部里与最好的新闻人工作，这是一种荣幸……我为我们所做的工作感到自豪。"杜沃辛后来告诉《洛杉矶市中心新闻》："指责我没有按照高标准编辑那篇（关于南加州大学的）报道是没有根据的。那篇报道本身就能说明这一点，而且有力地说明了这一点。"[7]这段话怪异地呼应了马哈拉什为回应《洛杉矶杂志》的一篇批评其领导力的文章所作的声明："我们和我应该根据我们的工作质量来接受评判，按照这个标准，《洛杉矶时报》在过去五年里做得非常好。我们的新闻工作本身就能说明这一点，而且有力地说明了这一点。"

解雇事件发生几小时后，我在地方新闻部附近撞见了巴拉德。我对她在这次调查中付出的努力，尤其是她的正直表示了感谢。我告诉她，她就是员工们心中的"英雄"。她以微笑回应了我的谢意，还说："我们需要更多像南加州大学那样的报道。"

第二天早上，哈丽特给新闻编辑部群发了一封电子邮件，标题是"如果你爱《洛杉矶时报》，那就去喝一杯吧"。[8]这是一份邀大家下班后去小东京区的远东楼①聚会的请帖。"南加大团队成员的第一轮。"哈丽特写道。远东楼离我们报社有 15 分钟脚程。这酒楼是一座砖混建筑，建于 1896 年，门外挂着一块复古的霓虹灯招牌，上书两个铿锵有声的大字：杂碎（CHOP SUEY）。它开在一条窄道附近，如《洛杉矶市中心新闻》所言，其大门"近乎隐秘"。考虑到《洛杉矶时报》所发生的一切，以及所有仍在开展的行动，比如我们组建工会的尝试，这地方

---

① 这家餐馆又名远东杂碎馆，传统招牌菜是炒杂碎。

还是很适合聚会的。在这个周二的晚上，我们几十个人把这家酒楼的二楼挤得满满当当，大家共同举杯，希望这会是报社的一次重生——尽管我们很清楚要把《洛杉矶时报》拉回正轨还需要做很多工作。

报道团队的成员们并不知道，我们针对南加州大学的工作也才刚刚开始。

19　身家亿万的后盾

出自报料的报道往往会引来更多的报料，而我们也确实在忙着处理从第一篇有关普里亚菲托的文章发布当天就开始涌入的那些"料"。这些内容表明，南加州大学的管理层多年来曾收到过不少对普里亚菲托酗酒及举止怪异的投诉，但他们通常对此置之不理。一切都无声无息，这使得普里亚菲托可以继续接诊，无论他的状态如何。（医学委员会掌握的证据后来揭示：一名副院长曾告知尼基亚斯手下的教务长迈克尔·奎克，说他怀疑普里亚菲托在吸毒。[1]）

有一封电子邮件中提供的内幕消息与普里亚菲托院长之位的继任者罗希特·瓦尔马有关。这位举报人说他听到了"很多有关瓦尔马医生与实习生和员工之间涉嫌不当行为的描述"。他没有提供细节，但声称"这可能表明南加州大学的领导层向来就很漠视学生与教职员工的安全"。

莎拉·帕尔维尼率先展开了报道工作，随着我们的调查范围逐渐扩大，团队的其他成员也参与了这一报道。我们花了几周的时间来打电话，挨家挨户地寻找潜在的消息人士，从他们那里获取保密文件。这件事进展缓慢，但我们能证明瓦尔马在几年前受到过性骚扰投诉。他被指控在一次出差开会期间企图强迫一名年轻女子和他在酒店同床共枕，这个姑娘是在凯克医学院拿到了奖学金的留学生。据说，她拒绝的时候，瓦尔马曾威胁要废掉她的签证。

就我们所知，南加州大学以其招牌式的保密手段回应了这一投诉：他们给这个姑娘付了六位数的和解金，还确保无人会泄露秘密。瓦尔马不得不掏腰包付了这笔和解金中的一小部分，他的薪资被削，晋升也遭拒。但后来对他的大部分处罚都取消了。南加州大学很喜欢他，因为他为该校谋得了数百万美元的联邦补助金——他现在还领导着凯克医学院。

获悉我们在跟进此事之后，南加州大学恰好赶在我们发布这一报道之前迫使瓦尔马辞去了院长一职（他仍是教授）。[2]

现在，接二连三的学院院长闹出了接二连三的丑闻。这难道还不该让人质疑该校校长的工作吗？

在南加州大学就不行。

南加州大学博瓦德行政大楼钟楼的几个拐角的高处分别矗立着亚伯拉罕·林肯、西奥多·罗斯福、西塞罗和柏拉图的雕像。他们矗立于约30米高的基座上，如同守卫这座意大利式建筑的哨兵。马克斯·尼基亚斯就龟缩在博瓦德行政大楼内，他决心继续担任校长，我们看不到他让位的迹象。

这很有可能，因为尼基亚斯显然还享受着一些超级富有的实业家、体育和娱乐大亨、银行家、建筑业巨头、房地产投资者和金融家的保护，正是这些人控制着南加州大学臃肿的董事会。在我们调查普里亚菲托和瓦尔马期间，这些董事就像博瓦德行政大楼上的雕像一样沉默，跟他们在此前面对争议时的态度如出一辙。尼基亚斯和奎克虽放弃了以往的公关策略，即暗示我们的报道可能并不属实并对普里亚菲托表示关切，但此后他们也并没有表现得更加坦率。其腔调的突然改变有一个显而易见的原因：根据沃伦夫妇的说法，葛拉格斯的律所向南加州大学的代理人出示了一些影像证据，其中既有普里亚菲托吸食冰毒的画面，也有他和其他年轻同伴们寻欢作乐的场景。在给全体教职工的一封信中，奎克似乎提到了——沃伦夫妇尚未准许我们发布的——这些照片和视频：[3]

"今天，我们获取了一些资料，事关那位前院长的恶劣行径，他和一些与南加州大学无关的人进行了滥用药物的活动。这是我们第一次亲眼看到这样的资料。这让人极其不安，我们需要采取严肃的行动。"

奎克还说南加州大学正在办理解雇普里亚菲托的手续。尼基亚斯在给校园社区的一封信中支持了这一举措，他在信中宣称："我们对这个人的行径感到愤怒和厌恶。"

但董事们几乎没说过一个字。**他们共有 57 人**——这个数字远远超过了学界治理专家们所说的大学董事会的最佳人数。这些专家们警告说，成员太多可能会让董事会变得难以驾驭、目标涣散。汤米·特洛伊和其他南加州大学内部人士告诉我，尼基亚斯及其前任们之所以大举征募董事会成员，是因为他们想获取尽可能多的经济界的人脉和影响力。其中约有 12 名董事都是亿万富豪——全美 50 个州的大多数院校都没有这么多身家亿万美元的校董[4]——这可能会使该董事会成为高教领域资本最雄厚的人情银行[1]。董事中还有好莱坞的象征史蒂文·斯皮尔伯格和洛杉矶湖人队的老板珍妮·巴斯这样的名人。将更多的富豪和明星引入董事会，也有助于南加州大学积累更多财富、提升影响力。有钱的董事，无论有名与否，都理应给他们照管的这家机构捐款，至少有一部分南加州大学校董的捐赠金额是与他们的财富规模相称的。

此外，南加州大学董事会虽"人满为患"，但其权力仍集中在一个人数少得多的子团体中，亦即该董事会的执行委员会。我们很希望董事们能回应我们对普里亚菲托的调查，以展开后续报道，而执行委员会似乎是一个很好的切入点。不过我们遇到了一个问题：南加州大学对执行委员会的成员身份保密。[5] 只有两人例外：该校章程规定，执行委员会成员必须包含董事会主席——时任主席是有亿万身家的丹佛石油大亨约翰·莫克——和该校校长。所以我们知道莫克和尼基亚斯是其成员，仅此而已。南加州大学拒绝透露执行委员会的其他成员甚至其成员人数。

---

① 1987 年，汤姆·沃尔夫（Tom Wolfe）在其小说《虚荣的篝火》（*The Bonfire of the Vanities*）中提出了"人情银行"这一概念，意指可备不时之需的人脉。

莫克在一份书面声明中表示："我对尼基亚斯校长和奎克教务长带领南加州大学度过这段充满挑战的时期并推动学校向前发展的能力充满信心和信任。"

在我撰写本书之时，通过建设高档购物中心而赚取了数十亿美元的校董里克·卡鲁索还是洛杉矶市市长的候选人之一，他在和《洛杉矶时报》专栏作家史蒂夫·洛佩兹对话时打破了这种集体沉默。卡鲁索擅长处理媒体关系，他曾是洛杉矶警察委员会的主席，也是监督洛杉矶水电局的一个理事会的成员，该局曾抽走加州北部的水资源以供应洛杉矶市，这段历史还被引入了电影《唐人街》的剧情。"如果这些指控属实……我感到非常不安，同时要谴责这种非法使用毒品的行为，尤其是该行为人还极其受人信任和关注。"卡鲁索告诉洛佩兹。[6]

但他显然只是说了这些话。卡鲁索在南加州大学内外都拥有政治影响力，他可以更公开地行事，要求董事会开诚布公，但他没有选择这么做。

除了偶尔给特洛伊人家族写信之外，尼基亚斯保持着一贯的沉默。在其中一封信中，他宣布该校已聘请前洛杉矶地区联邦检察官杨黄金玉来牵头调查这起丑闻，杨女士承诺这项调查不会受该校管理层干预。

这很难取信于人。杨黄金玉曾是吉布森律师事务所的合伙人，而这家拥有国际影响力的大型律所与南加州大学的关系就如同电路板一样复杂。[7]该律所的执行合伙人肯尼斯·多兰就毕业于该校的古尔德法学院，还曾在该校的顾问委员会任职。多兰和他在吉布森律师事务所的一些同事都是该校的捐赠者。20世纪 90 年代，杨黄金玉曾任教于古尔德法学院，后来在几起诉讼案中还是南加州大学的代理律师。杨女士告诉《洛杉矶时报》，她会展开"独立的"调查，还表示"我的工作就是追寻真相"。

南加大报道团队、特洛伊人家族和整个洛杉矶民众都从未获知那些真相把杨黄金玉引向了何方。尽管人们预计她的报告将会公布，但无论她发现了什么，这些发现至今都是机密——而这次调查的**全部意义**本应是透明和公开。

杨黄金玉并不是唯一与南加州大学有所牵连且在普里亚菲托事件中发挥了作用的律师，还有一人是洛杉矶县地方检察官杰基·莱西。

莱西是首位担任这一职务的非裔美国女性。她能晋升到美国最大的地方检察机构的最高层，硬生生挤进那些紧闭的大门，这可以说是一个充满了勇气和辛劳的励志故事。[8] 莱西生于洛杉矶，父亲是停车场的清洁工，母亲是服装区①的缝衣工。她成长于洛杉矶市南部的克伦肖区，当时此地有很多猖狂的街头帮派，对她来说，步行上学都是一种可怕的冒险。这段经历逐渐培养出了她对法律的热爱和对警察的钦佩。多年后，她的父亲在一次飞车枪击事件中被人射中了腿部，这更点燃了她的对法律和警察事业的热忱。她说父亲是在修剪草坪时遭到了枪击，但此

---

① 该区是洛杉矶市的一个服装鞋帽集散地。

前不久，他在自家门前的一个电话亭上涂上了帮派涂鸦。

勇敢地走路去多尔西高中上学最终有所回报。莱西由此考入加利福尼亚大学尔湾分校，攻读心理学，此后又在南加州大学古尔德沄学院获得法学学位，四年后，她就加入了地方检察署。莱西安静、勤奋，对同事也很友好。她下定决心，要在洛杉矶市中心刑事法院大楼的白人和男性检察官队伍里一路往上爬——那座大楼已冠上了西海岸第一位女律师克拉拉·肖特里奇·福尔茨的大名。莱西最终成为地方检察官史蒂夫·库利之下的二号人物。库利脾气暴躁、面容严肃，他也是南加州大学的校友。在历经了三个四年任期并在竞选加州总检察长一职失败（美国各州检察长大多由选举而非任命产生）后，库利决定离任，同时指定莱西作为他的首选继任者。选民们在 2012 年将莱西选为地方检察官。宣誓就职仪式在南加州大学的篮球馆——盖伦中心举行。尼基亚斯也是现场的发言者之一。[9] 他对观众说："一个专注的特洛伊人史蒂夫·库利先生正在把接力棒传给另一个专注的特洛伊人，今天能来到这里，我感到非常自豪和荣幸。"

莱西在就职演讲中也对他投桃报李。"在南加州大学的校园里宣誓就职是一种殊荣，"她说，"我很感谢尼基亚斯校长和这所杰出大学的领导们……南加州大学对我个人来说意义非凡。它就像一个标志性的中心，标示着我人生中的一些最重要的事件。"

尼基亚斯后来代表南加州大学给莱西颁发了一个荣誉学位。她为该校法学院的一次筹款晚会做过主旨演讲，还参加过该校其他一些活动。现在，医学委员会的调查人员正吁请莱西的地检署着手对普里亚菲托提起刑事指控，包括对他向未成年的查尔斯·沃伦供应毒品提出重罪指控。终于，在报道医学委员会对普里亚菲托的指控时，我们也得以报道了他给一群绝望的年轻同伴提供冰毒、海洛因和其他毒品的情况。这是我们七个月前收集到的信息，三个半月前，马哈拉什和杜沃辛把这一信息从我们的报道中删除了。

在他们被解雇后，我本想发表一篇单独报道，细数普里亚菲托作为毒品供应者的行径。格拉德肯定不会参与这一报道，他想让团队专注于打探南加州大学的管理层对普里亚菲托的所作所为有多少了解。我不赞成，我认为我们可以同时跟进这两个报道。但这篇讲述普里亚菲托赠予他人毒品的文章并未发布。就在该文被搁置之际，莎拉·沃伦和查尔斯·沃伦向医学委员会的调查人员作了宣誓声明，确认普里亚菲托就是他们的毒品供应者，并把他们告诉我的一切都告诉了调查人员。（斯托克斯则对普里亚菲托是不是他的毒品来源这一问题发表了一些相互矛盾的声明。他后来告诉我，他不想向调查人员暗示他知道是普里亚菲托买了这些毒品，他只承认这位前院长和他"共享过"这些毒品。）

提交到莱西办公室的证据是令人信服的，然而医学委员会的调查人员最终却铩羽而归。

在莱西的第一个任期里，有三名南加州大学的橄榄球运动员受到了暴力犯罪的指控，但无一人被起诉。奥萨·马西纳是获释的球员之一，他后来在犹他州的一起性侵案中认了罪，该案中的受害者正是他在洛杉矶被控侵犯的那名女子。

莱西手下的检察官还放过了另一起案件，该案涉及一个比橄榄球运动员更有势力的特洛伊人。杰克·伦纳德和我发布了一篇调查性报道，揭露洛杉矶县监事马克·里德利-托马斯用纳税人的数千美元改善自己的家宅的行为。[10] 我们报道了洛杉矶县工作人员未获任何批准便完成了这一工程的情况，他们只是收到了一些行政人员的指令，而这些行政人员最终是向洛杉矶最有权势的政客之一——里德利-托马斯汇报工作。为回应我们的报道，莱西的地检署启动了调查，以确定此举是否属于挪用公款。调查人员在书面声明中表示"如果各位证人可信"，那么这笔支出是合法的，因而不予起诉。杰克和我一头雾水。地方检察官的**职责**不就是确定证人是否可信吗？

二年后，一个联邦大陪审团起诉了里德利-托马斯，指控他收受南加州大学社会工作学院院长的贿赂，回报是县里直接拨付给该院的资金。[11] 这些贿赂的形式是给里德利-托马斯的儿子提供南加州大学的工作和奖学金。这位监事否认了这些指控。

至少，莱西的地检署还是对里德利-托马斯的家居改善项目展开了某种程度的调查，即使只是走走过场。然而他们并没有对普里亚菲托的事情付出过这种努力。在医学委员会的调查人员将其调查结果提交给该署一个月后，检察官们决定对他不予起诉，并称"目前的案情陈述不足以确定这些指控已排除了合理怀疑"。

沃伦夫妇告诉我，地方检察署甚至没跟他们谈过就得出了这个结论。莱西在一次访谈中说，她和她所属的地检署从未给南加州大学开过后门，她和尼基亚斯只有一种"非常正式"的关系。"我们并不熟，"她说，"我们不是哥们儿。"

莱西的团队放过该案之后，南加州大学就不必担心普里亚菲托受到什么比医学委员会的调查更彻底的刑事调查了，也不必面对普里亚菲托受审的每日头条新闻了。然而普里亚菲托出钱举办的毒品派对仍有那些照片和视频可资为证。沃伦夫妇给医学委员会的调查人员提供了很多影像文件，他们的手机、电脑和硬盘上还保留着副本。若是普里亚菲托在将来的民事或刑事案件中受到传唤，这家人手中的照片和视频就能派上用场。他们仍有可能让南加州大学陷入难堪的境地。

除非他们消失。

葛拉格斯告诉沃伦一家，他们对南加州大学和普里亚菲托的民事索赔金额可以达到 1000 万美元，或者更多。他劝他们接受调解，这样相比于诉讼能更快地获得赔偿。葛拉格斯同意曰迪克兰·特夫里兹安来做调解人，而这名退休的联邦法官也是一个彻头彻尾的特洛伊人。特夫里兹安在南加州大学获得了金融学和法学学位，南加州大学的一项奖学金基金就是以他的名字命名的，该校还将久负盛名的校友功勋奖颁给了他。他的妻子和三个兄弟姐妹也是特洛伊人。沃伦夫妇告诉我，他们直到特夫里兹安被选为调解人才知道他与南加州大学的关联——当时他们只听说他是该校校友。即使只是校友，保罗·沃伦也不太满意，他问葛拉格斯，特夫里兹安怎么可能公正地仲裁这家人对他母校的索赔。葛拉格斯向他保证，特夫里兹安是一个很好的选择。（特夫里兹安后来向我坚称，他已经向调解各方透露了他与南加大的关系。当我问他有没有什么书面证据能支撑这一说法时，他回复说不会再与我联系了。）

这场调解的各个方面都完全保密，参与者、索赔的性质和结果均未公布，所以我对这场调解并无太多了解，包括特夫里兹安所充当的角色。但我确实获知了一些情况，南加州大学的律师对沃伦一家的态度十分强硬，威胁要公开沃伦一家的行为来羞辱他们，这家人认为这是想给他们泼脏水。该案大体是由葛拉格斯的一位合伙人来处理的，最后，赔偿金由预期的1000万美元变成了南加州大学提出的150万美元。这位合伙人说服沃伦一家接受了这一报价，以避免冗长而残酷的诉讼大战。这150万美元中有60万美元流向了葛拉格斯的律师事务所，律师们收获颇丰。

作为对这笔钱的回报，沃伦一家不得不以书面形式承诺永不公开谈论此次调解中的各项议题——这是指他们与普里亚菲托之间的所有接触——并且要协助南加州大学撤销有可能会收到的任何传票，使其免于提供有关这位前院长的证据或记录。数月前，好莱坞大亨哈维·韦恩斯坦受到的性侵指控引发了一场"#MeToo"运动，该运动的参与者们就曾想将这类保密协议剔除出法律领域。

南加州大学还对沃伦一家提出了两个条件：这家人必须向该校交出含普里亚菲托吸毒画面的所有照片和视频，以及所有与他或该校有关的电子邮件、短信或任何纸质资料。[12] 沃伦夫一家不得不销毁了他们手中的影像副本。他们若是不这么做就一分钱也拿不到。他们有什么资格拒绝一位知名律师的建议呢？于是他们履行了这一约定，律师们将保罗、玛丽·安、莎拉和查尔斯带到了洛杉矶市中心的一家科技商店，在那里删除了他们手机和电脑上的那些照片和视频——这次删除极其彻底，以至于他们不得不在删完后创建新的苹果账户。

普里亚菲托也参与了这次调解。他和他的律师都在调解协议上签了字，南加州大学的律师也是一样——包括杨黄金玉。她显然认为捂住沃伦一家的嘴，销毁他们掌握的普里亚菲托涉毒的犯罪证据，也是她在"独立"调查这起丑闻的过程中应尽的职责之一。在得知那家人的设备数据都被抹除之后，我联系了杨女士。她不跟我谈，也没有回答我发给她的书面问题。葛拉格斯也拒绝接受采访。尼基亚斯通过他的律师表示他对这份调解协议一无所知，尽管为南加州大学签署这份协议的律师之一——该校的法律总顾问向他报告了情况。

莱西则说她并不知道这些照片、视频和其他材料都被销毁了。[13]

"应该对此进行调查。"她说。但据我所知，这话没有兑现。

沃伦一家的设备数据是在 2017 年 11 月被抹除的。一个月前，朵拉·约德生的男婴离世，这个出生仅 25 天的婴儿体内含有冰毒。这场悲剧将洛杉矶县治安官属下的重案组警探引入了普里亚菲托的生活。

20　一个婴儿

作为一个阿米什姑娘，十几岁的朵拉·约德可谓放浪不羁。[1]
她整天在网上游荡——接触网上的男人。然后她会去见他们，
在外面待到很晚，天知道他们会干些什么。她的大姐米里亚姆
说这"只是普通的青少年都会干的事"。但他们的父母可不这
么看。约德夫妇原本生活在落后的宾夕法尼亚州，曾是该州斯
米克斯堡的旧秩序阿米什人①社区的一分子，后来又辗转来到了
落后的密苏里州。

在斯米克斯堡，他们全家以经营一个 80 来公顷的农场为生，
农场里养着牛、猪和马，也种植小麦，他们对自己的信仰十分
忠诚，会避免使用电器、室内管道、汽车等现代工具乃至衣服
上的纽扣②，他们会自己做搭扣。最终，一场农场继承权纠纷动
摇了朵拉的父母对这种秩序的忠诚。1996 年，他们在一个耶和

---

① 曾有一部分阿米什人选择融入现代文明，旧秩序阿米什人是指那些依然坚守传统
的阿米什人。

② 阿米什人禁用纽扣，只用搭扣。

华见证会① 派系的帮助下策划了一次"逃亡"——他们本应终身效忠这一秩序。朵拉和米里亚姆的父亲门诺·约德买了一辆车，然后偷偷带他们离开了斯米克斯堡。他此前一直把这辆车藏在谷仓的干草捆下面，在公共场合仍然使用他们的马车，与此同时，耶和华见证会的一个信徒教会了他驾驶汽车。他们是在半夜逃走的。²父母叫醒了 15 岁的米里亚姆、只有 5 岁的朵拉和其余四个孩子，把他们全都塞进了车里。他们以前从没坐过汽车，为了让孩子们下车呕吐，他们不得不频繁停车。在密苏里州的赖特城定居后，门诺找到了一份卡车司机的工作。约德一家的新生活受到了各种诱惑。门诺对冰毒上了瘾。他的状况急转直下，米里亚姆不得不诉诸法庭，把他强行送进了戒瘾中心。

米里亚姆在 23 岁时突然离家出走。她搬到了洛杉矶的银湖区② ，这是一个深受潮人青睐的丘陵区块，从遥远的斯米克斯堡和赖特城来到这里就像是乘坐时间机器实现了穿越。四年后，父母把惹是生非的朵拉送到了洛杉矶，让她跟姐姐一起生活，当时朵拉只有 17 岁。

"他们的解决方案就是把她送到洛杉矶。"米里亚姆用一种厌倦的讥讽语气回忆道，"离开那些阿米什人后，我父母并没有准备好在现实世界里生活。"

朵拉在适应过程中也出了问题。她成了一个派对女孩，时

---

① 基督教新教边缘教派之一。
② 洛杉矶的一个时尚街区。

常混迹于夜店，无视姐姐关于这个城市阴暗面的忠告。有一晚她没有回家。接着是两晚、三晚。"我吓坏了，我找不到她。"米里亚姆说。在警察把朵拉带回家之前，她很怕会发生最坏的情况——然后近乎最坏的情况就发生了：朵拉受到了野蛮的袭击，她的背上满是泛黑的瘀伤。她不愿和米里亚姆谈论这件事。从那以后，她完全变了一个人。

朵拉一头金发、身材苗条，在照片里就像一尊瓷偶。她起初为时尚和艺术摄影工作者做裸体模特，由此赚了不少钱，同时她还受邀进入了洛杉矶的一些更高级的圈子。她曾跟《宿醉》系列电影和《小丑》的导演兼编剧托德·菲利普斯约过会，但随着朵拉与身边亲近的人渐行渐远，这段关系最终结束了。就在那时，米里亚姆已经疑心是毒品正在把妹妹变得面目全非。

当阿里尔·弗兰科成为朵拉的最新伴侣时，米里亚姆的这种怀疑得到了证实，此人20岁出头，来自圣费尔南多谷一个不错的社区。他因持有毒品以待售和参与入室盗窃而留下了一份令人咋舌的被捕记录。弗兰科卖海洛因，也吸海洛因。他的毒品买卖并不足以在洛杉矶养活两个人，考虑到他们在这种商品上的巨大开销就尤其如此。同时朵拉做模特的收入也十分有限。但过了一段时间，钱就不成问题了。因为朵拉认识了卡门·普里亚菲托。

米里亚姆第一次遇见普里亚菲托是在朵拉搬进阿尔塔迪纳的那栋房子的时候，那栋房子位于文图拉街，前院堆满了垃圾。朵拉当时还在做模特，毒品还没有在这里留下明显的痕迹。米里亚姆顺道去看她时，一个老男人正站在她厨房的门口。他无论看上去还是听起来都像是之前睡在了大街上——或者刚嗑过药。朵拉给姐姐介绍了他，说他叫托尼。他老躲着米里亚姆的目光，说话也嘟嘟囔囔。他踩着人字拖，穿着纽扣错位的邋遢白衬衫和短裤。托尼并不想和米里亚姆说话，他在她进来后不久就离开了。

"他只是个朋友。"朵拉告诉姐姐。

但愿吧，米里亚姆心想。

"我知道是怎么回事。"她告诉朵拉，同时还叮嘱妹妹要多加小心。

在那之后，米里亚姆只见过普里亚菲托两三次，最后一次是在他开车离开他在阿尔塔迪纳镇阿拉米达街为朵拉租的一套红墙联式房屋时，这套房子比文图拉街的那栋房子要好一些。朵拉此时的生活就是绕着弗兰科和普里亚菲托转。和他们一起厮混的人也都是瘾君子——凯尔·沃伊特、莎拉·沃伦，以及另一些在他们的派对上进进出出的人。冰毒毁掉了朵拉脆弱的美貌，挟制了她的情绪。她的妄想症会反复发作。最无伤大雅的问题或者一句话就会激怒她。当米里亚姆问起她的新餐桌时——这只是在聊天——朵拉就勃然大怒，四下张望："怎么了？你为什么想打听这个？"

"她一吸毒就不是我妹妹了。"米里亚姆说。

两姐妹几个月都没有联系。然后朵拉怀孕了，孩子的父亲是弗兰科。直到他们的孩子波阿斯出生前一个半月，米里亚姆才知道妹妹怀孕了。她从未见过这个外甥，更没有逗过或抱过他。

波阿斯于 2017 年 10 月 5 日离世。拨打 911 的是普里亚菲托。[3]

"孩子没有呼吸了。"他告诉调度员。普里亚菲托称其母是他的"女朋友"。

"她哭着给我打了电话。"他说。

2018 年 1 月，汉密尔顿和哈丽特针对婴儿波阿斯之死发表了一篇报道，文中引述了莎拉·沃伦的话，她说普里亚菲托就是朵拉的毒品供应者。[4]（莎拉告诉过我，她曾亲眼看见普里亚菲托给朵拉提供海洛因或冰毒，而且不下四五十次。）汉密尔顿和哈丽特采访了米里亚姆，米里亚姆还记得妹妹说过她"从没买过毒品，他会给她"。该报道指出，约德姐妹的父亲门诺曾在 2016 年 8 月为朵拉失踪一事致电洛杉矶县治安官办公室。在电话录音中，我们可以听到门诺向一名治安官讲述了普里亚菲托与女儿的关系。

"我女儿吸毒是出了名的，她跟一名医生有牵连，这人吸毒也是出了名的。"他说，"他给我女儿钱，给她付房租，把那些账都给她付了。"

朵拉后来在帕萨迪纳的威斯汀酒店被人找到了，但没有迹象表明这家警察局对普里亚菲托进行了更深入的调查，这点和当年的帕萨迪纳市警察局一样。

但现在一个婴儿死了，普里亚菲托还是一言不发。两个月后，验尸官完成了毒理学筛查，在这个婴儿体内发现了冰毒。[5] 治安官办公室的重案警探迈克·戴维斯和吉恩·莫尔斯与莱西的地检署一起对普里亚菲托展开了调查。地检署的一份备忘录列出了此次调查的缘由：

> 普里亚菲托与受害人同在约德家中。有人怀疑普里亚菲托给约德提供了甲基苯丙胺，据称，两人都吸食了这种毒品。稍后，约德为受害人哺乳，然后把他放进婴儿床睡觉。约德在受害人身上盖了厚毯子，因为天气很冷。2017 年 10 月 5 日上午，两名嫌疑人都发现受害人死亡。普里亚菲托离开约德家后拨打 911，报告该婴儿已无呼吸。

这一次，普里亚菲托感受到了真正的压力。但这并不是说他畏缩了。他开始花钱运作，包括聘请律所，宣称他从未向约德提供过毒品，并威胁《洛杉矶时报》，将就那篇关于波阿斯的报道提起诽谤诉讼。他还用律师来对付警探，并派私家侦探去"搞定"潜在的证人——包括朵拉的亲属——并要求他们在预先写好的宣誓书上签字，声明他没有吸毒。

和莎拉一样，朵拉的命运也可能降临到我自己的女儿身上。朵拉在宾夕法尼亚的家族世系也戳到了我的痛处。我也来自落后的宾夕法尼亚州——只不过我来自东北部的煤矿区，而不是阿米什人聚居的乡村——我那个大家族里的亲戚大多都留在了当地。我明白洛杉矶对朵拉这样的人来说意味着多大的诱惑。我想即便我上小学时没有随父母迁往西部，长大了我也很可能会自己前往洛杉矶。如果我的女儿们身处朵拉那样的境况，我可以想见她们也会这么做。她们会强大到足以抵御普里亚菲托这种出资人的诱惑吗？我很肯定她们会。但莎拉和朵拉的父母当年可能也同样肯定。

然而普里亚菲托一直都能置身事外。 将近三个月前，我们就揭露了普里亚菲托腐蚀年轻人的行径。现在朵拉的孩子死了，我们已经发布了好几篇讲述这一丑闻的后续报道，而他仍然在街上大摇大摆，这实在让人抓狂。当时我就很想知道，而且一直都想知道，如果有哪家执法机构对普里亚菲托和他的毒品世界有所警觉，并将他收押审讯，波阿斯会不会还活着。或者至少在他躲到律师身后之前**尝试**审问一下他。或者跟踪他。或者询问他身边的人。这会吓到他吗？会把他从朵拉身边吓跑吗？会让朵拉得到她所需的帮助，从而使她的孩子免受毒品之害吗？

戴维斯和莫尔斯在两年多的时间里一直关注着普里亚菲托，他们试图以过失杀人罪立案，因为他们怀疑他就是波阿斯血液中冰毒的源头。他们从朵拉那里得到的帮助很少。她承认自己在波阿斯死前一晚吸食了冰毒，但她在其他方面都保持着对普里亚菲托的交易性忠诚。据朵拉的家人所知，他仍在为她支付房租和其他费用。普里亚菲托和朵拉能躲过法律制裁的关键在于验尸官得出的结论：波阿斯死于意外窒息——而不是药物中毒——因为他胸前的毯子太重了。

鉴于这一调查中存在疑团，汉密尔顿和哈丽特一直在密切关注其缓慢的进展。他们为此次调查撰写了详尽的纪要，其中提到对波阿斯的尸检"并未发现任何确凿的死因。毒理学报告也同样没有定论"。

根本问题就在于这名婴儿血液中的微量冰毒是否足以致其死亡。如果真是如此，并且警探们也能证明普里亚菲托就是这些毒品的来源，他有可能会受到谋杀罪的指控。

汉密尔顿和哈丽特的报道称，执行尸检的代理法医得知《洛杉矶时报》在打听这名婴儿死亡的情况后改变了她最初的结论。这位法医不再表示波阿斯的死因无法确定，而是报称其死因就是毯子造成的窒息，母乳中"所含的甲基苯丙胺"是一个作用因素，"与直接死因无关"。

这无疑是普里亚菲托一直希望看到的结果。

汉密尔顿和哈丽特援引了一些专家的看法，他们都对这名验尸官尸检过程中的一些方法及其结论提出了质疑。但最终，让那些警探感到挫败的是，毒理学实验室在那名婴儿的血液中发现的冰毒含量相对较少——只有 50 纳克每毫升，略低于另一些将冰毒确定为死因的案例中检测到的含量。这一事实和有关毯子的调查结果注定了此次刑事调查必将失败。地方检察官为这场有可能发起的过失杀人罪诉讼撰写了一份备忘录，其结语的措辞呼应了帕萨迪纳的那起涉毒案，即"证据不能排除合理怀疑，不足以证明"普里亚菲托有犯罪行为。

米里亚姆既气愤又心烦意乱。她也是普里亚菲托派私家侦探去拜访过的家属之一。一男一女找上了她的家门。米里亚姆说："我告诉他们，他杀了我的外甥，把我妹妹当成了人质，他就是一坨屎。"他们随后就离开了。

米里亚姆上次见到朵拉时，妹妹的牙齿不是掉了就是变黑了。她身上残存的少量脂肪似乎都聚集在她的小腿肚子周围。她还住在那幢联式房屋里，普里亚菲托已经在那里装配了安保摄像头。米里亚姆说，他还监控了朵拉的电子邮件，甚至在她的车上安装了跟踪设备。

那幢联式房屋的黄色屋檐下装了不少摄像头，在它们的严密监视下，我两次造访了这里；我按过门铃，但没人应门。朵拉也没有回复我的电话或短信。

这套制度还给过普里亚菲托一次逃脱的机会。就在婴儿死因调查展开之际，他仍在医学委员会的听证会上为保住自己的行医执照而奋力挣扎，亚当和我报道了当时的情况。这场听证会在市中心第四街州政府大楼的一个小房间里举行。德文汗被传唤作证，这是他第一次公开说出自己知道的故事。作为重要证人，德文汗讲述了他在 304 号房看到的情况，以及普里亚菲托不愿拨打 911 电话的态度。普里亚菲托的自证持续了几个小时。他把自己与莎拉在毒品刺激下发生的关系都归咎于他的双相障碍和某种"轻度躁狂"状态。不过他否认自己曾向他人提供过毒品，包括莎拉、查尔斯、唐·斯托克斯和朵拉。他否认自己与朵拉发生了性关系——他在 911 电话录音里称呼她的那句

"女朋友"就更不必提——并说自己是她的"健康顾问"。普里亚菲托还否认与凯尔·沃伊特或阿里尔·弗兰科仍在保持联络。

亚当和我调查过此事，所以知道他在这些有关毒品的问题上都撒了谎。在普里亚菲托否认了有关沃伊特和弗兰科的指控后，出席指证他的州常务副总检察长出示了这两名毒贩在监狱里的电话录音。普里亚菲托在给沃伊特和弗兰科打过的十几通电话里都谈到了毒品、吸毒过量和成瘾问题。这些电话录音证明普里亚菲托与这两人保持着联系——证明他在自证宣誓后撒了谎。

"他今天在听证席上作了伪证。"州常务副总检察长丽贝卡·史密斯对主持听证会的行政法官说道。

在加州，作伪证是一种重罪，最高可判处四年监禁。

普里亚菲托被吊销了行医执照，但他从未受到伪证罪的指控。州检察总署和地检署的人都不愿告诉我原因。

21　另一个败类医生

2 月一个周五的早上，哈丽特在办公桌前接到了一通屏蔽了号码的电话。当时那篇讲述波阿斯之死的报道已经发布了两周，而在两天前，我们又发表了一篇文章，揭示普里亚菲托的丑闻对南加州大学的筹款工作造成的打击。那通电话打进来时，汉密尔顿和我正在用电子邮件与哈丽特沟通，讨论后续的报道。哈丽特打完电话之后就给我们发了电子邮件："刚收到了一个很有价值的料。和一个从事学生保健工作的令人毛骨悚然的妇科医生有关。"

汉密尔顿和我都等着她提供更多资料。不到一个小时，哈丽特又给我们发了一封电子邮件："这个线人非常古怪，没给任何文件，但给了我一点线索。"

这个妇科医生名为乔治·廷德尔，在我们调查普里亚菲托的 19 个月里，这个名字从未出现过——在我们与线人的面对面会议、电话访谈、电子邮件和短信交流以及记录搜索中都未尝得见。

难道普里亚菲托并不是该校唯一的败类医生？

大约六年前，纪露西走进了廷德尔在学生保健中心的办公室，她以为这只是一次例检。[1] 进门后，她立刻就注意到了墙上的中国地图。

这是什么情况？ 她心想。

然后那位医生就问她有没有做过模特。

他是认真的吗？

纪女士不高不瘦，也没有那种上镜的无瑕肤色。

"没有。"纪女士迟疑了一会儿说。**这真是个很奇怪的问题。**"我不觉得我看起来像个模特。"

从这一件事就能看出廷德尔不太像一名医生。这个身材魁梧、脸皮松弛的男人穿着超大号的夏威夷衬衫——也可能是一件巴隆①——套在外面的白大褂满是褶皱，溅上了不少食物的污渍。他那一头乱发就像是从搅拌机里搅出来的。如果纪女士在街上看到他，很可能会以为他就是个乞丐。这种凌乱邋遢在他的办公室里也有所体现：房间里四处散落着塞满了病人档案的盒子，两张桌子中的一张被成堆的纸张和旧外卖盒掩埋着，垃圾桶里装满了用过的检查手套。而且这间办公室很潮湿，有一股腐臭味。

纪女士暂且放下了对廷德尔的疑虑：**医生们太忙了，他们**

---

① 巴隆（barong）是菲律宾的一种宽大透气的传统服装。

没有时间照顾自己，他们有比整理办公室更重要的事要做，而且这名医生在南加州大学工作，这可是一所一流大学。

她走进房间后，廷德尔在她身后锁上了门。**这是不是很奇怪？** 也许算不上，也许是为了保护她的隐私。他主动告诉她，办公室里胡乱堆满了盒子是因为要搬了，这间诊所即将搬到一栋新楼。然后他问她学的什么专业。她说卫生政策，他警惕地盯着她问道："你是护士吗？学医的？""不是。"她说，但她确实上过几年医学院。"真的？你学过体检吗？妇科检查学过吗？"纪女士说她学的课程没到那一步。他接着又问她对妇科检查了解多少。纪女士说她对妇检的基本目的有大致的了解。

"以前给你做检查的医生会戴手套吗？他们有没有把手伸到你身体里去？"

纪女士琢磨着这是不是个正常的问题。她觉得自己没有理由认为这不正常。

但这个医生的举止呢？好吧，那是另一回事。

廷德尔今年 65 岁左右，已经在这所学校行医 23 年。[2] 他是土生土长的纽约州北部人，曾在美国和太平洋地区往返穿梭，后来设法进入了南加州大学。廷德尔在蒙特利的国防语言学院进修后便应征入伍，驻扎在菲律宾。从海军退伍后，他返回纽约，在纽约州立大学获得了学士学位，但后来又回到菲律宾，就读于医学院。廷德尔在宾夕法尼亚医学院拿到了医学博士学位，这家医学院是德雷克塞尔大学医学院的前身。此后他再次向西进发，并在凯瑟永久医疗集团开设于好莱坞的大型医疗中心完成了妇产科住院医生的实习，这处医疗中心位于日落大道沿线，由一些冰冷的制式建筑组成，看起来就像一座与外界隔绝的坚实堡垒。他的下一站，也是最后一站，则是南加州大学主校区里的那个小得多但也更私密的学生保健诊所。

纪女士对此一无所知。她以前从没来过这间诊所。2012年10月的一个下午，纪女士刚刚入学，攻读公共政策硕士学位。她的南加大入学之旅与她在台湾的经历一样曲折，她的父母曾在当地经营一家小型出版公司，夫妻俩后来离了婚，但都移民到了洛杉矶地区。她随母亲赴美时只有六岁。这对母女没什么钱，所以一开始就和她舅舅住在一起，他在阿尔汉布拉有间公寓，她们就睡在客厅的床垫上。阿尔汉布拉是一处郊区[①]，亚裔移民在当地人口中占了很大比例，而且这个比例还在不断攀升。纪女士的母亲曾就读于台湾最好的大学之一，拿到了商业和会计学位；然而她在洛杉矶不得不从事地下经济[②]领域的工作，因为她没有绿卡。她挣的钱从未比最低工资高出多少，她起初做过面包店助理，后来又为中国移民开设的公司做账外会计。

这家人只有一条实现美国梦的路径——教育。纪女士读一年级时总是哭着回家，因为语言不通，跟不上其他孩子的步调，她只能日复一日地哭嚎，而母亲只会给她更大的压力。她母亲固执起来相当凶狠，常常伤她自尊，但这确实有用。纪女士在

① 位于洛杉矶市中心以东约 14 千米处。

② 地下经济（underground economy）是指逃避政府的管制、税收和监察，未向政府申报和纳税，其产值和收入未纳入国民生产总值的所有经济活动。

小学毕业时已经是优等生，并且在初中和高中都表现得十分出色，大学也已近在咫尺。但好成绩付不了账单，家里的经济压力并未减轻。在威尔逊高中读高三那年，纪女士辍了学去帮助母亲，当时她母亲正在照顾她外婆。祖孙三代人住在一套两居室的小公寓里。纪女士打了些零工，为了省钱只能坐公交车。最终，她想办法在工作间隙去读了社区大学的课程。她学得很不错，所以又转到了加州大学伯克利分校。梦想似乎即将成真，纪女士的抱负也越来越大。她决定成为一名医生，而她在伯克利的表现也确实为她在明尼苏达大学医学院赢得了一席之地。

离开母亲和加州，前往中西部，这并不容易。纪女士的母亲再次犯了难，尽管这一次她的烦恼更多是情感上的，而不是经济上的。她有一种非理性的想法，认为纪女士是抛弃了自己。在更加绝望的时刻，她母亲甚至想象自己已经是癌症晚期。医学院的压力太大，母亲的痛苦让她无法承受那些压力。纪女士觉得自己别无选择，只能放弃医学学位，回家。回到洛杉矶时，她28岁，没有可追求的长期目标，也没有深思熟虑的未来规划，这让她很泄气。

在取得这一切成就，付出诸般艰辛的努力之后，她还会陷在处处受限的移民生活框架中吗？她的路会越走越窄吗？她还会经历母亲体验过的失望吗？ 这些想法一直困扰着她，那时她又退回到了招聘广告上找到的那种沉闷的工作之中，这些文书工作能让她支付房租，但基本用不着伯克利的学位。

这一年的窒息生活成为纪女士继续深造的动力。她对公共政策产生了兴趣，尤其是医疗保健——希望将医疗保健服务扩大到她所处的这种医保水平低下的社区。纪女士申请了一些硕士课程，包括南加州大学和加州大学洛杉矶分校的课程。南加州大学并不是她的首选。这所学校的费用比加州大学洛杉矶分校贵很多，纪女士的积蓄完全付不起学费。一旦入学，她就不得不继续工作，并寄望于能得到一些经济援助。

这两所学校都录取了她——为了打败那个费用更实惠的竞争对手，特洛伊人加大了投入：南加州大学公共政策学院为纪女士提供奖学金，而且是**全额奖学金**！

突然间，前方的道路变得光明起来了。她不必再背负学生贷的债务。南加州大学的高学历可以保证她将来能从事回报丰厚的职业。她甚至能通过在洛杉矶备受吹捧的"特洛伊人关系网"——很多有门路可供分享的校友——来选择工作。

从南加州大学寄来的大信封所传达的消息让她喜不自禁。她在公寓的客厅里跳上跳下，还久久抱着妈妈不放。

而现在，为了和这个陌生的医生搭上话，纪女士说："我妈妈可能做得了模特。"

"她漂亮吗？"廷德尔问。

"漂亮。"

他问她的父母来自哪里？纪女士说他们虽然来自中国台湾，但她的祖父母是大陆人。廷德尔转向墙上的地图，让她指出她祖父母的家乡。

"我不知道在哪儿。"她说。

一种感觉开始涌上她的心头。**这有些不对劲。这个男人是对亚裔女性感兴趣吗？这能解释那个模特问题吗？**

另一些事情也开始变得别有深意了：她给这间诊所打电话预约的时候，接电话的女人说看女妇科医生需要等一个月。**一个月？**然后这个女人以一种例行公事的语气说，诊所的男医生第二天有空。纪女士说可以，而对方的反应就好像她答错了一样。"你确定吗？"这女人问道。她的语调里有一丝警告的意味。"你确定吗？"她又问了一遍。纪女士不知该怎么理解这话，也不知该不该深想，但她很急切地想把这次检查做了。这只是一次例行检查，所以她还是预约了那名男医生。

第二天，晴空万里，风和日丽，对秋天来说相当温暖，但也不是太热。这间诊所位于该校宗教中心隔壁的一栋两层砖混建筑内。纪女士迟到了，她可能漫步了一会儿，仿佛这宜人的天气在要求人们放慢步伐。候诊区显得比较陈旧，有些椅子已经破损了，但也整洁干净，有一种愉快的气氛。而且这里很繁忙，大多数等待处方、运动体检或检查咽痛的学生都比纪女士年轻。她为自己的迟到向接待员道了歉。接待员笑着说不必在意，然后查看了她的预约日程。

"你是来看廷德尔医生的吗？"她的语气平淡，笑容也消失了。

纪女士点点头。

这位接待员似乎突然就开始对她迟到了五到十分钟表示担心了。

"你想重新安排时间吗？"

"重新安排时间？"

"那位医生有空，但也许你应该重新安排时间。"

这真是有意思，纪女士心想。如果他有空，那为什么要重新安排时间呢？她说她还是想遵守约定。接待员无奈地看了她一眼，然后把她引到了廷德尔办公室门口的一张椅子上，那里离其他医生的等候区域有一段距离。没过多久，廷德尔就打开门向她打了招呼。

"你是露西吗？"

"是的。"

廷德尔说："我现在可以给你检查，没有护士。可以吗？"

纪女士说可以——她用得着护士吗？——接着他就扭她领进了办公室。

然后他锁上了门。

没错，就在廷德尔医生坐在那儿对她咧嘴笑的时候，她就感觉不妙。她开始心生疑窦，接待员和电话里帮她预约的那个女人是不是都在尽力让她远离他——对她发出警告，但不真正透露有关他的任何事。但警告她什么呢？他那流浪汉般的形象？阴郁的办公室？**也许是他对亚裔女性的特殊兴趣？**

或者是她的想象力太过旺盛了？她是不是对一些自己无法真切描述的事情有点反应过度了？

廷德尔指了指房间另一边的检查区。他让她脱掉衣服，换上病号服。她发现检查台周围的隐私床帘并没有合上。他为什么不合上呢？她脱掉衣服后，他转过身来，但她在穿上病号服之前就能感觉到他的眼睛在盯着她的身体。令人毛骨悚然！**先忍过去吧。**

她躺到台子上，廷德尔开始检查她。他告诉她，她"太紧了"，他需要按摩她的阴道肌，这样窥镜才好进入。她感觉到他在用手触摸她。这是正常的吗？从来没有医生对她做过这种事。但她记得一些读物里谈到过，美国某些地区对妇科医生的培训确实有所不同。现在就是这样吗？他接受的是她并不熟悉的那种培训？

他把手指伸进她身体的时候弯下了腰。她能听到他的呼吸声——他在喘气？

纪女士告诉他，她以前从来没有窥镜进不去的问题，他没必要这么做。"请停下来！"她说。

但他没有停下来。"我就快完了。"廷德尔说。

然后他问："你性生活频繁吗？"

她给了肯定的答复，他又接着话头问她喜不喜欢和男朋友做爱，以及她常用什么姿势。

从没有妇科医生问过她这样的问题。这也是那种培训的内容吗？

先把这关过了吧。完事就走。

他终于插入了窥镜，并进行了检查。

然后有人在敲门。

"里面怎么回事？"一个女人问，"你和病人在里面吗？"

纪女士吓了一跳。廷德尔没有回应这个女人。

"开门！"那个女人喊道。

"我在这儿，"纪女士说，"我们就快完了。"

廷德尔检查完后，她就等着他离开，这样她才好穿衣服。但他就站在那儿说需要检查她的乳房。他说他得感受一下她的乳房有没有肿块，而且要同时检查两边，以核验对称性。她没听说过有乳房对称性检查，但**肿块**这个词总还是有些吓人，所以她就让他继续了。

廷德尔使劲地捏着她的一对乳房，他嘟囔地说着要检查一下这个，还要检查一下那个。她目瞪口呆——大感震骇——她已经听不进他说的话了。他则捏个没完。

他不是在检查她。他是在**触摸**她。

我要离开！纪女士心说。**现在！**

她套上衣服就夺门而去。门外的女人是一名护士，一位满脸忧虑的中年非裔美国女人。

"你还好吗？"她问纪女士，"你还好吗？"

纪女士点点头。她只想离开。**逃跑。**

她几乎是跑到了出口。接待员、其他女员工和那位护士都向她喊道：

"你还好吗？"

另一名接待员跟着她走出了门，那是个年轻女人。

"你想谈谈吗？"这名接待员温柔地问道。

"不想，"纪女士说，"我得去上课了。"然后她就摇晃着——

哆嗦着——离开了。

几年后，纪女士认识到一个让人不寒而栗的事实：**他们全都知道**。护士，接待员，每个在那儿工作的人，所有人。这就是他们试图把她推向另一位医生的原因，也是他们想要和她谈谈的原因。他们知道廷德尔对她这样的年轻女人是个威胁。那名护士敲了门，还大喊着让廷德尔开门——这让纪女士明白了一点，他们给他定了些规矩，希望这些特殊的规则能对他形成约束，让他不那么容易伤害找他看病的女性。

那么为什么他依然能获准治疗病人呢？

还有谁知道他的事？

又知道了多久？

汉密尔顿和我从洛杉矶市中心驱车赶往长滩市的路上，傍晚的白浪翻涌拍岸。这是给予我们的最好的问候。我们是来拜访一位南加州大学的行政人员，她就住在海岸高速公路旁的一幢海景公寓里，不过我们事先没跟她打招呼。我们希望和她谈谈乔治·廷德尔的事。在电梯里遇见她时，她的胳膊上挂满了购物袋。我们一表明身份，她就把我们轰走了。

"我跟你们没什么可说的。"她说。

我们之前把车停在了一条昏暗的小路边。在返回车子的途中，汉密尔顿踩到了一坨新鲜的狗屎。他不得不从笔记本上撕下几页纸，然后从鞋底纹里把屎抠了出来。这就是我们外出的遭遇。汉密尔顿和我本以为这个行政人员可能是我们的敲门名单上比较愿意提供帮助的人之一，我们按这份名单去了圣费尔南多谷的几个地方，方向与圣加布里埃尔谷遥遥相对。这些长途跋涉并没有给我们带来多少收获。

但我们还在继续前进，因为我们非常想了解廷德尔的故事。

哈丽特通过那个屏蔽号码的电话收到内幕消息后，她和汉密尔顿搜索了所有涉及廷德尔的刑事案件、民事诉讼或医学委员会的行动。他在文档里显得很干净，普里亚菲托当时也是一样。我询问了汤米·特洛伊和我在报道普里亚菲托期间培养的两个凯克医学院的线人，看他们对廷德尔有多少了解。三个人都告诉我，他们从没听说过这名妇科医生有什么问题，尽管他们没有和他共事过。

哈丽特和汉密尔顿此后编制了一份该保健诊所现任和前任员工的名册，名字是从南加州大学的一位内部人士以及领英网和在线存档的员工名录中收集而来的。长达几周的采访由此展开，我们在洛杉矶的高速公路、要道和郊区街道上来回穿梭，时间基本是下班后和周末。哈丽特和汉密尔顿主要聚焦于医生、护士和医务助理，其中大部分人即便能说上几句也因为太过担忧而不敢公开发言。我们不能怪他们。尼基亚斯仍然大权在握，没有任何迹象表明他和董事们近来愿意宽待举报者——或者有可能被他们视为背叛特洛伊家族的任何人。

我们顺道拜访了那些担惊受怕的人，他们几乎都没有料到我们会当面找上他们，我们几个人之前都是通过电话和车载通信系统保持联系的。哈丽特后来跟我说，工资如此微薄的底层诊所员工愿意冒着失去经济保障的风险说出有关廷德尔的真相，这实在令人心碎。汉密尔顿后来在报道中道出了这些员工脸上的恐惧。

我们常会去同一个人家里回访，而且是多次回访。我在某个受访者的客厅前后总共待了有四个小时。哈丽特和汉密尔顿上门拜访时会问应门的人会不会放心地把自己的亲人——女儿——交给廷德尔。所有人都是发自内心地回答**不会**，一些与廷德尔共事过的人还披露了他们亲眼看到的事情。一位消息人士告诉哈丽特和汉密尔顿，廷德尔对年轻病患进行过性虐待式的骨盆检查，他会呆呆地盯着她们的裸体，还会说一些淫词秽语，而我们的调查也由此出现了转机。

我们随后就对这些员工展开了多次的秘密访谈，一个恐怖故事的轮廓开始显形。

该诊所的现任和前任员工告诉我们，对廷德尔行为的投诉可以追溯到20世纪90年代——**90年代**！最早的一份报告称廷德尔拍摄了年轻病患的外生殖器，却没有明显的医疗目的。为了确定这一投诉的细节，汉密尔顿和我驱车前往格伦多拉，上门拜访了退休护士伯纳黛特·科斯特利茨基，她是为数不多的愿意公开发言的人之一。80多岁的科斯特利茨基在她家前门接受了我们的简短采访，证实当时的诊所主任拉里·尼斯坦医生在得知照片的事情后没收了廷德尔的相机，然而他并没有对廷德尔采取其他行动。

几周过去了，哈丽特和汉密尔顿采访的另一些人表示，这些年对廷德尔行为的投诉有增无减、愈发严重，很多人都讲述了他的性虐待行为，与纪露西的经历颇为类似。有消息人士说，不断有人向尼斯坦和他的上级举报廷德尔的情况，但并无显著效果。尼斯坦已经去世两年了，所以其他人肯定也要为亡者考虑。两个与尼斯坦关系较密切的人告诉我，他会把针对廷德尔的所有严重投诉都告知上级。这些上级管理人员中包括迈克尔·杰克逊，他曾在南加州大学任负责学生工作的副校长，这间诊所就受他监管。杰克逊已经从南加州大学退休了，但我在北加州通过电话联系上了他。

"我知道你为什么打来，"他说，"我跟你没什么可说的。我已经不在南加州大学工作了，所以我无话可说。"然后他就挂断了电话。

我上门拜访的大多数人都不愿开口，比如长滩市的那个女人。愿意开口的人则坚持匿名，他们用来描述廷德尔的词都呼应了哈丽特和汉密尔顿在采访中听到的说法：毛骨悚然、诡异、肮脏。一位消息人士告诉我，他身上很臭。另一位则回忆说，有领导曾两次明令廷德尔把他办公室墙上的一张阴道写实图摘掉。在寻访南加州大学行政人员的间隙，我还试图联系廷德尔所说的妻子黛西·帕特里西奥和她的家人，想通过他们来加深对廷德尔的了解。她离开了他，回到了她的故乡菲律宾，不过我们不确定他们有没有离婚。帕特里西奥在这边的亲戚都不愿跟我谈，我和她在菲律宾的新男友短暂联系过，但后来他也沉默了。我安排了一名驻菲律宾的《洛杉矶时报》特约记者尝试去与帕特里西奥接触，这名特约记者的遭遇也没好到哪儿去。

但通过采访医务人员和患者，哈丽特和汉密尔顿还是取得了进展。他们了解到，直至该诊所的一名任职时间很长的护士长决定将一切置之度外，试图尽最后的努力扳倒廷德尔，南加州大学才开始对廷德尔采取行动。

她的名字是辛迪·吉尔伯特。

22 廷德尔的秘密交易

乔治·廷德尔办公室里的窗台上摆着几罐雷达杀虫剂和风倍清空气清新剂。两种喷剂都没起到什么作用。这个妇科医生用来检查病人的房间里滋生了大量果蝇，而且散发着一股体臭。

辛迪·吉尔伯特和她在学生保健诊所的同事米尔德里德·温格医生一起查看这间办公室时，都看到了那几罐雷达和风倍清。当时是 2016 年 6 月。此前四天，吉尔伯特已经想到了自己若是意图彻底阻止廷德尔将会面临何种风险。这种风险不可小觑。执掌南加州大学的高管们可不喜欢自己的战壕里有人挑事。打破常规并直言不讳的员工肯定不会因为按原则办事而得到嘉奖。但对于吉尔伯特来说，这已经不再重要了，这个女人身材单薄，脸上常带着温柔的微笑，对病人的安危有着近乎固执的保护欲。即使她将要做的事会让她丢掉工作，她也不在乎了。她的丈夫是南加州大学的医生，他的工作可能也会受到威胁，但这也并不紧要了。最重要的是防止廷德尔再去性虐其他姑娘。

吉尔伯特已经按照诊所的内部程序采取了她应该采取的步骤。她多年来都在这么做，反复地向诊所的执行主任和护理主管投诉廷德尔。她得到的唯一回应是，廷德尔已经因为他的行为受到了劝诫。

受到了劝诫，但没有被制止。

而且这不只是"行为"而已。这是性虐待。这是**性侵犯**。所以吉尔伯特决定如实举报此事。[1] 如果这是她能作为南加州大学员工所做的最后一次行动，那她也不得不这么做了。在该诊所质检经理的建议下，吉尔伯特向南加州大学关系与性暴力预防服务处——强暴危机中心——举报了廷德尔。吉尔伯特向该中心的执行主任举报了他，就像举报一个强奸犯一样。这次似乎起了作用。终于，这所大学好像注意到了这件事。

廷德尔当时正在度假，所以吉尔伯特和温格可以好好查看一下他的办公室。每一个偷瞧过廷德尔办公室的员工都知道他有囤积癖——包括纸箱和文件夹、多余的破椅子、旧幻灯片和小册子、书籍、午餐盒、快餐包装纸、半空的水瓶、一个装皮下注射针头的脏盒子（里面堆了很多针头）。但吉尔伯特和温格的实际所见实在令人作呕。飞来飞去的果蝇占领了廷德尔办公桌的整个桌面。这些果蝇的来源是放在一个布制行李箱上的一个装水果的塑料袋，里面的水果已经腐烂成了液体，透过袋子渗进了行李箱的布料中。这股恶臭有一种可感的质量。到处都是日常的垃圾。吉尔伯特拍下照片，记录廷德尔的病人不得不身处的这片凌乱而污秽的空间。

这种情况怎么能持续这么久呢？ 25 年来，对廷德尔的投诉一直在这间诊所的管理系统中向上传递。其中一些来自患者，她们描述了廷德尔检查她们身体的过程，而这些叙述总是时不时地冒出"毛骨悚然"这个词。**难道这还不足以把他赶出校园吗？谁愿意去看一个让人毛骨悚然的妇科医生呢？** 女医务助理和护士们也提出过投诉。诊所的政策要求她们在体检过程中担当廷德尔病患的监护人，她们表示自己亲眼看到他几乎越过了身为医生所有适当行为的界限，那种程度看起来非常像是性虐待。

在吉尔伯特将求助于强暴危机中心作为最后手段的三年前，她和一群监护人向尼斯坦提出了另一批涉及廷德尔的投诉。[2] 尼斯坦对这些事情已经见怪不怪了。他管理这间诊所已有 18 年，职业生涯基本都是在南加州大学度过的，两个儿子和一个女儿也是在这里拿到了学位。他当时 63 岁，长得白胖可爱，留着薄薄的白胡子。看他不顺眼的人也有，但总体上他似乎还是很受人喜爱。作为青少年保健方面的专家，他在南加州大学之外也广受赞誉。在尼斯坦的领导下，这间诊所的规模扩大了两倍，并且搬进了五层楼的新总部，诊所名字取自一位捐赠者的名字——恩格曼学生保健中心。尼斯坦说这是"梦想成真"。这位医生曾两次罹患侵袭性癌症，但都得以幸存：他在医学院战胜了黑色素瘤，在中年时还击败了多发性骨髓瘤。

在这间诊所，尼斯坦的苦恼就是乔治·廷德尔。

廷德尔会拍摄病人的外生殖器，据说这是作为病人没有癌症的症状或存在疣等疾病的记录，鉴于此，尼斯坦不得不没收了这个妇科医生的相机，而此后他一直都在处理有关廷德尔的投诉。早在 1997 年，一位填写了诊所意见卡的患者似乎就已经知道廷德尔会是多么恶劣的毒瘤。她写道，廷德尔"是我过去看过但以后绝不会再去看的医生，他是我一生中见过的最差劲的医生。他误诊了我，我还可以马上说出 20 个被他误诊的人的名字，包括跟一个我认识的姑娘说她得了癌症，但她并没有得"。这位患者接着发出了警告，她认为廷德尔在未来会引来严重的后果："如果你们不想在将来面临一场大型诉讼，我强烈建议解雇这个男人。"

几个月、几年乃至十多年转瞬而逝，对廷德尔的投诉一直未曾间断，而且变得越来越令人不安。大多数投诉者都去找了尼斯坦。他得知廷德尔在进行盆腔检查时不允许隐私床帘外的监护人监督他。一位患者告诉尼斯坦，廷德尔用手指检查她时没有戴手套。还有人说廷德尔喜欢询问年轻患者的性生活情况，但这没有明显的医学理由。廷德尔称赞过一位患者阴毛的外观。他还曾给一位患者讲过一段轶事，一位摇滚音乐家在芝加哥街头与一名不得不取下卫生棉条的女人发生了性关系。这位患者在投诉书上说自己被迫听了廷德尔的"恶心"故事，这让她感到"可耻而羞辱"。

尼斯坦与廷德尔当面对质，告诫他不要再做出这种行为。但他好像从未领会他的意思，尼斯坦不得不一再训斥他。廷德尔对被批评的反应可能颇具威胁性。那呆滞的凝视背后似乎隐藏着一股暴力的暗流。他让尼斯坦很担心自己会遭到人身侵害。

2004 年，尼斯坦向杰克逊表达了自己的恐惧。

尼斯坦在一封电子邮件中告诉杰克逊："我们一名员工的事情令我十分在意，他非常不满。"[4]

事情显然不了了之了。（杰克逊后来否认收到过廷德尔性虐病人的举报。）

那位投诉廷德尔不戴手套的病人说，他坚持要教她锻炼，以强化盆壁——当时没有监护人在场。她写道，廷德尔让她躺下，然后用裸指插入了她的身体，同时让她"紧缩"。廷德尔驳斥了这名女子的说法。尼斯坦当时对此事所做的笔记显示，他向南加州大学总法律顾问办公室的一名律师通报了这一投诉；该办公室又向校长报告了这一情况。尼斯坦还通知了该校在南加州大学公平与多样性办公室（OED）的第九条协调员①。"第九条"是禁止接受联邦资助的大学中出现性别歧视和性骚扰行为的联邦法条。

然而正如尼斯坦在笔记中记载的那样，总法律顾问和公平与多样性办公室只回应以一个哈欠：**这个女人指称的行为发生在很久以前——所以忘了这回事吧，这种投诉"不会有任何结果"**。事实也是如此。没人听得进那个有先见之明的姑娘的建议——开除他。

尼斯坦在笔记中对廷德尔的评价是丝毫没有纪律性。"这

---

① "第九条"是指美国在 1972 年通过的一项联邦民权法条，即教育法修正案第九条，其中对校内的性别歧视和性骚扰作出了相关规定。第九条协调员的职责是监督和调查涉及性别歧视和性骚扰行为的投诉。

不是个好事。"他写道。

　　当时是 2010 年。尼斯坦并不是必须接受那些管理人员拒不采取行动的决定。作为一名内科医生和一家为弱势年轻人服务的诊所的主任，他本可以做得更多——他也**本应该**做得更多。他本可以向医学委员会举报廷德尔，但没有迹象表明他这么做了。他本可以向警方举报他，但同样没有迹象表明他这么做了。

　　三年后，一位病人投诉了廷德尔，说他想给她做第二次子宫颈抹片检查，尽管她跟他说自己最近刚做过一次。她说廷德尔还建议她不要离开他的办公室，又说到他的"美妻"是一个"菲律宾女人"，以及他是如何发现"女人如此迷人"的。这个学生说她"吓傻了"。这起投诉使得尼斯坦跟吉尔伯特和一些监护人开了次会，听取了有关廷德尔的最新情况，他做了笔记：廷德尔在给病人体检时锁上了门，不让监护人进去。有几位病人表示她们再也不想见到他了，因为他"很怪异"，并且"令人毛骨悚然"。廷德尔会向病人打听一些"私人问题"。他在给人体检时会使用一种"不同的技术"，有些病人会感到疼痛。尼斯坦再次决定在内部解决这个问题。他向公平与多样性办公室举报了廷德尔，列举了这批投诉和此前的投诉。这一次，尼斯坦不仅仅是在转交投诉——他自己也成了投诉者。他在这份文档中指控廷德尔对他人进行了性骚扰——这是"第九条"下的一个大类，其中包括性侵犯——以及他对菲律宾裔妻子的评论和诸如"墨西哥人正在夺权"等言论让患者遭受了"原籍歧视"。

这份报告促使该办公室的一名高级调查员展开了调查——对随后发生的事情而言，这个说法极其言过其实，因为这根本算不上什么调查。尽管投诉的数量和种类繁多，而且延续了很长时间，被指控的不端行为也相当严重，但这名调查员只约谈了八个人。这都是她不会去怀疑的人：包括廷德尔本人。她没怎么深入探究那些记录，甚至没有要求查看尼斯坦手里的关于廷德尔的档案。调查从2013年6月持续到7月，没有任何后续行动。在此期间，尼斯坦和诊所的首席医生会见了廷德尔，讨论了这些投诉，并再次责令他不要发表性别歧视、种族主义和骚扰性的言论。廷德尔则以攻代守：在写给尼斯坦的一份辩驳书中，廷德尔将自己描绘成了受害者——因为他是一名男性妇科医生，所以不得不忍受"充满敌意的工作环境"。

尼斯坦一直在给公平与多样性办公室的那名调查员通报内情。他打电话给她，说"有可能他就是搞不清楚状况"，这个他就是指廷德尔。尼斯坦告诉她，廷德尔的个人档案——她并未索要的那本——有十几厘米厚。

这一切都是徒劳。2013年7月26日，这名调查员结束了调查。在一份机密备忘录中，她写道，她没有发现"任何违反政策的可起诉证据"，而且"没有足够的证据表明（廷德尔）存在任何违反大学政策的行为，因而无法证明继续调查的合理性"。

尼斯坦并没有放弃。他转而向人力资源部的一名管理人员求助，表达了他对公平与多样性办公室这次调查的失望。尼斯坦向这名管理人员汇报了廷德尔受到的投诉，想确定这是否足以将其解雇。这名管理人员表示了同情，并向人力资源部的执行主任提出了这一问题，但对方只答复了一句：除非廷德尔之前收到过三次警告，否则不能解雇此人。这就好比他拥有三张"免死金牌"，可以用来性骚扰甚至性侵病患。只要没有第四次警告，他就能保住工作。这可能不是一项成文政策，但实际结果就是如此。

廷德尔的职位在此后三年里一直都安稳无虞——直到吉尔伯特做了尼斯坦未能做到的事——她逼迫该校采取行动，丝毫不顾自身会付出什么代价。尼斯坦没能活着见证这件事：他的癌症复发，所以休假了；在针对廷德尔的调查开始前不到两个月，他离开了人世。

在尼斯坦没收廷德尔的相机后 20 多年，吉尔伯特和温格还有这样惊人的发现：就在她们遭遇那一大群果蝇的同一天，她们还找到了两百多张 20 世纪 90 年代初的照片和幻灯片，全都锁在这个妇科医生办公室的一个储藏柜里。这些照片上都是女性的外生殖器，有些还贴着被拍摄女性的名字。这些照片加深了行政部门对廷德尔的忧虑。公平与多样性办公室和该校的合规办公室对廷德尔展开了调查。公平与多样性办公室的调查内容还包括 2013 年对廷德尔发表种族歧视言论的各项指控。

在调查期间，廷德尔被勒令休假，并被禁止进入校园。公平与多样性办公室的另一名调查员采访了几位监护人，她们的说法都没变化。调查员采访了一位病人，她投诉了廷德尔，说他曾问她是不是因为家庭的宗教观念而导致性生活较少；他还跟这位病人提到自己一直等到婚后才与妻子发生了性关系，因为她是亚裔。然后他给这位病人提了一些建议：如果她结婚时不是处女，那也可以在新婚之夜做爱时偷偷在床上洒一小袋血来糊弄她丈夫。这位病人告诉调查员，她被"惊到了"。

这次调查一直持续到 2017 年初。南加州大学聘请了一家医疗顾问公司——科罗拉多州的医疗评审公司和一名堪萨斯州的妇科医生来参与调查廷德尔一案。医疗评审公司的审查员采访了廷德尔和 16 名诊所员工，并查阅了 20 多份医疗记录。廷德尔不承认自己有任何不端行为。然而不出所料，医疗评审公司在其报告中得出结论，如果廷德尔重返岗位，他的行为将引发"病人身心安全方面的严重问题"。该报告称廷德尔"使用的体检技术与标准的公认惯例有别，可能且很可能（根据病人的反馈）会被视为与病人存在不当身体接触的表现，而这很可能会被业内的行为、执业或资格审查委员会视为严重违规的行为"。

该报告称廷德尔的方法"可以视为对〔病人〕身体的侵犯"。其中还指出"廷德尔医生的一些行为可能表明他存在某种潜在的精神变态"。[5]

医疗评审公司指出，廷德尔医治的"大多数病人"都"格外弱势"，因为她们年纪较轻，也缺乏妇科检查的"常识"，很多情况下还存在"语言和文化障碍"。后者似乎是指廷德尔病人中有大批来自中国和其他亚洲国家的学生。

南加州大学此时掌握的证据已经完全足以解雇廷德尔，并向医学委员会和警方举报他的行径。然而该校却允许廷德尔对调查结果提出上诉。这一过程加上该校一贯的迟缓动作，使得廷德尔在工资清单上的名字一直保留到了 2017 年年中。在那段时间里，该校校园始终禁止廷德尔进入，但没有什么能阻止他私下诊疗那些毫无戒心的病人（他后来声称自己没有接诊）。

最后，南加州大学同意付清廷德尔的薪酬，条件是他自己辞职。尼基亚斯治下的管理层对一切都秘而不宣——一切都保密——不仅对当局和公众是如此，对投诉的员工和廷德尔的病人也是如此。

廷德尔离开该校时，他的行医执照"完好无损"，钱包满满。他还可以为所欲为。

这种状况一直没有改变，直到尼基亚斯及其团队得知我们正在找人打听廷德尔的事。该校管理层突然间决定，**应该**向医学委员会举报廷德尔，他们确实举报了——在南加州大学决定放过他后的大约八个月，现在他们又觉得他那些行为值得举报了。又过了三个多月，南加州大学才通知警方。那是在他们得知我们正在深入调查那些性侵指控之后。尼基亚斯治下的管理层很快就提醒该诊所员工要留心我们的问询。很多人认为这就是让他们闭嘴的意思。

我们在长滩市采访那位南加大行政人员未果后不久，汉密尔顿和我瞄准了另一个潜在的消息人士，我们认为此人可以证实这个故事中的一些关键部分。问题是此人当时恰好在外地，但我们不能让这种事阻碍我们，在这么重要的报道上不行。于是我们径直赶到洛杉矶国际机场，登上飞机，开启了一场**极端**的登门之旅——之所以说极端，原因有二，一方面是因为我们这次旅行的距离远非大洛杉矶地区范围内的短途旅行可比，另一方面也是因为我们这趟行程让《洛杉矶时报》花费不小，而那个突然被我们找上门的人愿意开口的可能性却十分渺茫。对这个人而言，跟我们谈话有百害而无一利——除了做正确的事所带来的满足感之外什么也得不到。根据我的经验，这就是那些冒着风险和我谈话的人最常见的动机。他们只是想做正确的事。在汉密尔顿和我设法进了对方的家门，用一些闲聊打破僵局，接着游说了一番之后，我们不远万里找到的这位消息人士就这么做了——做正确的事。这名消息人士不得不保持匿名，否则其职业生涯就将走向终结。我们对此人进行了两个小时的访谈，所了解到的情况在很大程度上夯实了我们报道的基础。这名消息人士从权威的角度告诉了我们一点：我们是对的。

第二天我们便飞回洛杉矶，回到了《洛杉矶时报》的新闻编辑部，那里与马哈拉什和杜沃辛治下的氛围已大不相同。在临时执行主编吉姆·柯克的管理下，领导层很支持我们跟进对廷德尔的报道，并准备投入本报的所有资源来发布这一报道，我和汉密尔顿的那次登门之旅能够成行就是个中明证。

同时陈颂雄也在收购《洛杉矶时报》和论坛在线的另一份西海岸报纸——《圣迭戈联合论坛报》。

像尼斯坦一样，辛迪·吉尔伯特基本上把她的整个职业生涯都献给了南加州大学，而这所大学对其生活的影响则更为巨大。她是在洛杉矶县和南加州大学医学中心接受的护理培训，还在那里遇到了她未来的丈夫保罗，保罗当时是该中心的骨科医生，尚处于住院实习期。保罗·吉尔伯特毕业于凯克医学院，后来成为该院的教授。辛迪·吉尔伯特嫁给了一名医生，这并不出人意料，她父亲就是一名心脏病专家。她之所以会钟情于护理，是因为这个行业在医疗领域能有非常多元的机会，可以让她转换不同的部门。她最初在儿科工作，几十年后，她在那间学生保健诊所里护理年龄较大的青少年和青年时也同样充满了热情。

侄在吉尔伯特向强暴危机中心举报廷德尔的那一刻，她对病人和同事的承诺在她的上级看来似乎变成了一种不切实际的空谈。她现在就是一个"惹祸精"、一个"大嘴巴"、一个棘手的员工。这就是行政人员对待她的方式，他们本应对廷德尔采取行动，却无任何动作。吉尔伯特绕过了他们，使他们身陷窘境。她让他们丢了脸，这是要付出代价的。

我们盯着你呢。这就是上司们传达给她的讯息。自那时起，她在他们眼里就一无是处了。他们撤销了本要给予她的升职机会。他们开始剥夺她的监督职权，联合她的同事一起贬低她，告诉他们不必听从她的指示。然后他们召集她和她的两名上司以及人力资源部的代表举行了一次闭门会议。**这是一场伏击，**她心想。他们指责她不恰当地议论了一位同事，而她坚称这种指责是错误的。但这并不是此次会议的真正意义所在。他们告诉她，她一直与上级"沟通不畅"，这个笼统的指责更像是裁决——也是在心照不宣地劝她辞职。

"他们的目的就是把我赶走。"吉尔伯特跟我说，她的双眼因为这段回忆而湿润了。

吉尔伯特没法再继续跟他们斗了。那些行政人员甚至没有跟她说过廷德尔的情况。**他被解雇了吗？他还有没有可能回到诊所？**有传言说他不会再回来了，但没有人愿意跟吉尔伯特确认这件事。那些行政人员让她蒙在鼓里，而这个有勇气举报廷德尔的人如今正在付出代价。

"我并没有想要伤害学生保健中心。"吉尔伯特受访时说道，"我是在努力保护学生和教职工。"

吉尔伯特的丈夫认为她留在那儿工作对她的心理健康已无益处。吉尔伯特于 2017 年 7 月递交了辞呈。

"太难了。我非常喜欢这份工作。这本来应该是一段很好的经历——有很多积极的方面。"

她睁大眼睛，用手指抹去了第一滴泪，然后分享了她在这间诊所里最大的遗憾——她这么长时间都没能阻止廷德尔。

"我跟同事们说我会让他滚蛋，但我没做到。"吉尔伯特说。

说完，她哭了。

23　尼基亚斯的倒台

　　在举办过格莱美奖、艾美奖和奥斯卡奖颁奖礼的地标性摩尔式建筑^①——圣殿礼堂里，奥普拉·温弗瑞向南加州大学安纳伯格传播与新闻学院的毕业生们发表了振奋人心的毕业典礼演讲。[1] 她用这样的话激励着 2018 级的毕业生："真相一直是，而且将永远是我们反对腐败的盾牌。"就在菲格罗亚街的转角，南加州大学新闻学院的毕业生马特·汉密尔顿正和哈丽特一同坐在该校的一间会议室里。他们去那儿是为了给尼基亚斯属下的三名行政人员一个机会，回应我们对廷德尔的调查结果。这并不是一次富有成效的会议。尼基亚斯的这几个代表回避了一些尖锐的问题，也就是多年来一直遭到他们无视的投诉。他们说，根据他们掌握的信息，校方对廷德尔的处置方式没有任何问题。这些行政人员说的话完全没有对我们的报道形成挑战。

---

　　① 摩尔式建筑（Moorish）的特色包含不加装饰的拱顶或是装饰繁复的拱形、釉彩亮丽的青花瓷砖以及阿拉伯文或者几何图形的装饰。

南加州大学正在拼命地努力在我们的报道发布之前抢占先机。除了姗姗来迟地向当局举报了廷德尔之外，校方还表示他们在 2016 年通过电子邮件向该诊所的数百名患者发送了一份调查问卷，含糊地征求了这些人的意见，让她们对诊所的任一医生在当年春季的表现给予反馈。南加州大学不愿向《洛杉矶时报》提供该问卷的副本。校方表示只有 20 多名患者回应了这次调查，其中包括两名投诉了廷德尔的患者，但她们的投诉与他进行的体检无关。在与哈丽特和汉密尔顿会面四天后，尼基亚斯领衔的管理层向《洛杉矶时报》发送了一份律师声明，称校方并不认为他们违反了加州的一项法规——该法规规定医院和诊所须向医学委员会举报有问题的医生——**因为南加州大学是一所学校，而不是医院或诊所。**这一声明还提道："事后来看，南加州大学虽没有法律义务，但现在校方认为应该在 2017 年早些时候，亦即廷德尔辞职时就向医学委员会提交顾客的投诉。"

尼基亚斯通过电子邮件向南加州大学社区发出了另一封信，他在信中写道，"对于所有可能去过学生保健中心却没有得到所有人都应得的有尊严的照料的学生，我谨代表学校表达诚挚的歉意"。

在那份声明和这封信发出几个小时后，我们的报道在《洛杉矶时报》的网站上发布了。这篇报道的冲击力、细节和所涉法律风险与普里亚菲托的那篇报道不分轩轾，可能还更胜一筹，但由于现在新闻编辑部的负责人是吉姆·柯克，所以此次编辑工作几乎只花了三周时间，而不是三四个月。发布的版本是如

此起首的：²

近30年来，南加州大学的学生保健诊所只有一位全职妇科医生：乔治·廷德尔医生。这个高大、爱絮叨的男人接诊了数以万计的女学生，其中很多都是第一次去看妇科医生的花季少女。

在恩格曼学生保健中心，躺在廷德尔的检查台上的患者中很少有人知道他曾多次被指控对年轻患者有不端之举。

这些投诉始于20世纪90年代，当时他的同事们曾指控他不适当地拍摄学生的外生殖器。此后几年里，病患和护理人员多次指称他的行为"令人毛骨悚然"，包括在骨盆检查过程中不适当地触摸女性，以及发表针对她们身体的性暗示言论。

近年来，一些同事很担心他将该校不断增长的中国学生当成了目标，这些学生对英语和美国医疗规范的了解往往非常有限。

尽管如此，廷德尔仍获准继续执业。直至2016年，一名嗅丧的护士前往该校的强暴危机中心举报，他才被停职。

南加州大学展开的一项内部调查已经确定，廷德尔在骨盆检查过程中的行为超出了正常医务工作的范围，构成了对学生的性骚扰。但通过去年夏天的一次"秘密交易"，校方的高层管理人员允许廷德尔暗中离职，并向他支付了一笔报酬。

南加州大学没有将此事告知廷德尔的病人。该校当时也没有向加州医学委员会报告廷德尔的情况，后者有责任保护公众，使之免受问题医生的侵害。

这篇报道详细描述了吉尔伯特为了让相关责任人对这些投诉采取行动而进行的长期斗争。"他不会停手，这一点很明显，"吉尔伯特说，"有些事情你可以忽视。有些事情你忽视不了。"

吉尔伯特描述了她向强暴危机中心举报后的遭遇，她认为那就是对她的报复。在南加州大学的那份发表于该报道面世前的声明中，校方否认她遭到了报复。

校方还企图把已经入土两年的尼斯坦当作替罪羊。尼基亚斯在发给南加州大学社区的一封网上信件中写道，尼斯坦"选择独自处理"针对廷德尔的投诉。他提到了尼斯坦给公平与多样性办公室的报告，但表示这份报告只涉及廷德尔的"所谓种族主义言论"。尼基亚斯的声明里还包括一个链接，点开来是一份"事实陈述"，作者是南加州大学负责行政事务的资深副校长托德·迪基、担任第九条协调员的公平与多样性办公室执行主任格雷琴·达林格·明斯和该校负责合规事务的资深副校长劳拉·拉科尔特。这份陈述中有一句关键的话又把责任进一步推给了尼斯坦："这位前主任的笔记表明，他每一次都针对廷德尔的行为采取了独立措施，包括在某些情况下与患者讨论投诉内容，对廷德尔的临床实践进行病历记录审核，以及聘请外部专家审查他的临床实践，但没有提出对这些投诉进行适当的调查。

尼基亚斯的信件和那份陈述中都没有一语提及尼斯坦向公平与多样性办公室投诉的这样一些"事实"：锁门、被挡在外面的监护人、没戴手套的手指、性别歧视言论或淫秽的八卦。其中也没有提到尼斯坦之前向总法律顾问和第九条协调员提交的报告，以及他曾呼吁人力资源部解雇廷德尔。

相反，尼基亚斯和他领衔的管理层在竭力将最大的责任归咎于一名逝者。

廷德尔坚称自己没有做过任何不当之事，我们的报道提到了他的否认之辞。这些话都是他在自家附近的一个公园里亲口对哈丽特和汉密尔顿说的，他们在那儿对他进行了总共十个小时的访谈。报道还提到了他想行医到 80 岁的愿望，以及他的这句话："在我临终之际，我会想到成千上万的特洛伊女人，她们的健康状况因为我而得到了改善。"

就像普里亚菲托的相关报道一样，这篇有关廷德尔的文章也在网上引起了轰动。全国和全球的媒体都在跟进。不过与普里亚菲托的相关报道不同，它是在"#MeToo"运动的热潮中发布的。尼基亚斯现在必须找到脱身之法，他不仅要处理十个月内的第二次大型丑闻，还要面对一场席卷全美各机构的法律和道德清算。他尽了最大努力——基本上是重新启用了应对普里亚菲托事件的剧本。首先，他竭力转移对自己的指责，说自己对廷德尔一无所知，直到这个医生离开南加州大学几个月后才有耳闻。然后，他发表了一份致歉声明，[3] 但并没有为其管理层的不作为承担个人责任，他只是说："我们让你们失望了。"最后，他发誓要展开一系列内部调查和改革。南加州大学还解雇了两名诊所主管，校方表示这两人本应对廷德尔采取更多措施，但尼基亚斯没有批评总法律顾问办公室、第九条协调员和其他管理人员的失职。

董事们仍然在力挺尼基亚斯。董事会主席约翰·莫克在一份声明中表示："董事会执行委员会对尼基亚斯校长的领导力、道德和价值观充满信心，并确信他将成功地引领我们的社区向前发展。"

但我们的后续报道造成的反响越来越大。其中讲到的那些站出来指控廷德尔在检查台上虐待过自己的女性也越来越多。[4]南加州大学为提出控告的受害者设立了一条电话热线，大约有300名前病患拨打了这条热线。廷德尔虐待过的亚裔学生人数高得不成比例，这一事实也日渐明显。中华人民共和国驻洛杉矶总领事馆给我发来了一份声明，其中要求南加州大学"严肃处理此案，立即展开调查，并采取切实措施，保护在校的中国学生和学者，使其免受伤害"。[5]这是校董们——其中有些人就来自中国和其他亚洲国家——和南加州大学的筹款人们最不愿见到的情况。这所大学是招收中国学生人数最多的美国大学之一——有5400多人。[6]这些学生支付的学费与其父母捐赠的款项是支撑南加州大学商业模式的一个重要组成部分。

洛杉矶警察局启动了该市有史以来最大的性虐待调查之一。在逮捕廷德尔并以29项重罪（他一概不认）对他发起指控之前，探员们还要花一年时间来询问全美各地的证人和提出控告的受害者。但有一个人，他们甚至没有要求与之交谈：马克斯·尼基亚斯。据我所知，洛杉矶警察局和地检署将调查范围限定在了廷德尔本人身上。对于南加州大学的管理人员在回应有关廷德尔虐待患者的投诉时的行为是否违反了相关法律，他们没有表现出丝毫兴趣。这与针对宾夕法尼亚州立大学前橄榄球教练曾杰瑞·桑达斯基和密歇根州立大学前医生拉里·纳萨尔的性侵案的广泛调查形成了鲜明对比。在后两起调查中，当局都审查了大学管理人员的行为，这两所学校的校长最终受到了刑事指控。[7] 宾夕法尼亚州立大学前校长格雷厄姆·斯帕尼尔因未报告桑达斯基受到的猥亵儿童的指控而被判入狱两个月。一名法官驳回了对密歇根州立大学前校长卢·安娜·西蒙的指控，她此前被控在纳萨尔一案中向调查人员撒谎。[8]

奥德丽·纳夫齐格说，1990 年，廷德尔在她还是南加州大学法律系学生的时候虐待了她。她后来在邻近的文图拉县地检署担任了多年的性犯罪检察官。纳夫齐格在谈到洛杉矶调查人员未曾对南加州大学的管理人员展开调查时说："如果你不去找，那你永远找不到任何东西。南加州大学凭什么和宾夕法尼亚州立大学不同？它凭什么和密歇根州立大学不同？"

她想不出这要怎么回答。

有关廷德尔的报道发布后的那一周，尼基亚斯受到了四面八方的抨击。一份要求罢免他的网上请愿书迅速征得了 2000 名校友、学生和其他人的签名。更引人注目的是，有 200 名教职工给董事们写了一封信，说尼基亚斯"失去了领导的道德权威"，必须辞职。[9] 须知在之前的丑闻中，教职工的温顺是始终如一的，这反映了尼基亚斯对这所大学的铁腕掌控。这封信如同一根导火线，给尼基亚斯的职权造成了一次更大的打击：代表教职工的学术评议会在投票后敦促他下台。[10] 投票之前，教职工们在一次会议上猛烈抨击了尼基亚斯和董事会。其中一人说："主要问题就在于董事会不是这家机构的，而是马克斯的。"[11]

有意竞逐市长大位的商场建造商里克·约瑟夫·卡鲁索眼看这场抗议愈演愈烈，于是竭力说服幕后的其他董事去告诉尼基亚斯，是时候走人了。卡鲁索还向威廉·蒂尔尼这样的人寻求了帮助，此人是一小群精英教职工的一分子，他们都拥有校级教授的头衔，这一荣誉是为南加州大学最有成就的研究人员——教育工作者保留的。如果尼基亚斯失去了大学教授们的支持，董事会要求他辞职的可能性将大幅增加。蒂尔尼很快便确定，他所属的群体认为尼基亚斯辞去校长一职符合南加州大学的最佳利益。因此，大约有 12 名教授与尼基亚斯私下见了面，向他传达了这一看法。蒂尔尼说，在尼基亚斯的办公室举行的这次会议（有些教授是通过电话与会的）很客气，也很遗憾。

"每个人都用自己的方式亲切地说，'马克斯，你必须走了'，"蒂尔尼回忆道，"他说，'我得好好想想'。"

不久之后，也就是 2018 年 5 月 25 日，尼基亚斯辞职的消

息传来。我们报道的开篇是这样的：[12]

> 　　南加州大学董事会在周五宣布，该校校长 C. L. 马克斯·尼基亚斯将辞去校长一职。尼基亚斯在任期间，该校在声望和筹款能力方面得到了显著提升，却因一系列恶性丑闻而蒙羞。
>
> 　　做出这一决定前一个多星期，该校对一名长期任职的校园妇科医生的处理引发了轩然大波，这名医生被控对女学生有不端行为。自那以后，已有 300 多人主动向南加州大学提供信息，她们大多是乔治·廷德尔医生以前的女病患，其中很多人都控诉自己受到了误诊和性虐待，时间最早可追溯至 20 世纪 90 年代初。
>
> 　　《洛杉矶时报》公布的这些内情加剧了人们长期以来对该校领导层的道德和管理风格的忧虑情绪，并引发了要求尼基亚斯辞职的呼声。
>
> 　　南加州大学校董会理事里克·约瑟夫·卡鲁索周五在给该校的一封信中表示："尼基亚斯校长和董事会执行委员会已同意开始有序过渡，并启动遴选新校长的程序。我们已认识到这一改变的必要性，并且致力于实现平稳过渡。"

但尼基亚斯和董事会并没有敲定他离职的日期。事实证明，这次过渡是一个漫长而神秘的过程，校方毫无寻找尼基亚斯继任者的迹象。教职工和学生领袖开始担心，尼基亚斯有可能会违背他所作的离职承诺。他们知道很多校董仍然在支持他，其中有些人认为这场丑闻的余波会在当年夏天就消退，而尼基亚斯可以继续无限期地担任校长。及至 7 月下旬，这种忧虑达到了沸点。670 多名教职工联名签署了一份请愿书，要求校董们确保尼基亚斯在秋季开学前离校。"我们发现自己正处于一种动荡和不确定的状态之中，"请愿书中如此写道，"不能让尼基亚斯校长在开学典礼上欢迎新生。"随后，学术评议会主席在给教职工的一封信中写道："在寻找新的终身校长期间，尼基亚斯不宜再继续任职。"

一周后，校董们宣布，尼基亚斯确实将辞去校长一职，并由南加州大学董事会成员、已退休的航空航天业高管旺达·奥斯丁来暂代其职。旺达·奥斯丁成为第一位领导这所大学的美国非裔女性。

至此，尼基亚斯时代宣告终结。这是一次迅疾而难看的倒台——"一场美国悲剧。"蒂尔尼如此说道——但卡鲁索和另一些校董如同羽毛落地般实现了软着陆。他们给尼基亚斯提供了价值 760 多万美元的离职补偿，让他继续留在工程学院任职，并授予他荣誉校长的头衔，还任命他为"终身校董"，一个没有投票权但在董事会中享有威望的职位。

在校董们为尼基亚斯的告别提供缓冲时，他们可能并不知道，另一起丑闻即将上演——这一丑闻也起始于他的任期之内，并将进一步败坏南加州大学在国家舞台上的声名。

24 校队蓝调案

　　胸口深处的刺痛让埃里克·罗森喘不过气来。**这是心脏病发作了吗?** 他当时正坐在纽约市西区高速公路上的一辆优步网约车的后座上，在前方某处，来访的特朗普总统的车队让交通陷入了瘫痪。罗森是波士顿的一名联邦助理检察官、金融犯罪研究专家。他来纽约是为了与其他的联邦检察官参加一起有关证券欺诈案的会议。这是一起重大案件，但不是那种让他月复一月每天工作 16 个小时的案件——很可能是这种苦干导致他现在痛苦地紧紧攥住自己的胸口。**他才 40 岁! 这么年轻、这么健康，实在是不应该!**

　　罗森的妻子是医生，他给她打了电话，她让他叫救护车。他叫了，急救人员设法冲破拥堵，把他抬出了优步网约车，然后送往医院。诊断结果是肺栓塞。他腿上的一个血栓移动到了肺部。罗森还记得自己慢跑时曾感觉到小腿肚子在抽筋，他用一个瑜伽滚轮按压了一下，这可能推动了那个血栓，加速了它的上移。他的妻子一直在警告他，说他的日程安排有问题，这可能会损害他的健康：**你会把自己累垮的。**

她是对的，但罗森停不下来。他出院后不到一周就重新开始工作。他一直很渴望再度接手**那个**案子。那个大案。那个案子让他飞遍了全国（这些航程对血管健康有损无益）。有几次他就飞往了洛杉矶。

罗森在前一年的一次纽约之行中就已经关注到了这起案件及其可能产生的巨大影响。当时他正搭乘下午从波士顿出发的火车去参加美国证券交易委员会的一场会议，这时他的电话响了，是联邦调查局打来的。跟他合作过的探员想让他听一名线人秘密录制的一段电话录音，内容是这名线人与一个名叫里克·辛格的人的对话。火车上太过拥挤，毫无私密可言，于是罗森走到了车厢连接处的过道上。他站在那儿听了这份录音，由于车轮铿锵作响，他一直把手机紧贴着耳朵。[1]

辛格是一名健谈的大学招生顾问，满头银发，住在纽泚特比奇市，他和耶鲁大学女子足球队的教练鲁迪·梅雷迪斯的电话被录了音。他在电话中在向梅雷迪斯夸夸其谈，吹嘘有厂百名家长都在找他帮忙，只为让他们的孩子进入最好的大学——无论这些孩子够不够格。让罗森惊愕的是，辛格和盘托出了美国历史上最大的一桩大学招生丑闻。他策划了一个方案，使得家长们可以贿赂高校的教练或管理人员，让他们的孩子作为体育生入学，哪怕这些孩子并未参与过他们理应擅长的运动。有些家长还付钱给辛格，让他来操纵其子女的学术评估测试和美国大学入学考试的成绩，以确保这些孩子能以一流的分数被他们选择的大学录取。

在辛格的目标高校中，南加州大学可谓首屈一指的选择。

辛格有一种自信谁都不敢出卖他的老骗子的派头，他以满不在乎的淡定语气告诉梅雷迪斯，他做的腐败交易实在太多，所以需要贿赂更多的教练才能把学生伪装成运动员。"我们在哪儿都这么干过。"辛格说。他需要提供更多的机会，促使富裕的家长愿意拿出几十万美元，好让他们的某个孩子绕过正常的录取程序。他需要在耶鲁这样的学校为这些孩子提供更多名额。辛格觉得把这些事告诉梅雷迪斯非常安全，因为这名教练也收受了他的贿赂——总计至少86万美元。

有一位家长并不是通过辛格来贿赂梅雷迪斯的：洛杉矶金融家莫里·托宾以月付的方式向这名教练支付了一笔费用，好让女儿以足球运动员的身份进入耶鲁大学。在开始支付这笔钱之后，55岁的托宾卷入了一起股票欺诈案，不过这起案件与购买大一新生的名额无关。2018年3月，股票调查部门派遣联邦调查局探员前往托宾在洛杉矶汉考克公园附近购置的一座法国城堡风格的豪宅。他们向他出示了搜查令，然后巨细无遗地搜查了这栋约780平方米的房子，扣押了各种文件和电子设备。对托宾不利的证据是确凿无疑的。他曾是一场精心策划的"炒高抛售"①骗局的主导者，这场骗局制造虚高股价，骗取了毫无

①　"炒高抛售"（pump-and-dump）是一种股票欺诈行为，即通过虚假和误导性的市场向好声明人为地抬高所持股票的价格，以便以更高的价格出售这些以廉价购买的股票。一旦操作者抛售完成，股价就会下跌，投资者则将亏损。

戒心的投资者数百万美元。罗森及其所在的地方检察署宣称他们对该案拥有管辖权，因为至少有一名受害者住在马萨诸塞州。在突击检查托宾住所之时，罗森和联邦调查局并不知道托宾或其他任何人为子女就读大学一事给那些教练付了钱。谁听说过这种事？联邦调查局的探员在完成搜查后告诉托宾，他们对他已是十拿九稳——他要倒台了——如果他还想自救的话就应该去联系罗森。托宾预计将在联邦监狱服刑多年，但若与政府合作，他或许能靠承认轻罪来减刑。

托宾很快就看出联邦调查局的这个建议是明智的，于是飞往湾州① 达成了一项协议。² 那两天里，他在约翰·约瑟夫·莫克利联邦法院与罗森及联邦调查局和证券交易委员会的代表见了面，那是九楼的会议室，可以看到白雪皑皑的波士顿港。托宾道出了他在炒高抛售案中的同谋，一个名字和细节都没放过。然后他还额外提供了一名耶鲁大学教练的相关讯息——那名教练会收钱录取假扮成特招运动员的申请者。

罗森对此很感兴趣，这并不仅仅因为他是哈佛毕业生，而耶鲁恰是其母校的宿敌。他回忆道："这是我第一次听说有人靠贿赂别人来获得录取名额。"他对利用足球入学的冷门方式印象很深："我觉得这是一种可以达成录取这一终极目标的极具创意的妙招。在常春藤盟校里没有人会认真深究你有没有踢过球。"

起初，罗森以为托宾贿赂梅雷迪斯很可能只是这两个诡诈

---

① 马萨诸塞州别称。

之徒间达成的一次孤立交易。托宾之所以选择耶鲁，是因为他曾就读于该校，在转学到佛蒙特大学之前，他在耶鲁打过曲棍球。"显而易见，我们都认为这很有意思，"罗森说，"我们认为这会是一个绝无仅有的案子。"

为启动调查，罗森让托宾在一家酒店的客房里与梅雷迪斯会面，讨论为女儿入学所要支付的那笔费用。联邦调查局在房间里安装了隐藏摄像机，拍下了这个父亲和那名教练敲定了45万美元贿赂款的场景。

"在会面结束时，他告诉莫里，洛杉矶有个家伙就是干这个的。"罗森回顾道，"他说'这人的名字叫里克·辛格。'"

那是罗森第一次听到这个名字，他开始怀疑这到底是不是一个孤例。

解谜是罗森热爱自己工作的原因之一。他恰巧也很擅长此道。他的父亲是工程师，母亲是数据分析师，凭着一股斗牛犬式的劲头，他把从父母那里继承下来的混杂的技能运用到了调查艺术之中。给他一丁点儿线索，他就会不屈不挠地追查下去。当线索把他引向了那种涉及违法和伤害他人的问题时，他会解决这个问题，或者竭尽全力地去尝试解决。

梅雷迪斯在镜头前的表现为联邦调查局调取其银行记录提供了依据，这些记录显示，辛格在过去三年里向那名教练支付了86万美元。这给了罗森足够的理由，可以让联邦调查局去质询梅雷迪斯。和托宾一样，梅雷迪斯也同意交代，探员们让他给辛格打了一个录音电话，得到的结果就是罗森乘火车时听到的材料。

"他谈到了全国数以百计的小孩儿，"罗森谈到辛格时说，"他在自吹自擂。这就像是一个大学招生欺诈的'帝国'。"

这个"帝王"的自我夸耀使得罗森能够调取他的银行对账单和电子邮件，并说服法院授权窃听了他的电话。此后三个月里，大量证据从那些文件、信息和通话中涌现出来。罗森和探员们给辛格看了一眼他们的调查结果，这个诈骗犯抵赖了一段时间，但随后就加入了托宾和梅雷迪斯的合作者阵营，配合他们调查。接下来，辛格用了整个秋天和大半个冬天来偷偷给那些和他通话、见面的客户录音。2019年3月，他以一号合作证人的身份出现在一份公诉书中，这份公诉书指控了50名犯罪嫌疑人，同时涉及8所大学。有21人被控与辛格收受的贿赂和南加州大学的入学考试作弊有关，其中包括3名特洛伊人的教练和体育部资深副主任唐娜·海内尔。洛莉·路格林和莫斯莫·吉安纳里这对好莱坞和时尚界的夫妇也在被控的19名南加大学生家长之列。其他任何一所学校都无法与南加大方面的被告人数相提并论。

"南加州大学真是'一枝独秀'！"罗森说。

这所大学与其他学校的不同之处在于它有一个专门的委员会来审议运动员的入学申请，以区别于其他学生，这使得辛格更容易从中运作。海内尔是该委员会的联络人——罗森称她为"看门人"。在公诉书中，她被控密谋录取了20多名申请者，这些人正常情况下绝对无法通过审核并成为合法的新生。其中包括假扮成赛艇舵手的路格林和吉安纳里的女儿——一名据称身高165厘米的篮球运动员，以及一名来自没有橄榄球队的高中的假橄榄球运动员。海内尔被控从辛格那里收受了总计130万美元的款项，这笔钱都打入了她大体上能操控的南加州大学账户。她还被控每月向辛格收取两万美元的个人费用，以用于那些被政府列为虚假咨询的服务。在公诉书提交之前，我和同事们对此都一无所知，官方也没有暗示比海内尔级别更高的南加州大学管理人员知道这些欺诈行为。但此案确实加深了人们的疑虑，即该校的领导文化中是否有某些因素为辛格的"事业"提供了蓬勃发展的温床。

这起校队蓝调案的大多数被告都是富人，他们在各自所属的领域也很有影响力，他们聘请了不少律师。但联邦政府给他们的待遇与街头的犯罪嫌疑人无异。联邦调查局的探员会在未发出任何警告的情况下就来到他们家中并将其收监，时间通常是拂晓时分。我不禁好奇，如果这起校队蓝调案落到了洛杉矶地方检察署手里，他们会不会也如此行事呢？我只能猜测本地的调查人员若是不打招呼就带着搜查令出现在普里亚菲托家门口，他们有可能会发现什么。或者，如果他们调取了南加州大学管理人员收发的每一封有关廷德尔的电子邮件或短信，那又可能会找到什么。

罗森表示，不论证据指向何地、何人，地位和特权对他来说都毫无意义。他没有料到，这起校队蓝调案给人们明确地展现了金钱可以多么轻易地进一步操弄这个已经很有利于富人的领域，以及对声望的痴迷如何在高等教育机构中埋下了腐败的祸根，从而引发了如此巨大的轰动。罗森在联邦法院的诸多镜头前宣读了公诉书，几分钟后，他才意识到这起案件在公众中引起了多么深刻的共鸣。新闻发布会还在进行，他胸前口袋里的手机就开始震动了，全美各地的记者打来的电话和发来的短信接踵而至。

"我没想到会造成这么大反响，"他说，"我没想到这会成为全国性的话题。"

25 拯救《洛杉矶时报》及其后

刘易斯·德沃金给我们带来的影响是我和很多同事都已经预见到了的——《洛杉矶时报》将不再是一家声誉良好的新闻机构。《洛杉矶时报》的首席执行官兼出版人罗斯·莱文森从《福布斯》挖来了德沃金，此人曾在《福布斯》担任首席产品官，如今成了我们的主编。德沃金来到《洛杉矶时报》仅两周就召开了一次员工会议，对《纽约时报》的一篇讲述他竭力讨好迪士尼公司的报道发泄了一通怨气。[1] 迪士尼公司曾禁止《洛杉矶时报》的记者观看其试映的影片，因为我们报道过迪士尼乐园从其长城阿纳海姆 [①] 获得的经济激励，而他们对此十分不满。德沃金此前为他与迪士尼老板的私下谈话和他下达的指示做过辩护，这一指示即我们不能在社交媒体上强调迪士尼公司抵制了我们报纸的记者。现在他大发雷霆，因为有人向《纽约时报》

[①] 阿纳海姆（Anaheim）是美国加利福尼亚州橙县的第二大城市，第一家迪士尼乐园就开设于此地。

泄露了这些言论的录音。德沃金说，无论是谁制作并泄露了这些录音，都违反了禁止秘密录音的州法。不止如此，他还拿腔拿调地说泄密者"道德沦丧"。这简直是精神错乱。我们是**记者**，秘闻就是我们的通货，包括那些与我们自己的编辑和出版人的刚愎自用有关的秘闻。

好吧，我用手机录下了德沃金的这些道德说教言论，并把**这段**录音泄露给了全国公共广播电台的媒体记者戴维·福尔肯弗里克。他在文章中借这段录音严厉抨击了德沃金，让此人的愚蠢暴露无遗。

到那时，我们有好几个人已打算尽全力让《洛杉矶时报》摆脱论坛在线的掌控。我们确认了一点，只要有德沃金和莱文森这种人在位，想做出提升《洛杉矶时报》地位的新闻就绝无可能。他们滔滔不绝地谈论着把我们这样的过时印刷出版物转变成在网络和移动设备上蓬勃发展的数字资产。但他们的策略是赤裸裸的，其目标就是大幅裁员，并用薪酬较低的自由职业者制作的低俗标题党内容取代我们的大部分报道，德沃金在《福布斯》就是这么干的。我们若想让《洛杉矶时报》长期生存下去，唯一的希望就是它能卖给陈颂雄这样的仁慈买家。但这看起来可能性不大，我们从陈颂雄的一些亲信那里得到的消息不容乐观。因此，我们的上策就是阻止莱文森、德沃金和他们的老板迈克尔·费罗将《洛杉矶时报》带往下坡路。我们不得不再次展开秘密行动，否则便有可能当即遭到解雇。在一个合乎伦理的新闻编辑部里，记者们会报道自家报社的内部缺陷，并将其公之于众，就像他们对其他的对读者有重大影响的机构所做的那样。《洛杉矶时报》过去曾因这种自我审查而广受赞誉，甚至获得普利策奖。但在论坛在线的主宰下，这似乎已不再可能。所以我们只能通过我们的竞争对手来揭露真相了。

在司事林荣功二世的协助下，我开始调查莱文森。我们翻找了一些20世纪90年代末的公共记录，当时莱文森是时运不济的搜索引擎"远景"的一名高管。后来他进入了福克斯体育台，在雅虎工作一段时间后，他接掌了这家下辖《好莱坞报道》《公告牌》和《广告周刊》的公司。我们发现了一起尘封已久的针对他的性骚扰诉讼，我把这些信息和我们挖出来的其他材料都交给了福尔肯弗里克，他即将在一篇传略中对莱文森做深入而广泛的报道。我们还提供了一些内幕消息、《洛杉矶时报》内部的电子邮件和备忘录、潜在线人的姓名，以及对报道该报动荡形势的各类地方和全国性媒体来说可能有价值的所有其他信息。成为外部记者线人的员工数量越来越多。我们的新闻编辑部很快就成了一股秘闻的喷泉。新闻业工会的组织者在工会的活动网站上发布了我们对论坛在线高管的超额薪酬和费罗那海盗般的特殊待遇的调查结果，这些待遇包括他的私人喷气式飞机。

福尔肯弗里克对莱文森的报道是一次强有力的揭底，其内容远远超出了林荣功二世和我给他透露的消息。[2]福尔肯弗里克的报道称，莱文森曾是两起性骚扰诉讼的被告，他在之前的工作场所表现得像个"兄弟会成员"，还曾用贬低性词语来形容同性恋者。莱文森说这些都是谎言，但这篇报道终结了他在《洛杉矶时报》的职业生涯。

第二天，全国劳资关系委员会宣布了新闻业工会的表决结果：我们以 85% 的得票获胜。[3]《洛杉矶时报》在其 135 年的历史上终于诞生了一个成立了工会的新闻编辑部，它终于加入了《纽约时报》《华盛顿邮报》《华尔街日报》和数十家其他刊物的行列。

我们这还只是小试牛刀。我和《哥伦比亚新闻评论》《财富》杂志以及其他新闻机构的记者都保持着联系，所以我很清楚接下来会发生什么。在全国公共广播电台猛批莱文森后不到一周，《哥伦比亚新闻评论》的莱兹·伦茨也加入了这场论辩，她的长篇报道抨击了德沃金和他那种叫卖般的报道新闻的方式。[4]这篇报道的标题是《洛杉矶新闻业的"黑暗君主"》，开篇就提到了他那句"道德沦丧"的言论。在伦茨的报道中，有一句话说明了一切："即使是那些正面评价他的人也承认，他可能很难相处，而且带有威胁性，用一名与德沃金共事过四年多并且真正喜欢他的撰稿人的话说就是'没有新闻道德'。"

这篇文章对德沃金大加挞伐，而德沃金则在下台之际把《洛杉矶时报》的商业版编辑停了职，因为他误以为她就是这次泄密的线人之一。不久之后，论坛在线解除了他的主编职务。

随着混乱的加剧，陈颂雄对收购《洛杉矶时报》的兴趣也增强了，他甚至有可能发起敌意收购。我有一个精通华尔街门道的熟人认识陈颂雄，他认为，考虑到《洛杉矶时报》的动荡不安，法官可能会在劝说下延长为争夺论坛在线董事会控制权而展开的代理权争夺战①的最后期限。这有可能让陈颂雄买下费罗治下的这家公司。我这个熟人后来又打听了一下，但得到的消息是这一策略不宜采用。然而还有另一些事情正在进行之中：《财富》杂志的撰稿人克里斯滕·贝尔斯特罗姆和贝丝·科维特即将完成一篇报道，其中详细描述了两名女性对费罗的性骚扰指控。[5]据我所知，费罗听闻了他们报道的风声，于是突然间又急于出售该报了（他后来从论坛在线董事长的职位上退休，时间恰好是贝尔斯特罗姆和科维特发布其报道前几个小时）。2018 年 2 月的第一周，他向陈颂雄提出了一个不容讨价还价的提案。

这是个关键时刻，因为我们收到了消息，论坛在线一直准备裁掉至少两成员工，同时取消我们在华盛顿特区的办事处。陈颂雄后来告诉一名记者，费罗和该公司的董事会给他发了一份更加恶劣的最后通牒：论坛在线打算关停《洛杉矶时报》，并将所有业务转移到芝加哥的公司总部；若要避免这种状况，陈颂雄只能在 72 小时内同意以对方狮子大开口的五亿美元要价买下《洛杉矶时报》和规模比我们小得多的姊妹报纸——《圣迭戈联合论坛报》。[6]陈颂雄很清楚这个报价过高，任何一位财

---

① 代理权争夺战是指由某个公司的不同股东组成的不同利益集团，通过争夺股票委托表决权即投票权以获得对董事会的控制权，从而达到更换公司管理者或改变公司战略目的的行为，是持有异议的股东与公司管理层或现公司实际控制者之间争夺公司控制权的一种方式。

务顾问都会让他放弃。但他并未犹豫。陈颂雄接受了费罗的条件，把《洛杉矶时报》从深渊中拉了出来。

　　在德文汗透露康斯坦斯酒店的内幕消息的三年后，《洛杉矶时报》的一名资深编辑又收到了一条内幕消息：一名新闻媒体的内部人士告诉他，我们那篇有关廷德尔的报道有望赢得普利策调查性报道奖。几天后，普利策奖将在哥伦比亚大学揭晓，获奖者此前都会严格保密。不过有时也会有一些获奖者的名字从普利策奖委员会泄露出来，尽管将他们公之于众很不妥当。我们被这个内幕消息吊足了胃口，但还是尽量让自己不要表现得过于激动。即便是记者给其他记者提供的一些有关记者的内幕消息也可能是以讹传讹。我打电话给那位有普利策奖消息来源的编辑，戏谑地追问他这个内幕消息看起来到底有多少准头。"非常靠谱。"他说，因为他的消息来源能接触到这些事。但这一消息仍然无法证实。

　　次日，另一位内部知情人证实了这一消息。又过了一天，员工们聚集在报社新总部的七楼，这是一座 20 世纪 60 年代兴建的办公楼，紧挨着洛杉矶国际机场。陈颂雄额外花了几百万美元来翻新这座建筑，其中包括一个现代化的新闻编辑部，内里干净而有序，迥异于我们那座老旧的（却依然让人怀念）时报大楼里的破陋杂乱的空间。在论坛公司变身为论坛在线之前，他们已经将那栋老楼卖给了一家商业地产开发商，后者希望将其打造成容纳高层共管公寓和商店的中心地标。当时在我们的新驻地，哈丽特、汉密尔顿和我并肩站在新闻编辑部里，周围还有几十名同事，我们所有人都盯着上方的显示屏，关注着正在纽约直播的普利策奖的颁奖公告。我们中的一些人开起了玩笑——或者是半开玩笑？说可能是搞错了，是以讹传讹，也许我们拿不了奖。但随后调查性报道奖公布了，我们的名字赫然出现在屏幕上，新闻编辑部里的欢呼声和掌声瞬间响成一片。

对我来说，这一刻超越了赢得新闻业最高荣誉的那种喜悦，这是一次高调的正名。这次获奖进一步证明了一点：为新闻原则和伦理而战，即使冒着赌上职业生涯的风险，最终也会有所回报。从这个角度来看，我认为这项普利策奖也属于亚当·埃尔马雷克和莎拉·帕尔维尼。他们对普里亚菲托那项调查的勇敢付出为廷德尔的报道奠定了至关重要的基础。

在最后一个奖项公布后，哈丽特的眼里满溢着激情，她向同事们发表了讲话，并向那些勇敢站出来的南加大女性表达了感谢和敬意，没有她们就没有这篇廷德尔的报道。然后她谈到了这间报社的濒死经历，并称赞陈颂雄和他的妻子米歇尔·陈于千钧一发之际拯救了我们。

"这栋楼里的很多人都知道我们差点就完蛋了，在这种时候，我不知道还有什么奖励会像这份奖励一样美好。"她说，"这么多人，我在新闻编辑部里的这么多同事都曾为挽救这间报社而奋战。有这么多人都还记得我们在米歇尔和颂雄第一次走进新闻编辑部时所感受到的希望。"

一针见血。这项普利策奖是对我们前一年工作的认可，但它更多地反映了《洛杉矶时报》的未来，这一未来之所以能成为可能，原因就在于员工们的韧性和决心，在于新闻编辑部拒绝让该报的新闻标准落入过去的窠臼。哈丽特、汉密尔顿、亚当和帕尔维尼就代表着这一未来。和我不同，他们的职业生涯还很漫长。

在获得普利策奖很久之后，新闻编辑部里仍有一些悬而未决的问题。2020 年年初的一天，《洛杉矶时报》的执行主编诺曼·珀尔斯坦对我大喊大叫起来，他要求我停止对他的调查。"你还盯上**我的屁股**了？"他怒吼道。

我和我当时的编辑杰克·伦纳德坐在珀尔斯坦的办公室里。窗外可以看到洛杉矶国际机场的跑道，其后是山形剪影般的市中心天际线。这副景象比珀尔斯坦控诉我盯上他的那副景象要诱人得多。他站在我面前，脸色通红，双臂紧紧地交叉在胸前。

"拜托，咱们能不能冷静一下？"杰克对他说。

"冷静**不了**！"珀尔斯坦咆哮着，"我的屁眼干净得很！"

陈颂雄收购《洛杉矶时报》后就聘请了《华尔街日报》和时代公司的前主编珀尔斯坦来领导我们的新闻编辑部。他在这个位置上干到一年半的时候，杰克和我走进他的办公室，想跟他讨论报道中有可能存在的利益冲突。《洛杉矶时报》的另一名记者和我了解到，珀尔斯坦加入本报前曾在多伦多的一家公司担任顾问，杰克和我认为报道中至少应该添入一段编者按，向读者告知那家公司与珀尔斯坦的关系。但我们一问到这点，珀尔斯坦就开始大喊大叫。他说这当中没有冲突。编者按也从未添入。

杰克和我已料到我们会因为挑战珀尔斯坦而受到惩罚，他在几个月后的做法在我们看来就是一次打击报复。当时我与同事艾琳·切克梅迪安和戴维·皮尔森正在展开一项重大调查，而珀尔斯坦却不允许我们发布后续的三篇报道。这次调查探究了程马克所受的指控，他是一名动物权利倡导者，且有好莱坞众星背弓，却被控在拍摄过程中付钱给亚洲的屠夫，让他们虐狗、杀狗。[8] 珀尔斯坦一开始说他只是没有兴趣再发布有关程马克的报道了，其后又声称最初的文章并没有吸引大量的网络受众。事实上该文在网上的反响格外热烈。我向杰克提议，我们要以辞职来抗议珀尔斯坦拒绝发布那些后续报道的做法。我们考虑了大半天，最后得出结论：这么干只会让他得逞，而那些报道依然会胎死腹中。于是我们展开了反击。我根据我们新的工会合同提出了申诉，而杰克则暗中游说执行主编斯科特·克拉夫特刊载这些报道。其中有一篇深挖了程马克受到的一些指控，包括他在没有兽医执照的情况下行医，以及他伤害了他所"治疗"的宠物。

值得庆幸的是，珀尔斯坦在新闻编辑部里越来越不得人心，原因之一是他并未采取有力的措施让该报以白人为主的员工群体实现多元化。他断然回绝了要求他辞职的呼声。此时，一桩新的性骚扰丑闻震惊了该报，使得珀尔斯坦为《洛杉矶时报》聘请的食品版负责人不得不引咎辞职。在形势日益逼仄的情况下，珀尔斯坦雪藏程马克相关报道的决心似乎有所动摇了。那篇讲述程马克涉足兽医的文章最终得以发布，洛杉矶市的检察官还由此展开调查，随后对程马克提起刑事指控。程马克选择无异议抗辩，并最终被判有罪。珀尔斯坦险些让他逃脱了罪责。

在接下来的几个月里，关于《洛杉矶时报》的其他违背伦理的行为的控诉逐一浮出水面，涉及利益冲突的控诉也位列其中。其他出版物都刊登了《洛杉矶时报》的这些令人汗颜的故事，然后我们自己的版面上也发布了这些消息，珀尔斯坦就此走到了穷途末路。2020 年 12 月，他宣布退休，然后悄无声息地回到了纽约。

经过一番遴选后，继任者最终确定为凯文·梅里达，他是《华盛顿邮报》的一位备受尊敬的前执行主编，也是娱乐与体育电视网的节目《永不言败》的负责人。我和几名员工给梅里达打过电话，也发了电子邮件，鼓励他来西部闯荡。经过长时间的争取之后，梅里达接受了陈颂雄的邀请，成为我们的执行主编。我们有理由期望，对《洛杉矶时报》的拯救至此已经完成，至少它依然是一股无畏的力量，仍在追求合乎伦理标准的新闻。

汉密尔顿一直在等待他的两个线人的来电，2021 年 3 月的一个晚上，电话打来了。当时他正坐在他和伴侣住的一套西好莱坞公寓的书桌前，透过二楼的窗户，他可以看到日落大道上的光亮。这几通电话让他预先得知了一些与廷德尔的民事案有关的情况，在该案中，700多名声称受到过这名医生虐待的女性起诉了他和南加州大学。汉密尔顿一直在跟进双方围绕拟议的审前和解方案展开的激烈争执。在新型冠状病毒大流行期间，当原被告双方出现在审理该案的法官面前时，他经常是法庭中唯一的记者。南加州大学请了三家律师事务所来代理该案——迅猛地消耗掉高额费用。但案件审理过程中的发现一直都不利于该校。南加州大学的管理人员和校董们都不愿看到太多的涉罪事实被提交给陪审团，因此和解已是迫在眉睫，而且涉及的金额肯定很大。汉密尔顿工作到很晚，只为了确保他在这篇报道上不会有什么闪失。

那两名消息人士告诉他，和解已经达成，次日早上将在公开法庭上宣读。汉密尔顿问到了金额……然后他惊掉了下巴：

8.52 亿美元！

此外，南加州大学已经同意向廷德尔一案的另外两组原告支付至少 2.15 亿美元。

没有什么能抵消乔治·廷德尔给他的病人造成的伤害，这在很大程度上扰乱了那些女性的生活。但约 11 亿美元的和解协议还是在某种程度上还了她们一个公道（纪露西也是被赔偿方之一）。[9] 这是有记录以来最大的一起高校性虐待案件，而且在任何领域都是最大的案件之一。这就是我们新闻从业者所说的**影响力**。这是我们的工作可以为人们——往往是边缘人——带来的现实结果。影响力通常不会受到新闻类奖项评委会的赏识（奖项只有这么多），但其意义要大得多。如果要用一个词来概括我们干新闻这行的理由，那就是影响力这个词了。

一笔十多亿美元的支出所产生的影响力是惊世骇俗的，这不仅是对那些女性的赔偿，也是向腐败的机构及其首脑发出的一条讯息：小心点，包容虐待行径的代价可能会远远超出道德和伦理上所受的谴责。

这些和解协议再次引发了教职工和学生的呼声，他们要求免去尼基亚斯的教职和董事会职务，并将其逐出校园。哈丽特和汉密尔顿在对这次和解的报道中引用了卡鲁索对尼基亚斯的评论，[10] 卡鲁索此时已经成为该校董事会的主席。他说："我认为在这个时候，马克斯真得想想怎么做对这所大学最好，怎么做对学生们最好，然后自己做一个决定。我想这个问题的答案是很明确的，但我认为还是应该由他来回答。"

接下来的一个月，尼基亚斯通过他的律师和我在一次电邮对话中答复了这个问题。一言以蔽之，他说他哪儿都不去。"我把我职业生涯的最后 30 年都献给了南加州大学，"尼基亚斯写道，"在我担任的所有职位上，从教职工到校长，我都在为提升这所大学的学术水平而努力，同时还维护了学生和教职工们的最大利益。"

在那次对话和其后的交流中，他始终都是通过律师来跟我沟通，而且没有对任何丑闻承担个人责任，也否认了他或他的管理团队本应接受刑事调查的说法。他透露了一些情况，如若属实，那就证明我之前的担忧是对的，即在我们报道普里亚菲托的过程中，他对《洛杉矶时报》的新闻编辑部享有特殊的知情权。我问他为什么不看看我送到他家的纸条，又为什么要投诉我的来访，他写道，"当时你们新闻编辑部的一名编辑告诉我，你和你的记者团队在照片墙上密切关注着我的情况，所以你应该知道我当时不在城里。"

我让他指认这名编辑的身份，律师代他拒绝了。这名律师在邮件中说："你们新闻编辑部的一名编辑私下告诉尼基亚斯博士，你和你的记者团队在照片墙上关注了他，而他不想背叛这种信任。"首先，当时并没有什么记者团队——只有我。而且我早前就告知过尼基亚斯，我没有在照片墙上关注他。

这当中有一点被过分地轻描淡写了，那就是编辑本不应该和他们的记者所报道的对象私下沟通这些记者的情况。

我给马哈拉什和杜沃辛发了一封电子邮件，告诉他们尼基亚斯声称我们的新闻编辑部里有一个编辑是他的线人。马哈拉什的律师回应说，我的询问不过是又一个基于虚假陈述的询问；杜沃辛回复道："我从未见过马克斯·尼基亚斯，也没有就任何话题和他交流过。"

马哈拉什被解雇一年半后，他在《洛杉矶时报》任职的情况再次成为新闻。在我的暗中协助下，全国公共广播电台的福尔肯弗里克报道了马哈拉什曾扬言要以非法解雇为由起诉论坛在线的前身——论坛公司，此后又从该公司收到了一笔 250 多万美元的秘密款项的事情。[11] 福尔肯弗里克的报道透露，费罗曾称南加州的亿万富翁、慈善家伊莱·布罗德是统治洛杉矶的"犹太阴谋集团"的一分子，而马哈拉什秘密录制了费罗的这些言论。如福尔肯弗里克所述，论坛公司和费罗决定给马哈拉什付一笔封口费，以向公众隐瞒费罗的反犹诋毁之语。马哈拉什本应立即曝光此事，但他最终为经济利益选择了守口如瓶。费罗通过一位发言人否认了全国公共广播电台的说法，他自称并未发表过那些诽谤言论。马哈拉什的律师则告诉媒体，他的当事人没有为保守什么秘密而收过报酬，那份和解协议只是反映了他为《洛杉矶时报》提供的"近 30 年的卓越服务"。[12] 除了在牙买加的一家小型非营利新闻机构任职之外，马哈拉什就此从媒体界的视野中消失了。

杜沃辛的事业发展得相对更好。他在《休斯敦纪事报》找到了一份特邀编辑的工作，后来又当上了《休斯敦纪事报》的姊妹报《圣安东尼奥新闻快报》的主编。这两家刊物都没有为考察杜沃辛而联系过我们南加大报道团队。

保罗·沃伦失去了他在洛杉矶的工作。沃伦一家在受伤和绝望的处境中回到了得克萨斯州。南加州大学依照和解协议所支付的款项使得这家人能够搬家并在休斯敦买下一套房子。这笔钱也让莎拉在亨廷顿比奇市流连了一阵。但当这家人仍在挣扎着恢复正常生活时，这笔钱用完了。查尔斯的情况尤其艰难，他在跟普里亚菲托厮混时染上的吸毒和酗酒恶习已经导致他重度成瘾。我上次和这家人交流时，他已经入院治疗了十几次。

　　莎拉没再沾惹毒品，她后来回到得克萨斯州与家人团聚了。然而涉毒被捕的记录依然伴随着她，在寻找有前途的工作时，她经受了重重挫折。莎拉告诉我，她为此相当自责，但我并不认同。她遇到普里亚菲托时才刚刚成年——而且备受困扰。他利用自己的特权压榨她，让她深陷痛苦和失控的情绪之中。这一切都无法从被捕记录中看到。虽然普里亚菲托被曝光后也有所损失，但他躲过了正义之锤——他的上司尼基亚斯也是一样。普里亚菲托仍然在帕萨迪纳过着自由的生活，尽管紧巴了一点。他以 570 万美元的价格出售了自己的豪宅，然后搬进了一套不到这个价格一半的共管公寓。

　　在得克萨斯州，莎拉能找到的最好的工作就是当服务生。但她向我保证，她并不打算永远端盘子。她的目标是回到大学深造，找到她的事业，把在洛杉矶发生的一切都抛到脑后。

　　我把赌注押在了莎拉身上。这个姑娘在这座城市的一些最恶劣的领域掀起了一场龙卷风，引发了一连串事件，由此扳倒了洛杉矶的一些最有权势的男人，颠覆了当地最重要的两家机构，并让数百名遭到廷德尔虐待的女性获得了赔偿。我一直与莎拉保持着一种专业、客观的距离，因为她既是我报道的对象，也是线人。但我总是无法抑制地从她身上看到我那几个女儿的身影，她比我身边的其他人要坚强得多，这一点让我深受触动。她击败了普里亚菲托和他那高高在上的地位与金钱。她坚强地道出了自己难言的经历，并且承受住了它。

我毫不怀疑，在未来的岁月里，像莎拉这样愿意说出真相的人和我在《洛杉矶时报》的同事那样的记者会继续协作，挥拳猛击——**正义的猛击**。

致　　谢

我希望我在书中说明白了，我和其他很多人欠了德文汗、莎拉·沃伦和她的兄弟查尔斯以及他们的父母保罗和玛丽·安多大的人情。若不是他们有勇气挺身而出，普里亚菲托和廷德尔的丑闻可能永远都不会曝光。

我同样也欠了《洛杉矶时报》的同事们一份大人情，包括现在和过去的同事，他们一直在跟进南加州大学的报道，从未放弃。我说的就是马特·莱特、马特·汉密尔顿、哈丽特·瑞安、亚当·矣尔马雷克和莎拉·帕尔维尼。我要特别感谢亚当帮忙把这本书带到了我家。

同事杰克·伦纳德、赫克托·贝塞拉、卡洛斯·洛扎诺、内森·芬诺和史蒂夫·克洛都给我打了气，说我是普里亚菲托调查性报道中的啦啦队队长，杰克后来在编辑廷德尔的报道时还展现了他的卓越技艺。

本书之所以能面世，要归功于爱维塔斯创意管理公司的威尔·利平科特的出众才华和坚韧意志。出书是他的主意。威尔还应该获得更多掌声，因为他让他在爱维塔斯公司同事珍·马歇尔也加入了我们这个项目组，她那敏锐的见解和富有感染力的热情为我们的整个事业增色不少。威尔和珍，以及爱维塔斯公司的艾莉森·沃伦、谢内尔·艾基西·莫林和凯蕾·崔都给我带来了连连好运。

没有人能比我在青瓷出版社的编辑瑞安·多尔蒂做得更好的了。所有的工作关系都理应如此愉快，在所有其他的意义上也都理应如此鼓舞人心。青瓷出版团队的其他成员也是如此：杰米·拉布、黛布·福特、塞西莉·范·布伦-弗里德曼、克里斯蒂娜·米基什恩、希瑟·奥兰多-杰拉贝克、奥黛·克罗斯、戴安娜·弗罗斯特、伊莉莎·里夫林、克莱·史密斯、安妮·图米、艾琳·卡希尔、莎拉·林恩、克里斯·恩西、雷切尔·周、詹妮弗·杰克逊、桑德拉·摩尔、詹姆·诺文、丽贝卡·里奇、弗朗西斯·塞耶斯、艾米莉·沃尔特斯和凯伦·卢姆利。

万分感谢我在《洛杉矶时报》的前编辑琳达·罗杰斯，她很早读完了本书的每一个字，甚至比威尔、珍和瑞安还早。琳达提出了宝贵的建议和批评。我早就知道没有什么能逃过琳达的眼睛，这就是我要劳驾她的原因。

我很感谢并且钦佩纪露西、奥德丽·纳夫齐格、莱利·兰塞姆、艾莉森·罗兰和贾梅莎·摩根，她们勇敢地分享了她们遭受乔治·廷德尔虐待的经历。辛迪·吉尔伯特是揭发廷德尔及其保护伞的英雄，我对她提供的帮助深表感激。我还要向另外五名合理要求匿名的女性致敬，她们都讲述了自己与廷德尔的冲突，或者追究其责任的尝试。

我希望能点名感谢的有关南加大报道的消息来源还有很多，包括"汤米·特洛伊"，但他们也要求匿名——出于合理的原因。

有一位在幕后帮过我的消息人士现在已同意让我公开他的身份，他就是吉姆·霍。

米里亚姆·约德坚强而无私地分享了她的家庭经受的磨难。埃里克 罗森以一种与众不同且非常有趣的方式向我亲切地讲述了"校队蓝调行动"的来龙去脉。

约翰·马克·法拉赫、汤姆·西顿、拉斐尔·索南辛和苏·莫斯曼都慷慨地献出了他们的时间和洞察力。

若不是有乔恩·施劳斯、安东尼·佩斯和娜塔莉·基特罗夫，我简直不知《洛杉矶时报》能否在论坛公司/论坛在线治下得以幸存。他们是该报新闻业工会的元老。由于有那些"惹祸精"、新闻业工会组织与谈判委员会（及其分支）以及纳斯塔兰·莫希特和本·迪克特的无畏付出，《洛杉矶时报》才一直能产出优秀的新闻。

我为我的同事林荣功二世感到骄傲，他在我们为赶走论坛在线努力的隐秘行动中冒了很大风险。我要感谢很多同事，面对风险 他们也都挺身而出，参与了那次起因于南加州大学报道的人力资源部的调查。

本书要献给我的妻子和女儿们，但我在这里还要给予她们更多的称赞，对于我那粗糙的草稿来说，她们都是不可或缺的读者。她们的反馈让一切变得更好了。我兄弟皮特也是一样。他审阅了草稿，并且提供了我在别处得不到的切中要害的视角。

我的双亲都已不在人世，但我很感谢母亲给我培养出的对语言和探询的热爱，还有父亲在生活中教给我的顽强。我也要感谢玛丽姨妈和乔治叔叔给我的支持。

几十年来，我在与鲍勃·普尔、雪莉·普尔和丹尼斯·哈维的友谊中找到了情感上的支持；他们包容了我的过失，给了我无与伦比的陪伴，并且时刻激励着我，让我保持着一名记者应有的警惕。来自我在加州或东部的大家族的成员也支持着我——特别是侄女科琳、梅丽莎、艾米和汉娜，以及侄子迈克，宾夕法尼亚州的以迪迪、琳达、乔治和唐尼为代表的普林格尔／布朗家族，以及很多其他的表亲，包括安妮、凯瑟琳、托尼、丹尼和朱迪。

我很幸运，我在英国的小家庭有卡罗琳和乌苏拉支撑着。

能获得尚特·摩根的友情是我的福分，我也有幸成为她了不起的女儿克里斯蒂娜的教父。

对于罗纳德·哈珀持续不断的周济，我希望自己有能力予以回报。

这又让我想到了阿德勒一家。杰里米·阿德勒是我们人生中的一道光，他过早地离开了我们，如今已有数十年之久。在这些年里所有艰难的时刻，有关他的回忆都是对我的鼓舞，对他的兄弟皮埃尔和他们的母亲夏琳来说也是如此。我们非常想念你，杰里米。至于皮埃尔，我们还有好多事情要做呢，伙汁。

后　　记

　　本书的内容主要是基于对他人进行的访谈，他们为书中的事件、经历和观察提供了各自的一手叙述。这些访谈从 2017 年 4 月一直延续至 2022 年 3 月。书中几个主要人物在数月甚至数年的时间里接受了很多次访谈。为简化起见，附注中并未列出每一次访谈的具体日期。

　　作者的个人经历和观察在本书的素材中占了很大比例。另外，除了访谈，报道的来源还有电子邮件和短信，市、州和联邦的记录，南加州大学的声明和刊物，各新闻媒体账号，以及其他各种已公开的消息来源，附注对此都有详述。

　　作者并未亲耳听闻的转引言论和谈话都摘自至少一个一手消息来源的叙述。有些人对自己的想法或动机的描述并未与作者分享，这些描述都出自那些亲耳听到了这些描述的消息人士；在某些情况下，它们反映了这些消息人士的观点，而这些观点都是基于他们对那些讲述了自身想法和动机的人的行动的观察。

　　出于新闻报道的合理考量，本书的一些消息来源获准匿名，比如如果使用真实姓名，被确认身份，他们将面临报复。正如在相关段落中所指出的，有三个人使用了化名也是出于同样的原因或考虑到他们的个人处境。通过正式的报道来源或文件，这些采取匿名和化名的消息人士的说法都已得到证实。

　　作者联系了这个故事中的一些主要人物，让他们也有机会回应那些针对他们的批评或怨言。这都发生在作者为《洛杉矶时报》报道期间，及其后将这些内容拓展成书之时。相关回应都已酌情包含在书内。

附　　注

1. 吸毒过量

1 出自作者对德文汗的访谈，2016 年 4 月和 5 月；2017 年 3 月和 4 月；
 2018 年 4 月；2020 年 10 月、11 月和 12 月。

2 Cuyler Gibbons, "The Historic Hotel Constance Completes a Long-
 Awaited Renovation," Pasadena Magazine, https://pasadenamag.com/
 people-places/community/the-historic-hotel-constance-completes-a-long-
 awaited-renovation/.

3 出自作者对德文汗的访谈。

4 帕萨迪纳警察局的记录和 911 电话录音；朗廷亨廷顿酒店 , https://
 www.langhamhotels.com/en/the-langham/pasadena/; Valli Herman,
 "Pasadena Ritz-Carlton to Be Rebranded," Los Angeles Times, November
 28,2007, https://www.latimes.com/archives/la-xpm-2007-nov-28-fi-ritz28-
 story.html; Michelle Higgins, "Pasadena, Calif.: Ritz-Carlton Huntington
 Hotel and Spa," New York Times, September 24,2006, https://www.
 nytimes.com/2006/09/24/travel/24check.html.

2. 莎拉和托尼

1 出自作者对莎拉·沃伦的访谈。

2 Jon Weiner, "Puliafito Named Keck School Dean," USC News, August 20,
 2007, https://news.usc.edu/18094/Puliafito-Named-Keck-School-Dean/.

3 出自作者对莎拉·沃伦的访谈；以及卡门·A.普里亚菲托在加州医
 学委员会听证会上的证词。

4 转自普里亚菲托在加州医学委员会听证会上的证词和该委员会对普
 里亚菲托的裁决，2018 年 7 月。https://www2.mbc.ca.gov/BreezePDL/
 document.aspx?path=%5CDIDOCS%5C20180820%5CDMRAAAGL3%5
 C&did=AAAGL180820181338333.DID.

5　出自作者对莎拉·沃伦、查尔斯·沃伦、玛丽·安·沃伦和保罗·沃伦的访谈。

6　出自作者对创新护理中心某线人的访谈。

7　Paul Pringle, Harriet Ryan, Adam Elmahrek, Matt Hamilton, and Sarah Parvini, "An Overdose, a Young Companion, Drug-Fueled Parties: The Secret Life of a USC Med School Dean," Los Angeles Times, July 17, 2017, https://www.latimes.com/local/california/la-me-usc-doctor-20170717-htmlstory.html.

8　"Former Temple University Business Dean Convicted of Fraud in Rankings Scheme," NBC News, Nov. 30, 2021, https://www.nbcnews.com/news/us-news/former-temple-university-business-dean-convicted-fraud-rankings-scheme-rcna7089.

9　Weiner, "Puliafito Named Keck School Dean."

10　Ping Tsai, "An English Tudor Revival Home in Pasadena That Was Once Home to a Manufacturing Tycoon," Pasadena Magazine, https://pasadenamag.com/homesandrealestate/english-tudor-revival-home-pasadena-home-manufacturing-tycoon/.

11　"Technology and Entertainment Moguls Headline Most Successful Fund-Raising Event for USC Center for Cancer Research," Keck Medicine of USC, https://www.keckmedicine.org/technology-and-entertainment-moguls-headline-most-successful-fund-raising-event-for-usc-center-for-cancer-research/.

12　"The Dr.Carmen A. Puliafito Collection of U.S. Independent Mails—May 4, 2016," Stamp Auction Network, 2016, https://stampauctionnetwork.com/y/y1124.cfm; "Outstanding United States Stamps Featuring the Dr. Carmen A. Puliafito Collection of 19th and 20th Century Issues," Siegel Auctions, 1999, https://siegelauctions.com/1999/818/818.pdf; the Chairman's Chatter of the U.S. Philatelic Classics Society. Inc., September 2009.

3. 内幕消息

1　出自作者对德文汗和塔尼娅的访谈。

2　Hayley Munguia, "A Black Man's Death in Pasadena Police Custody Is Latest in Recent History of Fraught Incidents," Pasadena Star-News,

September 30, 2016, https://www.pasadenastarnews.com/2016/09/30/
a-black-mans-death-in-pasadena-police-custody-is-latest-in-recent-
history-of-fraught-incidents/.

3　Richard Winton and Adolfo Flores, "Pasadena Police Shooting of Kendrec
McDade Was Justified, D.A. Says," Los Angeles Times, December 17,
2012. https://latimesblogs.latimes.com/lanow/2012/12/kendrec–mcdade–
pasadena–police–shooting–justified.html.

4　Marina Pena, "Hundreds Protest Sentencing of Black Lives Matter
Activist in Pasadena," Pasadena Star-News, June 7,2016, https://www.
pasadenastarnews.com/2016/06/07/hundreds-protest-sentencing-of-black-
lives-matter-activist-in-pasadena/.

5　Victoria M. Massie, "What Activist Jasmine Richards's 'Lynching'
Conviction Means for the Black Lives Matter Movement," Vox, June
21, 2016, https://www.vox.com/2016/6/6/11839620/jasmine-richards-
black–lives–matter–lynching; "Pasadena Black Lives Matter Organizer
Sentenced to 90 Days in Jail," Pasadena Star-News, June 7, 2016, https://
www.pasadenastarnews.com/2016/06/07/pasadena-black-lives-matter-
organizer-sentenced-to-90-days-in-jail/.

6　德文汗发给市检察官的匿名邮件，2016 年 3 月 11 日。

7　Bistro 45, http://bistro45.com/.

8　Matt Hamilton, "L.A. Times Photographer Arrested After Covering
Nancy Reagan Funeral Motorcade," Los Angeles Times, March 9, 2016,
https://www.latimes.com/local/crime/la-me-times-photographer-arrest-
20160310-story.html.

9　Kate Mather, "L.A. Times Photographer Charged with Misdemeanor
After Nancy Reagan Funeral Motorcade," Los Angeles Times, April
5, 2016, https://www.latimes.com/local/lanow/la-me-in-photographer-
charged-20160405-story.html.

10　由里卡多·德阿拉坦哈转述给作者。

11　Paul Pringle, "Carroll's Rules Violation Could Hurt USC," Los Angeles
Times, July 14, 2010, https://www.latimes.com/archives/la-xpm-2010-jul-
14-la-me-pete-carroll-20100714-story.html.

4. 头撞南墙

1　"Heritage: A Short History of Pasadena," City of Pasadena, https://www.

cityofpasadena.net/about-pasadena/history-of-pasadena/; "Pasadena at 125: Early History of the Crown City," KCET, https://www.kcet.org/shows/lost-la/pasadena-at-125-early-history-of-the-crown-city; interview of Eric Duyshart, City of Pasadena, January 14, 2021; Cuyler Gibbons, "The Evolution of Eva Fenyes," Pasadena Magazine, https://pasadenamag.com/artsandculture/the-evolution-of-eva-fenyes/.

2   Paul Pringle, "Don't Even Think About Joining This Club," Los Angeles Times, September 18, 2004, https://www.latimes.com/archives/la-xpm-2004-sep-18-me-club18-story.html.

3   "Councilmember John J. Kennedy Bio," City of Pasadena, https://www.cityofpasadena.net/district3/bio/; "Councilmember Steve Madison Bio," City of Pasadena, https://www.cityofpasadena.net/district6/bio/.

4   Jack Flemming, "USC's Presidential Mansion Lists for the First Time Ever at $24.5 million," Los Angeles Times, February 12, 2021, https://www.latimes.com/business/real-estate/story/2021-02-12/uscs-presidential-mansion-lists-for-the-first-time-ever-at-24-5-million.

5   Alejandra Reyes-Velarde, "Former Pasadena City Employee Gets 14 Years in Prison for Embezzling $3.6 Million," Los Angeles Times, January 11, 2019, https://www.latimes.com/local/lanow/la-me-ln-pasadena-city-employee-sentenced-20190111-story.html.

6   "Pasadena Police Department," Los Angeles Conservancy, https://www.laconservancy.org/locations/pasadena-police-department.

7   "Pasadena Police Officer Retires After 35 Years of Living Her Purpose," Behind the Badge, February 19, 2019, https://behindthebadge.com/pasadena-police-officer-retires-after-35-years-of-living-her-purpose/.

8   Richard Winton, "Pasadena Police Union Loses Bid to Bar Release of Shooting Report," Los Angeles Times, September 10, 2015, https://www.latimes.com/local/crime/la-me-pasadena-police-shooting-20150911-story.html.

9   Nathan Solis, "LA Times Wins in Public Records Case," Courthouse News Service, April 12, 2018, https://www.courthousenews.com/la-times-wins-in-public-records-case/.

10   作者发给帕萨迪纳警方媒体联络人丽莎·戴德里安的电子邮件，2016 年 4 月 12 日。

11 出自帕萨迪纳警察督导梅丽莎·特鲁希略发给作者的电子邮件，2016 年 4 月 12 日。

12 帕萨迪纳警方呼叫服务日志，2016 年 3 月 4 日。

13 出自卡门·安东尼·普里亚菲托医生发给作者的电子邮件，2016 年 4 月 20 日。

14 Andrew Blankstein, Paul Pringle, and Rong-Gong Lin II, "Coliseum Case Widens; Six Are Charged," Los Angeles Times, March 24, 2012, https://www.latimes.com/local/la-me-0324-coliseum-20120324-story.html; Rong-Gong Lin II, "Panel OKs Coliseum Lease Deal," Los Angeles Times, May 15, 2012, https://www.latimes.com/local/la-me-coliseum-20120515-story.html.

15 Gary Cohn, Carla Hall, and Robert W. Welkos, "Women Say Schwarzenegger Groped, Humiliated Them," Los Angeles Times, October 2, 2003, https://www.latimes.com/local/la-me-archive-schwarzenegger-women-story.html; Ann Louise Bardach, "USC's Arnold Schwarzenegger Problem," Los Angeles Magazine, April 24, 2019, https://www.lamag.com/citythinkblog/usc-arnold-schwarzenegger.

16 作者发给当时的本地版编辑主任马特·莱特的电子邮件，2015 年 9 月 13 日。

17 Paul Pringle and Nathan Fenno, "Outside of USC, Pat Haden Holds More Than a Dozen Roles That Pay at Least a Half-Million Dollars a Year," Los Angeles Times, October 23, 2015, https://www.latimes.com/local/california/la-me-usc-haden-20151024-story.html.

18 Gary Klein and Lindsey Thiry, "USC Coach Steve Sarkisian, Called 'Not Healthy', Placed on Indefinite Leave," Los Angeles Times, October 11, 2015, https://www.latimes.com/sports/usc/la-sp-usc-sarkisian-20151012-story.html.

19 Paul Pringle and Nathan Fenno, "L.A. Education Foundation Became a Lucrative Source of Income for USC's Pat Haden and His Relatives," Los Angeles Times, June 18, 2016, https://www.latimes.com/local/lanow/la-me-ln-mayr-foundation-20160617-snap-story.html.

5. 寻找莎拉

1 "Times Mirror Square," Los Angeles Conservancy, https://www.

laconservancy.org/locations/times-mirror-square.

2　作者发给帕萨迪纳市检察官的电子邮件，2016 年 5 月 26 日。

3　作者发给帕萨迪纳市警督特蕾西・伊巴拉的电子邮件，2016 年 5 月
　　26 日。

4　Lorena Iniguez Elebee, Ellis Simani, and Thomas Curwen, "Inside the
　　Historic Buildings That Have Defined the Los Angeles Times," Los
　　Angeles Times, July 20, 2018, https://www.latimes.com/projects/latimes-
　　building/; Cecilia Rasmussen, " 'Wall Street of the West' Had Its Peaks,
　　Crashes," Los Angeles Times, June 11, 2000, https://www.latimes.com/
　　archives/la-xpm-2000-jun-11-me-39908-story.html.

5　Cecilia Rasmussen, " 'Wall Street of the West,' " Los Angeles Times,
　　June 11, 2000, https://www.latimes.com/archives/la-xpm-2000-jun-11-me-
　　39908-story.html.

6　Bill Plaschke, "The Original Man of Troy," Los Angeles Times, February
　　23, 2012, https://www.latimes.com/sports/usc/la-xpm-2012-feb-23-la-sp-
　　0224-plaschke-usc-trojans-20120224-story.html.

7　Bill Plaschke, "The Original Man of Troy," Los Angeles Times, February
　　23, 2012, https://www.latimes.com/sports/usc/la-xpm-2012-feb-23-la-sp-
　　0224-plaschke-usc-trojans-20120224-story.html; "USC to Mark 100th
　　Anniversary of Trojans Nickname," USC News, February 23, 2012,
　　https://news.usc.edu/26134/usc-to-mark-100th-anniversary-of-trojans-
　　nickname/.

8　David Halberstam, The Powers That Be (New York: Knopf, 1979); Dennis
　　McDougal, "The Perils of Picking Presidents," Los Angeles Times,
　　January 20, 2008, https://www.latimes.com/archives/la-xpm-2008-jan-20-
　　op-mcdougal20-story.html.

9　Felicity Barringer and Laura M. Holson, "Tribune Co. Agrees to Buy
　　Times Mirror," New York Times, March 14, 2000, https://archive.nytimes.
　　com/www.nytimes.com/library/financial/031400tribune-mirror.html.

10　Elaine Woo, "John Carroll Dies at 73; Editor Led L.A. Times to 13
　　Pulitzers in 5 Years," Los Angeles Times, June 14, 2015, https://www.
　　latimes.com/local/obituaries/la-me-john-carroll-20150614-story.html.

11　"Sam Zell Settles Lawsuit over Tribune Leveraged-Buyout 'Deal from
　　Hell,' " Los Angeles Times, June 14, 2019, https://www.latimes.com/

business/la-fi-sam-zell-tribune-20190614-story.html.

12   David Carr, "At Flagging Tribune, Tales of a Bankrupt Culture," New York Times, October 5, 2010, https://www.nytimes.com/2010/10/06/business/media/06tribune.html; David Carr and Tim Arango, "Tribune Chief Accepts Advice and Backs Out," New York Times, October 22, 2010, https://www.nytimes.com/2010/10/23/business/media/23tribune.html

13   Christopher Goffard, "Davan Maharaj Is Named Editor-Publisher of the L.A. Times in Tribune Publishing Shake-Up,"Los Angeles Times, March 2, 2016, https://www.latimes.com/business/la-fi-maharaj-los-angeles-times-20160302-story.html.

6. 沃伦一家

1   出自作者对莎拉·沃伦的访谈。

2   Brittany Hanson, "Magnolia Park's History and Mystery," Orange County Register, November 2, 2011, https://www.ocregister.com/2011/11/02/magnolia-parks-history-and-mystery/; "Magnolia Memorial Park & Gardens—Garden Grove, Orange County, California," Interment.net, http://www.interment.net/data/us/ca/orange/magnolia/index.htm.

3   Ocean Recovery, https://www.oceanrecovery.com.

7. 庆功会

1   新闻编辑部的消息来源，2016 年 5 月 31 日转发给作者的电子邮件，其中附带了邀请函。

2   帕萨迪纳市警察局局长菲利普·桑切斯给作者的信，2016 年 6 月 20 日。

8. 我们需要警察

1   帕萨迪纳市的 911 电话录音，2016 年 3 月 4 日。

2   出自史蒂夫·默梅尔发给作者的电子邮件，2016 年 9 月 23 日。

9. 一个受保护的人

1   Carolina A. Miranda, "The Huntington Library Has a History of Inequity. Can It Pivot Toward Inclusivity?" Los Angeles Times, April 1, 2021,

https://www.latimes.com/entertainment-arts/story/2021-04-01/reckoning-with-history-and-equity-at-the-huntington-museum.

2 Lauren Gold, "Langham Celebrates Huntington Hotel's 100 Colorful Years," Pasadena Star-News, February 8, 2014, https://www.pasadenastarnews.com/2014/02/08/langham-celebrates-huntington-hotels-100-colorful-years/.

3 "Historical Property Tour of the Langham Huntington, Pasadena," Langham Hotels, https://www.langhamhotels.com/cdn-225ef196/globalassets/lhr/tl-pasadena/pdf/others/historical_property_tour_map.pdf.

4 帕萨迪纳市公共信息官威廉・博耶发给作者的电子邮件，2016 年 10 月 7 日。

5 作者发给卡门・安东尼・普里亚菲托医生的电子邮件，2016 年 10 月 28 日。

6 作者发给卡门・安东尼・普里亚菲托医生的电子邮件，2016 年 11 月 1 日。

7 Ed Leibowitz, "What's the Matter with the L.A. Times?," Los Angeles Magazine, December 7, 2016, https://www.lamag.com/culturefiles/whats-matter-los-angeles-times/.

8 Tracey Lien, Paige St. John, Peter H. King, and Joe Mozingo, "A Night of Music and Dancing Turns into a Deadly Inferno at Oakland Warehouse," Los Angeles Times, December 4, 2016, https://www.latimes.com/local/lanow/la-me-ln-main-oakland-fire-story-20161203-story.html.

9 Emails between the author and Matt Lait, Marc Duvoisin, and Shelby Grad, January 7, 2017.

10. 雪藏报道

1 Jack Flemming, "USC's Presidential Mansion Lists for the First Time Ever at $24.5 Million," Los Angeles Times, February 12, 2021, https://www.latimes.com/business/real-estate/story/2021-02-12/uscs-presidential-mansion-lists-for-the-first-time-ever-at-24-5-million.

2 作者与马克・杜沃辛之间的往来电子邮件，2017 年 2 月 15 日。

11. 秘密报道团队

1 Andrew Khouri, "L.A. Times Building Sold to Canadian Developer,"

Los Angeles Times, September 28, 2016, https://www.latimes.com/business/la-fi-times-building-sale-20160926-snap-story.html.

2　Carolina A. Miranda, "The 1910 Bombing of the Los Angeles Times Has Been the Subject of Books and Film. Now It's a Bus Tour," Los Angeles Times September 22, 2017, https://www.latimes.com/entertainment/arts/miranda/la-et-cam-esotouric-los-angeles-times-bombing-20170922-story.html.

3　Joe Mozingo, "Visionaries and Scoundrels Made the Los Angeles Times, Which Returns to Local Ownership After 18 Years," Los Angeles Times, June 17, 2018, https://www.latimes.com/local/california/la-me-latimes-owner-20180617-htmlstory.html.

4　作者与德文汗之间的往来短信，2017 年 2 月 22 日。

12. 莎拉的逃离

1　出自作者对莎拉·沃伦和唐·斯托克斯的访谈。

2　同上。

3　同上。

4　出自作者对唐·斯托克斯的访谈。

5　出自作者对莎拉·沃伦和唐·斯托克斯的访谈。

6　同上。

7　同上。

8　出自作者对莎拉·沃伦的访谈。

9　同上。

10　莎拉·沃伦在橙县高等法院的刑事案件记录。

11　莎拉·沃伦在洛杉矶县高等法院和圣费尔南多法院的刑事案件记录。

12　凯尔·沃伊特在洛杉矶县高等法院和圣费尔南多法院的刑事案件记录。

13　出自作者对莎拉·沃伦的访谈。

14　同上。

15　出自作者对莎拉·沃伦和瑞安·塞亚的访谈以及《洛杉矶时报》员工亚当·埃尔马雷克的采访；加州医学委员会对卡门·普里亚菲托医生的裁决，2018 年 7 月 20 日。

16　加州医学委员会文档中的亨廷顿比奇市的警方报告。

17　出自作者对莎拉·沃伦和查尔斯·沃伦的访谈；加州医学委员会对

卡门·普里亚菲托医生的裁决，2018 年 7 月 20 日。

18　出自作者对莎拉·沃伦和查尔斯·沃伦的访谈。

19　Matthew Ormseth, "Lori Loughlin Wants FBI Reports, Says They Would Show Her Belief Payments Were Legitimate," Los Angeles Times, December 16, 2019, https://www.latimes.com/california/story/2019–12–16/lori-loughlin-wants-fbi-reports-says-they-would-show-her-belief-payments-were-legitimate.

13. 绝不告密

1　Bradley J. Fikes, "UC San Diego Sues USC and Scientist, Alleging Conspiracy to Take Funding, Data," Los Angeles Times, July 5, 2015, https://www.latimes.com/local/education/la-me-ucsd-lawsuit-20150706-story.html.

2　Paul Pringle, "The Trouble with Rehab, Malibu-Style," Los Angeles Times, October 9, 2007, https://www.latimes.com/archives/la-xpm-2007-oct-09-me-rehab9-story.html.

3　"Rehab Riviera," series of investigative articles, Orange County Register, 2017, https://www.ocregister.com/rehab-riviera/.

4　谢尔比·格拉德发给作者和南加大报道团队的电子邮件，2017 年 3 月 6 日。

14. 舞会前的摇头丸

1　出自作者对玛丽·安·沃伦和保罗·沃伦的访谈。

15. 黑兹尔和威利

1　洛杉矶、橙县和河滨县高等法院的刑事案件记录。

2　河滨县高等法院的刑事案件记录。

16. 抹杀举报人

1　Sydney Ember, "Billionaire Investor Raises Stake in Tronc, and Feud with Its Chairman," New York Times, March 23, 2017, https://www.nytimes.com/2017/03/23/business/media/tronc-investor-chairman-feud-patrick-soon-shiong-michael-ferro.html.

2　Deirdre Edgar, "Ethics Guidelines," Los Angeles Times, June 18,

2014, https://www.latimes.com/local/readers-rep/la-rr-la-times-updates-newsroom-ethics-guidelines-20140618-story.html.

17. 普里亚菲托的故事引爆舆论

1　作者发给蒂姆·瑞安和朱莉·桑德斯的电子邮件，2017 年 6 月 26 日。
2　马克·杜沃辛发给作者的电子邮件，2017 年 7 月 14 日。
3　Paul Pringle, Harriet Ryan, Adam Elmahrek, Matt Hamilton, and Sarah Parvini, "An Overdose, a Young Companion, Drug-Fueled Parties: The Secret Life of a USC Med School Dean," Los Angeles Times, July 17, 2017, https://www.latimes.com/local/california/la-me-usc-doctor-20170717-htmlstory.html.

18. 清洗投头

1　Adam Elmahrek, Sarah Parvini, Paul Pringle, Matt Hamilton, "Former USC Medical School Dean No Longer Seeing Patients; Pasadena Police Discipline Officer," Los Angeles Times, July 17, 2017, https://www.latimes.com/local/lanow/la-me-ln-usc-dean-patients-20170717-story.html.
2　Adam Elmahrek, Paul Pringle, Sarah Parvini, and Matt Hamilton, "Pasadena Officer Who Investigated Overdose Was Skeptical of USC Med School Dean's Story, Recording Shows," Los Angeles Times, July 25, 2017, https://www.latimes.com/local/lanow/la-me-usc-dean-pasadena-overdose-20170725-htmlstory.html.
3　作者发给谢尔比·格拉德的电子邮件，2017 年 8 月 2 日。
4　Gene Maddaus and Ricardo Lopez, "L.A. Times Masthead Massacre Capped a Month of Newsroom Turmoil," Variety, August 22, 2017, https://variety.com/2017/biz/news/los-angeles-times-firings-davan-maharaj-tronc-ross-levinsohn-1202535485/.
5　Paul Pringle, Harriet Ryan, Matt Hamilton, and Sarah Parvin, "USC Downplays Fundraising Efforts of Ex-Dean at Center of Drug Scandal," Los Angeles Times, August 18, 2017, https://www.latimes.com/local/lanow/la-me-ln-usc-fundraising-letter-20170818-story.html.
6　"Ross Levinsohn Is Named the New Publisher and CEO of the L.A. Times as Top Editors Are Ousted," Los Angeles Times, August 21, 2017, https://www.latimes.com/business/hollywood/la-fi-ct-los-angeles-times-

20170821-story.html.

7　Jon Regardie, "Dragons, Firings and the L.A. Times," L.A. Downtown News, August 28, 2017, http://www.ladowntownnews.com/news/ dragons-firings-and-the-l-a-times/article_ae7a9374-89de-11e7- 9f61-230190569853.html.

8　哈丽特·瑞安发给新闻编辑部员工的电子邮件，2017 年 8 月 22 日。

19.　身家亿万的后盾

1　Adam Elmahrek and Paul Pringle, "Top USC Medical School Official Feared Dean Was 'Doing Drugs' and Alerted Administration, He Testifies," Los Angeles Times, June 5, 2018, https://www.latimes.com/ local/lanow/la-me-usc-medical-school-dean-20180605-story.html.

2　Sarah Parvini, Harriet Ryan, and Paul Pringle, "USC Medical School Dean Out Amid Revelations of Sexual Harassment Claim, $135,000 Settlement with Researcher," Los Angeles Times, October 6, 2017, https://www. latimes.com/local/lanow/la-me-usc-dean-harassment-20171005-story.html.

3　Paul Pringle, Sarah Parvini, and Adam Elmahrek, "USC Moves to Fire, Ban from Campus Former Medical School Dean over 'Egregious Behavior,'" Los Angeles Times, July 21, 2017, https://www.latimes.com/ local/lanow/la-me-usc-dean-drugs-investigation-20170721-story.html.

4　Sara Clarke, "States with the Most Billionaires," U.S. News and World Report, https://www.usnews.com/news/best-states/slideshows/states-with- the-most-billionaires.

5　Sonali Kohli, Sarah Parvini, Matt Hamilton, and Adam Elmahrek, "Some of L.A.'s Richest People Oversee USC. They Will Decide What to Do After the Dean Drug Scandal. Only Three Have Commented," Los Angeles Times, August 6, 2017, https://www.latimes.com/projects/la-me-usc- trustees-respond/.

6　Steve Lopez, "USC Bosses Flunk the Leadership Test Amid Shocking Allegations About Former Medical School Dean," Los Angeles Times, July 20, 2017, https://www.latimes.com/local/california/la-me-lopez- puliafito-nikias-07202017-story.html.

7　Victoria Kim, "A Lawyer Who Has Been a Defender of USC Now Must Investigate the Dean Scandal. But Can She Be Impartial?," Los Angeles

Times, August 12, 2017, https://www.latimes.com/local/lanow/la-me-usc-
debra-yang-20170812-story.html.

8   James Queally, "Jackie Lacey Grew Up in South L.A. but in a Tough
    D.A.'s Race, Her Opponents Are Encroaching on Her Home Turf,"
    Los Angeles Times, March 1, 2020, https://www.latimes.com/california/
    story/2020–03–01/jackie-lacey-grew-up-in-south-l-a-but-in-a-tough-d-a-s-
    race-her-opponents-are-encroaching-on-her-home-turf.

9   Paul Pringle, "Former USC Campus Gynecologist's Accusers Call for
    Investigation of Top University Officials," Los Angeles Times, October 6,
    2021, https://www.latimes.com/california/story/2021–10–06/usc-tyndall-
    gynecologist-sex-abuse-investigation.

10 Jack Leonard and Paul Pringle, "Work at Ridley-Thomas' Residence
    Went Beyond Security System," Los Angeles Times, January 19, 2014,
    https://www.latimes.com/local/la-me-ridley-thomas-garage-20140120-
    story.html.

11 Michael Finnegan, Matt Hamilton, and Harriet Ryan, "L.A. Councilman
    Mark Ridley-Thomas and Ex-USC Dean Indicted on Bribery Charges,"
    Los Angeles Times, October 13, 2021, https://www.latimes.com/
    california/story/2021–10–13/mark-ridley-thomas-usc-dean-bribery-
    indictment.

12 Paul Pringle, "A Secret USC Payout Had a Catch: Images of Ex-Dean
    Using Drugs Had to Be Given Up," Los Angeles Times, September 30,
    2021, https://www.latimes.com/california/story/2021–09–30/secret-usc-
    payout-involved-images-ex-dean-using-drugs.

13 出自作者对前洛杉矶县地方检察官杰基·莱西的访谈，2021 年 6 月
    15 日。

20. 一个婴儿

1   出自作者对米里亚姆·琼斯（Miriam Jones）的访谈，2021 年 7 月 28
    日和 8 月 10 日。

2   Gale Holland, "Amish Journey from Homespun to Hipster," Los Angeles
    Times, January 9, 2012, https://www.latimes.com/local/la-xpm-2012-jan-
    09-la-me-holland-20120110-story.html.

3   911 电话录音，2017 年 10 月 5 日。

4　Matt Hamilton and Harriet Ryan, "After a Baby Suddenly Dies, a 911 Call from USC's Former Medical School Dean Sparks Detectives' Interest," Los Angeles Times, January 27, 2018.

5　Matt Hamilton and Harriet Ryan, "An Infant Dies, a Millionaire Doctor Calls 911, and a Tale Emerges of Drugs, Love and Suspected Crime," Los Angeles Times, December 2, 2020, https://www.latimes.com/california/story/2020-12-02/former-dean-usc-medical-school-child-death-investigation.

21．另一个败类医生

1　出自作者对纪露西的访谈，2021 年 4 月 15 日。

2　Matt Hamilton and Harriet Ryan, "How George Tyndall Went from USC Gynecologist to the Center of LAPD's Largest-Ever Sex Abuse Investigation," Los Angeles Times, December 19, 2018, https://www.latimes.com/local/lanow/la-me-george-tyndall-profile-usc-sexual-assault-allegations-20181219-story.html.

22．廷德尔的秘密交易

1　出自作者对辛迪·吉尔伯特的访谈，2021 年 7 月 27 日。

2　美国教育部民权办公室发给南加州大学校长卡罗尔·福尔特的报告，2020 年 2 月 27 日。

3　Matt Hamilton and Harriet Ryan, "Secret USC Records Reveal Dire Warnings About Gynecologist Accused of Abusing Students," Los Angeles Times, May 25, 2019, https://www.latimes.com/local/lanow/la-me-usc-george-tyndall-secret-records-victims-sex-abuse-20190525-story.html.

4　南加州大学于 2019 年 5 月 23 日提交给洛杉矶联邦地方法院的备案。

5　MDReview, "University of Southern California Engemann Student Health Center Consultation: Report of Consultation Performed by Kimberly Schlichter, M.D. FACOG, and Sharon Beckwith, CEO, MDReview," report, n.d., https://change.usc.edu/files/2019/05/2019-05-23-143-Exhibits-14-16_FINAL.pdf.

23．尼基亚斯的倒台

1　Jennifer Swann, "Oprah Winfrey Urges USC Annenberg Graduates to

Seek Truth," news release, USC Annenberg School for Communication and Journalism, May 11, 2018, https://annenberg.usc.edu/news/commencement/oprah-winfrey-urges-usc-annenberg-graduates-seek-truth.

2   Harriet Ryan, Matt Hamilton, and Paul Pringle, "A USC Doctor Was Accused of Bad Behavior with Young Women for Years. The University Let Him Continue Treating Students," Los Angeles Times, May 16, 2018, https://www.latimes.com/local/california/la-me-usc-doctor-misconduct-complaints-20180515-story.html.

3   Harriet Ryan, Matt Hamilton, Paul Pringle, and Sarah Parvini, "Patients Flood USC with Reports About Doctor Accused of Misconduct; LAPD Set to Review Cases," Los Angeles Times, May 18, 2018, https://www.latimes.com/local/california/la-me-usc-doctor-firings-20180518-story.html.

4   Harriet Ryan, Matt Hamilton, Sarah Parvini, and Paul Pringle, "Former Students Recount Decades of Disturbing Behavior by USC Gynecologist," Los Angeles Times, May 16, 2018, https://www.latimes.com/local/lanow/la-me-usc-students-gynecologist-20180516-story.html.

5   Paul Pringle, Matt Hamilton, Harriet Ryan, and Melissa Etehad, "Chinese Government Has 'Serious Concerns' About USC Gynecologist and Allegations of Misconduct with Students," Los Angeles Times, May 17, 2018, https://www.latimes.com/local/lanow/la-me-ln-chinese-consulate-usc-doctor-20180517-story.html.

6   Melissa Etehad, Paul Pringle, Rosanna Xia, and Matt Hamilton, "USC's Aggressive Recruiting of Chinese Students Faces Challenge Amid Gynecologist Scandal," Los Angeles Times, May 17, 2018, https://www.latimes.com/local/lanow/la-me-usc-chinese-20180517-story.html.

7   Jaclyn Diaz, "Ex-Penn State President Will Serve Jail Time in the Jerry Sandusky Child Abuse Scandal," National Public Radio, May 27, 2021, https://www.npr.org/2021/05/27/1000793762/former-penn-state-president-to-serve-jail-time-in-jerry-sandusky-child-abuse-sca.

8   Sandra E. Garcia, "Charges Against Former Michigan State President Are Dismissed," New York Times, May 13, 2020, https://www.nytimes.com/2020/05/13/us/michigan-state-university-president-charges.html.

9   Harriet Ryan, Sarah Parvini, and Matt Hamilton, "200 USC Professors

Demand Nikias Step Down; Trustees Express 'Full Confidence' in President," Los Angeles Times, May 22, 2018, https://www.latimes.com/local/lanow/la-me-ln-usc-faculty-petition-nikias-20180522-story.html.

10　Adam Elmahrek, Sarah Parvini, Alene Tchekmedyian, and Matt Hamilton, "USC's Academic Senate Calls on University President to Resign After a Series of Scandals," Los Angeles Times, May 23, 2018, https://www.latimes.com/local/lanow/la-me-ln-usc-academic-senate-vote-20180523-story.html.

11　Sarah Parvini, Adam Elmahrek, and Paul Pringle, "Pressure Grows on Board of Trustees Amid USC Gynecologist Scandal," Los Angeles Times, May 24, 2018, https://www.latimes.com/local/lanow/la-me-usc-trustees-20180524-story.html.

12　Matt Hamilton, Paul Pringle, Harriet Ryan, and Steve Lopez, "USC President C.L. Max Nikias to Step Down," Los Angeles Times, May 25, 2018, https://www.latimes.com/local/lanow/la-me-max-nikias-usc-20180525-story.html.

24. 校队蓝调案

1　出自作者对埃里克·罗森的访谈，2021 年 7 月 10 日和 8 月 21 日。

2　Joel Rubin, Matthew Ormseth, Suhauna Hussain, and Richard Winton, "The Bizarre Story of the L.A. Dad Who Exposed the College Admissions Scandal," Los Angeles Times, March 31, 2019, https://www.latimes.com/local/lanow/la-me-morrie-tobin-college-admissions-scandal-20190331-story.html.

25. 拯救《洛杉矶时报》及其后

1　Sydney Ember, "Disney Ban Elevated Tension at Los Angeles Times Newsroom," New York Times, November 13, 2017, https://www.nytimes.com/2017/11/13/business/media/disney-ban-los-angeles-times.html.

2　David Folkenflik, "Accusations of 'Frat House' Behavior Trail 'LA Times' Publisher's Career," National Public Radio, January 18, 2018, https://www.npr.org/2018/01/18/578612534/accusations-of-frat-house-behavior-trail-la-times-publisher-s-career.

3　James Rufus Koren, "Los Angeles Times Journalists Vote 248–44 to

Unionize," Los Angeles Times, January 19, 2018, https://www.latimes. com/business/la-fi-times-guild-vote-20180119-story.html.

4   "L.A. Journalism's Prince of Darkness," Columbia Journalism Review, January 24, 2018, https://www.cjr.org/business_of_news/la-times-lewis-dvorkir.php.

5   Krister Bellstrom and Beth Kowitt, "Former Tronc Chairman and Investor Michael Ferro Accused of Inappropriate Advances by Two Women," Fortune, March 19, 2018, https://fortune.com/2018/03/19/tronc-chairman-michael-ferro-allegations/.

6   Kara Swisher, "Should We Worry as Billionaires Buy Up Newspapers?," New York Times, Sway (podcast), August 12, 2021, https://www.nytimes. com/2021/08/12/opinion/sway-kara-swisher-patrick-soon-shiong.html.

7   Los Angeles Times Staff, "How the Los Angeles Times Uncovered the George Tyndall Scandal," Los Angeles Times, April 15, 2019, https:// www.latimes.com/local/lanow/la-me-times-pulitzer-george-tyndall-usc-20190414-story.html.

8   Paul Pringle, Alene Tchekmedyian, and David Pierson, "Times Investigation: He Was a Hollywood Darling for Fighting Dog Meat Trade. Butchers Say He Staged Killings; He Denies It," Los Angeles Times, May 24, 2020, https://www.latimes.com/california/story/2020-05-24/animal-cruelty-abuse-marc-ching-dog-meat.

9   Matt Hamilton and Harriet Ryan, "USC's $1.1-Billion Payout: Here Is Who Gets the Settlements and Other Details," Los Angeles Times, March 25, 2021, https://www.latimes.com/california/story/2021-03-25/uscs-1-1-billion-settlements-here-is-who-gets-the-payouts-and-other-details.

10   Matt Hamilton and Harriet Ryan, "USC to Pay $1.1 Billion to Settle Decades of Sex Abuse Claims Against Gynecologist," Los Angeles Times, March 25, 2021, https://www.latimes.com/california/story/2021-03-25/usc-payout-gynecologist-sex-abuse-claims-to-top-1-billion.

11   David Folkenflik, "Tribune, Tronc and Beyond: A Slur, A Secret Payout and a Looming Sale," National Public Radio, December 12, 2018, https://www.npr.org/2018/12/12/675961765/tribune-tronc-and-beyond-a-slur-a-secret-payout-and-a-looming-sale.

12   同上。

译名对照表

Adam Elmahrek　　亚当·埃尔马雷克

Adweek　　《广告周刊》

Aevitas Creative Management　爱维塔斯创意管理公司

Airbnb　　爱彼迎（房屋短租平台）

Agoura Hills　　阿古拉山

Alameda Street　　阿拉米达街

Alene Tchekmedyian　　艾琳·切克梅迪安

Alfonso Garcia　　阿方索·加西亚

Alhambra　　阿尔汉布拉市

Altadena　　阿尔塔迪纳镇

AltaVista　　远景（搜索引擎）

Alumni Merit Award　　校友功勋奖

Andrew Blankstein　　安德鲁·布兰克斯坦

Annette Bening　　安妮特·贝宁（影星）

Antelope Valley　　羚羊谷

Anthony Pesce　　安东尼·佩斯

Architectural Firm of Hudson and Munsell　　哈德森和蒙塞尔建筑公司

Ariel Franko　　阿里尔·弗兰科

Armond Armstead　　阿蒙德·阿姆斯特德

Arroyo Parkway　　阿罗约公园大道

Asbury Park Press　　《阿斯伯里公园新闻》

Audry Nafziger　　奥德丽·纳夫齐格

Backpage.com　　背页网

Balboa Boulevard　　巴尔博亚大道

Balboa Bay Resort　　巴尔博亚湾度假酒店

Beach Boulevard　　海滩大道

Benzo（Benzodiazepines）　　苯二氮卓类药物

Bergdorf Goodman　　波道夫·古德曼精品店

Bernadette Kosterlitzky　　伯纳黛特·科斯特利茨基

Bernard Parks　　伯纳德·帕克斯

Beth Kowitt　　贝丝·科维特

Beverly Hills　　贝弗利山庄

Beverly Wilshire Hotel　　贝弗利威尔希尔酒店

Billboard　　《公告牌》

Black Lives Matter　　"黑人的命

也是命"运动

Bluegold　蓝金餐厅

Boaz　渡阿斯

Boston College　波士顿学院

Bovard Administration Building　博瓦德行政大楼

breach of fiduciary duty　违反受信义务

Brenda Maceo　布伦达·马塞奥

Broadway　百老汇大街

Buffalo　水牛城

California Institute for Regenerative Medicine　加州再生医学研究所

California Institute of Technology　加州理工学院

California News Publishers Association's Freedom of Information Award　加州新闻出版人协会信息自由奖

California Public Records Act（CPRA）　《加州公共记录法案》

California State University, Fullerton　加州州立大学富尔顿分校

Carmen Anthony Puliafito　卡门·安东尼·普里亚菲托

Carol Folt　卡罗尔·福尔特（南加大现任校长）

Celadon　青瓷出版社

Charles Warren　查尔斯·沃伦

Charlie Sheen　查理·辛

Chicago Sun-Times　《芝加哥太阳时报》

Cindy Ballard　辛迪·巴拉德

Cindy Gilbert　辛迪·吉尔伯特

City Beautiful Movement　城市美化运动

City manager　市政执行官

civil conspiracy　民事共谋

Clara Shortridge Foltz　克拉拉·肖特里奇·福尔茨

C. L. Max Nikias　C. L. 马克斯·尼基亚斯

CNN　有线电视新闻网

Coffee Bean　香啡缤咖啡馆

College Football Playoff（CFP）　大学橄榄球季后赛

Colorado Boulevard　科罗拉多大道

Columbia Journalism Review（CJR）　《哥伦比亚新闻评论》

Columbia University　哥伦比亚大学

congenital central hypoventilation syndrome　先天性中枢性低通气综合征

Cordova Street　科尔多瓦街

County Board of Supervisors　县监事会

County/USC Medical Center　洛杉矶县/南加州大学医学中心

Court TV　法庭电视台

Creative Care　创新护理中心

Crenshaw　克伦肖区（洛杉矶市）

Criminal Courts Building　刑事法院大楼

Crystal　克里斯特尔

Daisy Patricio　　黛西·帕特里西奥

Dana Point　　达纳波因特市

Dana and David Dornsife　　达娜·多恩西弗和大卫·多恩西弗夫妇

DA's office　　地方检察署

Davan Maharaj　　达文·马哈拉什

David Folkenflik　　戴维·福尔肯弗里克

David Israel　　大卫·伊斯雷尔

David Pierson　　戴维·皮尔森

Dean Baquet　　迪恩·巴奎

Debra Wong Yang　　杨黄金玉

Defense Language Institute　　国防语言学院

Delaware　　特拉华州

Del Mar　　德尔玛住宅区

Dennis Cornell　　丹尼斯·康奈尔（尼基亚斯的办公室主任）

deputy state attorney general　　州常务副总检察长

Devon Khan　　德文汗

Dickran Tevrizian　　迪克兰·特夫里兹安

Don Henley　　唐·亨利

Donna Heinel　　唐娜·海内尔

Don Stokes　　唐·斯托克斯（莎拉男友之一）

Donald Segretti　　唐纳德·塞格拉蒂

Dora Yoder　　朵拉·约德

Dorsey High School　　多尔西高中

Drexel University College of Medicine　　德雷克塞尔大学医学院

drug psychosis　　药物中毒性精神病

Dwight L. Chapin　　德怀特·L.查宾

Edwards Air Force Base　　爱德华兹空军基地

Edythe Broad　　伊迪丝·布罗德

Eli Broad　　伊莱·布罗德

Emmy Awards　　艾美奖

Engemann Student Health Center　　恩格曼学生保健中心

Enrique　　恩里克

Eric Rosen　　埃里克·罗森（检察官）

ESPN　　娱乐与体育电视网

Exposition Boulevard　　博览大道

Exposition Park　　博览园

Far Bar　　远东楼（又名远东杂碎馆）

Felicity Huffman　　菲丽西提·霍夫曼

Figueroa Street　　菲格罗亚街

Forbes　　《福布斯》

Fortune　　《财富》

Galen Center　　盖伦中心（篮球场）

Gamble House　　甘博故居

Gannett newspaper chain　　甘尼特报业公司

Garden Grove　　加登格罗夫市

Jeopardy 《危险边缘》（电视节目）

Jeremy Adler 杰里米·阿德勒

Jerry Sandusky 杰瑞·桑达斯基

Jill Leovy 吉尔·利奥维

Jim Kirk 吉姆·柯克

Joanna 乔安娜

John Carroll 约翰·卡罗尔

John F. Kennedy 约翰·菲茨杰尔德·肯尼迪

John Mork 约翰·莫克

Jon Schleuss 乔恩·施莱斯

Joseph Moakley U.S. Courthouse 约翰·约瑟夫·莫克利联邦法院

Julie Xanders 朱莉·桑德斯

Justin Dearborn 贾斯汀·迪尔伯恩

Kaiser Permanente 凯瑟永久医疗集团

Kamala Harris 卡玛拉·哈里斯

Keck School of Medicine 凯克医学院

Kenneth Doran 肯尼斯·多兰

Kevin Merida 凯文·梅里达

Kristen Bellstrom 克里斯滕·贝尔斯特罗姆

Kyle Voigt 凯尔·沃伊特

L.A. Downtown News 《洛杉矶市中心新闻》

L.A. Department of Water and Power 洛杉矶水电局

Langham Huntington 朗廷亨廷顿酒店

L.A. Rams 洛杉矶公羊队

Larry Ellison 拉里·埃里森

Larry Nassar 拉里·纳萨尔

Larry Neinstein 拉里·尼斯坦

Laura LaCorte 劳拉·立科尔特（副校长）

Lee Abrams 李·艾布拉姆斯

Lewis D'Vorkin 刘易斯·德沃金

Menno Yoder 门诺·约德

Leonardo DiCaprio 莱昂纳多·迪卡普里奥

Lindsay Lohan 林赛·罗韩

Lisa Derderian 丽莎·戴德里安

Lisa Girion 丽莎·吉里昂

Little Tokyo 小东京区

Long Beach 长滩市

Lori Loughlin 洛莉·路格林

Los Angeles Chargers 洛杉矶闪电队

Los Angeles Dodgers 洛杉矶道奇队

Los Angeles Football Club 洛杉矶足球俱乐部

Los Angeles Magazine 《洛杉矶杂志》

Los Angeles Memorial Coliseum 洛杉矶纪念体育场

Los Angeles Raider 洛杉矶突击者队

Los Angeles Times 《洛杉矶时报》

Lou Anna Simon　　卢·安娜·西蒙

lynching law　　私刑法

Lyz Lenz　　莱兹·伦茨

Madera Road　　马德拉路

Magnolia Memorial Park　　木兰花陵园

Malibu　　马里布市

Marc Ching　　程马克

Marc Duvoisin　　马克·杜沃辛

Mark Geragos　　马克·葛拉格斯

Mark Ridley-Thomas　　马克·里德利 - 托马斯

Mary Ann Warren　　玛丽·安·沃伦

Matt Doig　　马特·多伊格

Matt Hamilton　　马特·汉密尔顿

Matt Lait　　马特·莱特

MDReview　　医疗评审公司

Medical Board of California　　加州医学委员会

Medical College of Pennsylvania　　宾夕法尼亚医学院

Mediterranean Revival　　地中海复兴式（建筑风格）

Megan Garvey　　梅根·加维

Melissa Trujillo　　梅丽莎·特鲁希略

Men's Central Jail　　男子中心看守所

Mentor Avenue　　门托大道

Michael Ferro　　迈克尔·费罗

Michael Jackson　　迈克尔·杰克逊

Michael Parks　　迈克尔·帕克斯

Michael Quick　　迈克尔·奎克

Michael's House　　迈克尔之家（戒瘾中心）

Michele B. Chan　　米歇尔·陈

Michele Beal Bagneris　　米歇尔·比尔·巴格内利斯

Michigan State University　　密歇根州立大学

Mike Davis　　迈克·戴维斯

Mildred Wenger　　米尔德里德·温格

Millionaires Row　　百万富翁街

Miriam Yoder　　米里亚姆·约德

Monarch Shores　　帝王海滨戒瘾中心

Mondrian　　蒙德里安酒店

Monterey　　蒙特利市

Morrie Tobin　　莫里·托宾

Mount Baldy　　鲍尔迪山

Mossimo Giannulli　　莫斯莫·吉安纳里

Nancy Reagan　　南希·里根

Natalie Kitroeff　　娜塔莉·基特罗夫

Nathan Fenno　　内森·芬诺

National Historic Landmark　　国家历史地标

National Labor Relations Board　　全国劳资关系委员会

National Public Radio（NPR）　　全国公共广播电台

Natural History Museum of Los Angeles County　洛杉矶县自然历史博物馆

NCAA　全国大学体育协会

New England Eye Center　新英格兰眼科中心

Newport Beach　纽波特比奇市

Newsday　《新闻日报》

NewsGuild　新闻业工会

NFL　美国国家橄榄球联盟

Niki　尼基

Norman Chandler　诺曼·钱德勒

Norman Pearlstine　诺曼·珀尔斯坦

Normandy apartment house　诺曼底公寓楼

Notre Dame　圣母大学

Oak Grove Avenue　橡树林荫道

Oakland　奥克兰市

Ocean Recovery　海洋康复戒瘾中心

Office of Compliance　合规办公室

O. J. Mayo　O. J. 梅奥

Oklahoma!　《俄克拉荷马！》

Old Order Amish　旧秩序阿米什人

Ondine　翁蒂娜（神话中的水仙女）

Ophthotech　眼科科技公司

Operation Varsity Blues　校园蓝调行动

Oprah Winfrey　奥普拉·温弗瑞

optical coherence tomography　光学相干断层扫描术

Orange County　橙县

Orange Grove Boulevard　橙林道

Osa Masina　奥萨·马西纳

Otis Chandler　奥蒂斯·钱德勒（诺曼·钱德勒之子）

Owen Bird　欧文·伯德

OxyContin　奥施康定

Pacific Asia Museum　亚太博物馆

Pacific City　太平洋城（购物中心）

Pacific Coast Highway（PCH）　太平洋海岸高速公路

Paige St. John　佩姬·圣约翰

Palm Springs　棕榈泉市

Pap smear　子宫颈抹片检查

Pasadena　帕萨迪纳市

Pasadena City College　帕萨迪纳城市学院

Pasadena Civic Auditorium　帕萨迪纳市政礼堂

Pat Haden　帕特·哈登

Patrick Soon-Shiong　陈颂雄

Paul Aisen　保罗·艾森

Paul Gilbert　保罗·吉尔伯特

Pete Carroll　皮特·卡罗尔

Penn State　宾夕法尼亚州立大学

Pepperdine University　佩珀代因大学

Phillip Sanchez　菲利普·桑切斯

Philistines　非利士人

Pierce Brosnan　皮尔斯·布鲁斯南

Pierre Adler　皮埃尔·阿德勒

Plaza　广场酒店
Pope John Paul II　教宗若望·保
　禄二世
Public Information Officer（PIO）
　公共信息官
Purdue Pharma　普渡制药公司

Rancho Cucamonga　兰丘库卡蒙加
Randy Michaels　兰迪·迈克尔斯
Rebecca Smith　丽贝卡·史密斯
Reggie Bush　雷吉·布什
Riverside　河滨市
Riverside City College　河滨社区
　大学
Richard Nixon　理查德·尼克松
Ricardo DeAratanha　里卡多·
　德阿拉坦哈
Rick Fox　里克·福克斯
Rick J. Caruso　里克·约瑟夫·
　卡鲁索
Ritz-Carlton　丽思卡尔顿酒店
Robert Downey Jr.　小罗伯特·
　唐尼
Robert Graham　罗伯特·格雷
　厄姆（服装品牌）
Rodney King beating　罗德尼·
　金殴打案
Rohit Varma　罗希特·瓦尔马
Rong-Gorg Lin II　林荣功二世
Ronald Reagan Presidential Library
　& Museum　罗纳德·里根总
　统图书馆
Ron Lin　罗恩·林
Rose Bowl　玫瑰碗比赛

Rose Parade　玫瑰花车大游行
Ross Levinsohn　罗斯·莱文森
Rudy Meredith　鲁迪·梅雷迪斯
Ryan Cea　瑞安·塞亚

Sacramento　萨克拉门托
Sam Zell　山姆·泽尔
San Antonio　圣安东尼奥市
San Antonio Express-News　《圣
　安东尼奥新闻快报》
San Bernardino County　圣贝纳
　迪诺县
San Diego　圣迭戈
San Fernando Valley　圣费尔南
　多谷
San Gabriels　圣加布里埃尔山脉
San Gabriel Valley　圣加布里埃
　尔谷
San Juan Capistrano　圣胡安－卡
　皮斯特拉诺市
San Marino　圣马力诺市
San Pasqual　圣帕斯夸尔街
Santa Monica　圣莫尼卡
Santa Susana Mountains　圣苏珊
　娜山脉
Sarah More　莎拉·莫尔
Sarah Parvini　莎拉·帕尔维尼
Sarah Warren　莎拉·沃伦
School of Medicine at USC　南加
　州大学医学院
Scott Glover　斯科特·格洛弗
Scott Kraft　斯科特·克拉夫特
Securities and Exchange Commission
　美国证券交易委员会

Wharton School at the University of
    Pennsylvania　宾夕法尼亚大
    学沃顿商学院
Whittier College　惠提尔学院
Whole Foods　全食超市
Will Ferrell　威尔·法瑞尔
William Boyer　威廉·博耶
William H. Macy　威廉·H.梅西
William "Rick"Singer　威廉·
    "里克"·辛格
William Tierney　威廉·蒂尔尼
Wilson High　威尔逊高中

Winona Ryder　薇诺娜·瑞德
Woodlands High School　伍德兰
    兹高中
Worth Bingham Prize for Investigative
    Reporting　哈佛大学沃思·
    宾汉姆奖调查报道奖
Wright City　赖特城

Xanax　赞安诺

YouTube　优兔网（视频网站）